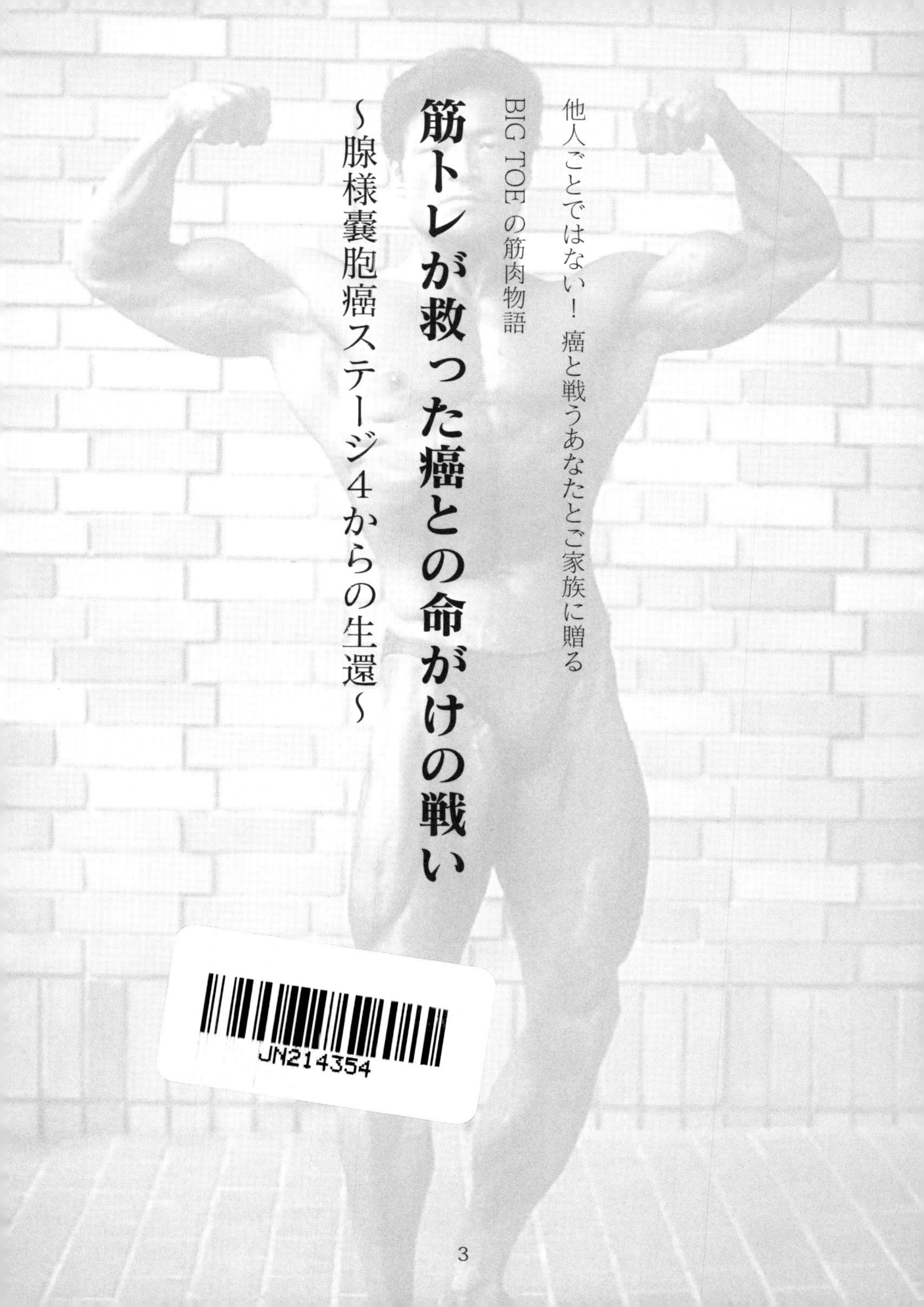

他人ごとではない！　癌と戦うあなたとご家族に贈る

BIG TOE の筋肉物語

筋トレが救った癌との命がけの戦い

～腺様嚢胞癌ステージ4からの生還～

推薦の言葉～がんサバイバーとして、そしてボディビルダーとして

吉賀賢人さんと私には、共通点がいくつかあります。まず同い年であること。次にボディビルダーであること。そして「がんサバイバー」であることです。

私ががんと戦ったのは、２０１６年6月から２０１７年にかけてでした。キャリアとしては、吉賀さんより1年ほど先輩です。私の場合は悪性リンパ腫という血液のがんでしたが、やはりステージⅣと診断されました。それまで入院経験すらなく、講演ではよく「筋トレを行うとがんを予防する物質が筋肉から分泌される」などと公言していましたので、当の本人ががんになろうとは夢にも思っていませんでした。

その後、私のがんは約半年の化学療法と骨髄造血幹細胞移植を経て寛解し、まさに吉賀さんが本書で述べられている通り「生かされていることに感謝し」今を生きる毎日です。

吉賀さんと私では、異なる点もいくつかあります。治療によって失ったもの。そしてボディビルダーとしての志です。

私が最初に救急外来に運ばれたときには、すでに腹水が4リットル以上溜まっていて、腕は骨と皮だけのような状態でした。一方、手術1週間前の吉賀さんの肉体は現役のビルダーかと見紛うほど。このような状態から筋肉、骨、声帯などをあえて切除することがいかに不条理で辛いか…察するに余りあります。その決断に至るまでの深い葛藤の道のりの中に、まさに本書の真髄があるように思います。

吉賀さんは、「弱者のボディビル」を身を以て世に啓蒙することを決意し、術後直ちに筋トレを始めました。私はというと、まだ筋トレに復帰できずにぐずぐずしています。吉賀さんのボディビルダーとしての熱き心に感服するとともに、その志が実現することを心から祈念しています。

２０１８年11月　石井直方

2018 年 8 月 10 日　東京大学駒場キャンパス身体運動科学研究室にて

現役時代の石井直方氏（1986 年）

まえがき〜青天の霹靂

青天の霹靂という言葉がありますが、人生ではいきなり予期せぬことが起こるものです。良いことであればいいのですが、これはなかなか私のような凡人には起こりません。逆にあなたも私も生きている人間である限り、いくら健康的な生活をしていても病と死は避けることが出来ないのが現実です。突然やってきます。

私は、少年時代こそ胃腸が弱く、アトピーがあったために健康体とは言えませんでした。そのためか、小学校時代から中学時代にかけては、漫画を描いたり、プラモデルを作ったりと家の中で過ごすことが多かったのですが、高校時代に倉敷青陵高校で知り合った友人大森研一くん（現倉敷トレーニングプラザ経営）を通じてボディビルを知り、テレビで偶然見かけたアーノルド・シュワルツェネッガー氏の肉体に衝撃を受け、早速、大阪北新地にあったナニワボディビルクラブ（伊集院明也先生経営）に入門、肉体改造に打ち込むことになります。その甲斐あって、子供のころから頻繁に下痢に悩まされていた胃腸の弱さが解消。アトピーもトレーニングを始めた当初は運動で体が温もると痒さが倍増していたものの、痒くなると患部を水で冷やし、タオルでこすらないで押さえるように水分を拭き取る、病院で処方された副腎皮質ホルモン軟膏を塗り、徐々にホルモン剤含有量の少ないものに変えて、塗布の頻度を減らしていく。痒い時は、水で冷やしたり、扇風機で風を当て、眠るときに無意識に掻いてしまうので手袋をして、手を縛って寝て、決してかかない努力をすることで克服しました。その後、健康管理から競技スポーツとしてのボディビルを目指すようになり、ミスター岡山、ミスター大阪、ミスター関西のタイトルを手にすることが出来るまでに健康になったのです。41歳で現役を退いてからもトレーニングはライフワークとして続けていたので、風邪をひくこともなく、熱を出すこともない、血圧も常に正常値という健康体を維持してきたつもりだったのです。

２０１７年6月末、私は少し前から感じていた喉の違和感のため近所の耳鼻咽喉科を訪れました。「扁桃腺でも腫れているのかな？いずれにしても大したことはないだろう」体調もいいし、筋トレも絶好調だし、自覚症状も全くなく、その程度の認識だったのです。このことを聞いた娘の「何ともなかったらそれでいいのだし、とにかく病院に行って検査だけは受けて！」の言葉に元来医者好きでなかった私も遂にその重い腰をあげたのでした。それがまさか「ステージ4の稀少癌」という診断をされ、「余命3か月」の宣告を受けるとは思いもしませんでした。もともと、40年にわたって筋力トレーニングをライフワークとし、健康を自負していたボディビルダーにとってまさに「青天の霹靂」でした。「何かしこりのようなものがあるから大きな病院での検査を薦めます」という耳鼻咽喉科の医師の勧めで訪れた所沢の防衛医科大学病院でのエコー検査、CT検査、気管支鏡検査、胃カメラ、PET検査、細胞検査の結果は「腺様嚢胞癌」という稀少癌で、効く抗がん剤がない、放射線も効果が期待できない、進行はゆっくりだが、しつこく、再発、転移がしやすいとのこと。しかも、出来ているのが気管内で、気管内で発症し、気管に沿うように10㎝近くまで成長して、喉頭部まで浸潤しているというものでした。そして、残された有効と思われる治療手段は、外科手術のみ。しかも、甲状腺、声帯を含む喉頭部を全摘出するため、声を失い、甲状腺ホルモン剤を一生飲み続けなければならない。気管もほとんどを切除しなければならず、現代医学では人工気管というものが開発されていないため、胸の真ん中に永久気管孔という孔を開けてそこから呼吸をすることになるという大きな後遺症が残るだけでなく、手術、合併症による死亡の確率が10～20％ある危険な手術になるというものでした。

私の家系では、過去に癌で亡くなったのは母方の伯父が胃がんで亡くなった以外は癌で亡くなったという話は聞かなかったので、「うちは癌系ではないから大丈夫。25年間掛けているがん保険もやめようか」と思っていたのですが、三年半前に母が大腸がんで急逝し、その一年後に父が肝臓がんで急逝するという予期せぬ事態が起こりました。そして、「自分も癌で死ぬのかもなあ」と思った矢先の癌宣告でした。

日本人の二人に一人は癌になり、三人に一人は癌で亡くなるという現実からすると誰もがいつ癌になってもおかしくないのです。今、元気だと思っているあなたにもすでに罹患しているかもしれません。まったく他人ごとではないのです。私は、元々、体が資本と思って体を鍛えていました。そして、「鍛え上げた体に手術でメスをいれることは絶対にしない」と思っていたのですが、「手術しないで放置すれば、3か月くらいで気管内の癌が気管をふさぎ窒息死に至るだろう」という信頼できる医師の言葉に、悩んだ末に「生きる」ための手術を選ぶことになったのです。3年ならともかく3カ月は自分の人生に悔いを残さないように生き切るには短か過ぎます。

これはステージ4、余命3か月と宣告された日から今日までの闘病体験を記録したブログ「BIG TOEの未来を生きるために！」をもとに編集・加筆したものです。ブログの特性上、一話読み切りが出来るように説明が多々重複しておりますが、患者自身でなければわからない思い、痛み、苦しみ、知っておくべき知識だけでなく、生きる喜びも散りばめられています。ご一読いただいたあなたの生きる力になれれば幸いです。

目次

７９　★「ホオポノポノ」って…（２０１７年12月４日）
８０　放射線治療ing（２０１７年12月７日）
８１　★乾燥が命取り（２０１７年12月９日）
８２　放射線あと８回！（２０１７年12月13日）
８３　笑顔と元気をたくさんいただきました！（２０１７年12月15日）
８４　コミュニケーションツール電気式人工喉頭（２０１７年12月17日）
８５　この選択は本当に正しかったのか？（放射線）（２０１７年12月19日）
８６　がん細胞をぶっ殺してやりたい！（２０１７年12月21日）
８７　病院のメリークリスマス（２０１７年12月24日）
８８　放射線治療が終われば…（２０１７年12月28日）
８９　何度も自問自答！　この選択は本当に正しかったのか？（手術）（２０１７年12月29日）
９０　術後の痛み、麻酔の効果について（２０１７年12月30日）
９１　新年に繋がるリハビリ（２０１７年12月31日）
９２　新年明けましておめでとうございます（２０１８年１月１日）
９３　やっぱり、筋トレ最高です！（２０１８年１月４日）
９４　長いトンネルにようやく出口の光が…（２０１８年１月８日）
９５　筋トレ仲間からパワーをいただきました！（２０１８年１月13日）
９６　リハビリにトライ体幹理論を！（２０１８年１月13日）
９７　退院計画！（２０１８年１月16日）
９８　仕事仲間と社会復帰（２０１８年１月17日）
９９　硬化の痛み（２０１８年１月20日）
１００　楽しく生きてエイエイオー！　気管支の腺様嚢胞癌治療中～（２０１８年１月21日）
１０１　６度目の「三途の川」（２０１８年１月27日）
１０２　どの道を選んでも後悔はあるのです…（２０１８年１月29日）
１０３　「あんなこともあったねと…」（２０１８年１月30日）
１０４　今このときを健やかな気持ちで楽しむ！（２０１８年２月３日）

健康を自負するボディビルダーでした
写真提供：月刊ボディビルディング

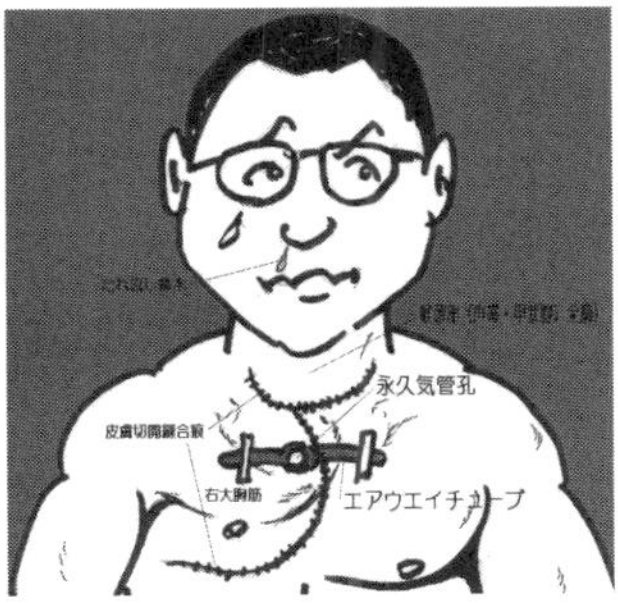

手術後の自画像

1　未来を生きるための選択（２０１７年8月14日）

今は全くもって自覚症状も喉の違和感だけなのですが、つい1ヶ月半前に「喉の違和感」で訪れた近所の耳鼻咽喉科に勧められ防衛医科大学病院で検査を受けたところ、「気管癌」と診断されました。

癌の種類は「腺様嚢胞癌」といい希少癌に属し、静かにゆっくり進行し、根深く、しつこく、転移しやすいのが特徴。効く抗がん剤もなく、放射線も効果が見込めないため、外科手術で取るしかないそうです。数年にわたって静かに成長を続けていたようで気管から甲状腺に達して初めて喉の違和感を覚えるようになったのです。ステージは4です。

セカンドオピニオンで「国立がん研究所中央病院」、サードオピニオンとして「亀田総合病院」とトライしましたが、重粒子線は気管が破れる、サイバーナイフは効かない、免疫療法などの民間療法は効果がまず見込めないとのことで外科手術しかないそうです。その手術でさえ出来るギリギリの線まで来ているとのことから、気管、食道、甲状腺、喉頭部、声帯を除去するという命を賭けた大手術に挑むことにしました。頭頸部外科、呼吸器外科、消化器外科、耳鼻咽喉科、形成外科がチームを組み行なう16時間以上に及ぶ大手術で、入院も4ヶ月に及ぶだろうとのこと。もちろん手術中、合併症による絶命も結構なパーセンテージ（10～20％）でありうると聞きました。しかし、放っておけば、確実に死に至る。それもそう遠くない将来（3カ月くらいで癌が気管を塞ぎ窒息）ということなので踏み切ることにしました。手術に成功しても、気管、食道、甲状腺、喉頭部、声帯摘出のため声、臭覚を失います。呼吸は胸にあけた気管孔からすることになるのです。しかし、明日を生きる可能性を追求します。そして、神が私を選んで与えた試練と考え必ずや勝ち抜き生還するつもりです。生還の折には、後進のためのトレーニング指導、不幸にして同じ病を患っている人々のために希望を与え、役立つ啓蒙活動をしたいと考えています。

17年間続けてきた「筋肉オフ会」（筋トレ愛好者の年に一度の懇親会）もついに休止することになりますが、必ずや復活したいと思います。

腺様嚢胞癌とは

※国立がん研究センター（希少がんセンター）のサイト　https://www.ncc.go.jp/jp/index.html より抜粋

（腺様嚢胞がんについて）
○腺様嚢胞がん（せんようのうほうがん、adenoid cystic carcinoma、ＡＣＣ）は、分泌腺から発生する悪性腫瘍でまれな腫瘍の1つ
○頭頸部領域に発生することが多く（頭頸部領域において1％から2％程度の頻度）、耳下腺や顎下腺などの大唾液腺や口腔内、鼻腔に発生。
○40歳代から60歳代に多く、男女比は同等か、やや女性に多い。
（症状について）
○腺様嚢胞がん特有の症状はなく、発生した部位に応じた症状が出現。
　大唾液腺（耳下腺、顎下腺）…腫瘤（しこり）の自覚、鼻腔…鼻閉、鼻出血、口腔・咽頭…違和感、嚥下・構音（こうおん）障害（話しにくさ、食べにくさ）
（診断について）
○腫瘍から組織を採取し病理学的に診断。
○触診や視診、ＣＴなどの画像検査により病変の範囲を把握することが重要。
（腫瘍の特徴と治療について）
○腫瘍の増大速度は比較的遅い
○周囲組織への浸潤傾向が強い
○遠隔転移の頻度が比較的高い
○化学療法と放射線療法に関しては有効とした報告もありますが、未だ一定の見解は得られておらず、治療の中心は手術。
○病変の状態によっては追加で放射線治療を行う場合もあります。
○重粒子線治療が有効との報告もありますが、長期的な合併症など不確実な部分も多く一般的な治療とはなっていない。
○療後は長期の経過ののちに再発をきたすケースもありますので、長期間の通院による定期チェックが必要。
（気管癌）気管を原発とする癌は全悪性腫瘍の中の０・１％以下で、１年間の発症率は10万人あたり０・２人以下と稀です。

癌宣告直前の62歳の私です。筋トレも絶好調でした

2　こんなに元気なのに…突然の癌宣告（2017年8月15日）

職場での定期健康診断だけではわからない癌の怖さ

防衛医科大学校病院　耳鼻咽喉科受診。2週間に及ぶ検査で心身ともにクタクタ。しかも、結果は「癌宣告」という最悪のものでした。気管を起点とし甲状腺を包み込んだ「腺様嚢胞癌」とのこと。非常に珍しい癌ということで、有効な抗癌剤が無く、放射線治療も効かない。手術で患部を取り除くのが唯一の生存方法のようです。しかし、癌が気管、甲状腺にまたがっているため、切除となれば、隣接する声帯、浸潤状況によっては食道も除去しなければならない大手術になるそうで、声を失い、呼吸は胸に開けた気管孔ですることになり、息んだり力を入れる運動などは出来なくなるとのこと。

そんなことになれば、カラオケ好き、ギターで歌うこと好き、おしゃべり好き、トレーニング命の自分の存在価値がなくなり、生きがいがなくなります。生活の糧である営業の仕事も出来なくなります。食道までとなれば酒も飲めないし、食い意地のはった私には耐えられません。胸の気管孔から水が入ると溺れて死んでしまうので大好きな温泉にもお風呂にも入れない、水泳も出来ない、釣も出来ない。まさに生ける屍になってしまいます。

「このまま手術しなければどうなるのか？」と医師に聞いたところ「やがて気管内の腫瘍が大きくなり呼吸できなくなり、食道にまで侵食すれば飲食も出来なくなり死に至る」とのこと。そして、5年後の生存確率は40％に満たないだろうとのことでした。甲状腺や胃を全摘出すれば治るだろうというのとは話が違います（これも大変なことなのですが）声帯、気管、甲状腺、食道を失えば…大きすぎる後遺症。おまけにその後の生活は、甲状腺ホルモン剤、抗癌剤、抗生物質と大量の薬漬けになります。再発、転移も考えられます。そんなことになったら目も当てられませんよね。

家内とも話し合ったのですが、今の気持ちは、手術はしないで他の病院をあたり、10年も生きなくてもいい、5年でいい、せめて孫の顔を見るまでを目標に、充実した短期生存を実現したいと思っています。脳天気な私も流石にショックです。

告知のときに「血液採取もかなりやりましたがその結果はどうだったのですか？」と医師に聞きましたら、「血圧も検査のたびに80〜120くらいで完璧。血液での腫瘍マーカーも上がってない。肝機能、コレステロール、中性脂肪…健康体の見本のような数値です。トレーニングをされているからでしょうか」とのこと。これも驚きでした。ということは、会社でやるような健康診断を受けても無駄ということではないですかね。この種の癌の発見は難しいということです。腫瘍マーカーは上がれば癌の疑いが高いという目安で、癌でも上がらないこともよくあるそうです。CTスキャン、PETは高額になりますが必須ですね。私よりも家内が落ち込んで泣いています。

癌告知について

私にとって、癌という病気が親戚縁者に一人しかいなかったために、「告知」は、家族にして本人には告知しないのだと何となく思っていました。でも、今は違うのですね。私の場合、医師からの検査の結果を聞きに行く時も「家族と一緒に来てください」とかは言われませんでした。そこに至るまでの検査で「これは、あまり良くなさそうだな。腫瘍といっているがどうも悪性臭いな」とは感じていたので、家内と娘、息子が心配して当日同席していたのですが、あっさりと「気管から喉頭部にかけての悪性の腫瘍です。ステージは4。それも細胞検査の結果、腺様嚢胞癌という稀少癌であることがわかりました。やっかいな癌で効く抗がん剤がありませんし、放射線もあまり効果が期待出来ません。5年後の生存率は40％に満たないでしょう」と告げられました。それまでの検査の過程で自分なりに覚悟はしていたので大きな衝撃はありませんでした。死の宣告みたいなものですから愕然としなかったと言えば嘘になりますが、その一方で何故か冷静な自分が居て、「では、どうすればいいのですか？　治療法はあるのですか？」と聞いていました。「治療法としては、1に手術。次に放射線ですが、手術に比して効果が大きく下がります。また、放射線治療では癌が一時的に小さくなったり、成長が止まっても、再び大きくなる可能性が大きい」と告げられました。

その後の1か月は、もともと、「万が一、癌になっても手術はしたくない、副作用の大きな抗がん剤治療もできれば避けたい」と思っていたので、それ以外の方法を模索することに奔走していました。「手術以外に道がない」と納得するまでの過程で心の迷い、動揺があり、不安からくる体調不良にはなりましたが、比較的冷静だったと思います。

ドクターも告知は相手を見てするのでしょうが、最近では患者本人へ告知をすることが当然であるという考え方が主流になってきているようです。

患者自身に告知をすることで、医師と患者の間で嘘がない信頼関係を築き、医師と患者が一体になってより良い治療を受け、同時にＱＯＬ（Quality of Life　生活の質）を高めることが出来るということなのでしょう。人によってはショックが大きすぎるという懸念がありますが、私は、もともと、「自分が癌になった場合、告知希望」だったので特に違和感はありませんでした。

3　セカンドオピニオン（2017年8月16日）

「標準治療」というのは現代医学で裏付けのある最良の治療方法

7月14日金曜日、国立がんセンター中央（築地）の頭頸外科腺様嚢胞癌担当のM医師によるセカンドオピニオン終了しました（※参考までに、セカンドオピニオンの費用は保険外でだいたい1時間43200円です）。大筋は防衛医大のH医師と大きな食い違いはなく、「標準治療というのは現代医学で裏付けのある最良の治療方法」であり、一番は手術による切除、次が手術に比して大きく効果がさがるが放射線治療でした。

やはり、有効な抗がん剤治療はないそうです。ただ、重粒子線治療は300万円以上かかるが放射線より強いので効果は見込めるかもしれない。サードオピニオンするなら重粒子線。あとはどこに行っても判断は変わらないだろうとのことでした。

私の希望は、「メスを入れる手術はしたくない」でした。しかし、M医師の言葉は、「癌は完治させないと放射線で一時的に効果があって成長を止められたとしても再び成長を始める可能性が高いので、その時には手術したとき以上の傷み、苦しみを覚悟しておかなければならないだろう」でした。

加えて、放射線治療をするとその周辺組織がもろくなるので、それから手術となると傷が治りにくくより大変な手術になるので、「放射線がダメだったから手術を」は考えないほうがいい。いずれにしても今すぐにやらないといけない事ではないが、手術、放射線、重粒子線にせよ、早いに越したことはないから、1、2カ月のうちに決断しましょうとのこと。

手術をせずに癌が成長すれば息が出来なくなり窒息、飲食も出来なくなり死に至るというのは防衛医大と同じ見解でした。「悩ましい命の選択」を迫られていますが、やはり、標準治療の一番手とは言え、声帯、甲状腺、気管を失う手術より、サードオピニオンとして重粒子線のトライを選ぼうと思います。膳は急げ！　と言います。来週にも重粒子線のサードオピニオンの手続きをします。命をかけて、300万円かき集め重粒子線にトライして奇跡を起こしたいとの思いからでした。

しかし…。

4　重粒子線（2017年8月17日）

7月20日（木）防衛医科大学校病院　耳鼻咽喉科受診H医師に重粒子線の病院「放射線医学総合研究所病院」へのサードオピニオン依頼に行きました。病院の仕組みというか、セカンドオピニオン、サードオピニオンとしていく場合、A病院→B病院→C病院ではなく、A病院→B病院→A病院→C病院と最初に診察を受けた病院に戻って紹介してもらわねばならないようです。面倒くさいし、何よりも患者にとっては時間のロスを感じる仕組みですね。

防衛医大から放射線医学総合研究所病院への紹介ということで防衛医大H医師に問い合わせていただきました。しかし、その結果は、「重粒子線では気管、食道に穴を開けてしまい食道からのものが気管、肺に流れ込む危険性が大きく使えないとのこと」（これは私の電話で聞いた話の解釈でした）。これで最後の頼みの綱と思われた重粒子線を武器にリングで癌と戦うという望みは断たれました。つまり、国立がん研究所、大学病院の癌治療のスタンダードである①に外科手術、②に放射線（重粒子線を含む）、③に化学療法（抗がん剤）は、①の外科手術以外の道は閉ざされたことになります。

①の外科手術は重篤な後遺症が残ります。②放射線、③抗がん剤も副作用、免疫機能の低下、体力の消耗が予想されますし、私のわずらっている腺様嚢胞癌には効果が期待できません。重粒子線がNGとなると恐らく陽子線も同様でしょう。振り出しに戻り、1から可能性の模索にはいります。

そして、その後も、免疫療法、サイバーナイフ、遺伝子療法という、切らずに出来る癌治療を模索しましたが、再度、放射線医学総合研究所病院の医師からの文面を読み返して重大な点に気がつきました。重粒子線は気管に使えないのではなく、私のような気管壁、軟骨部が癌により破壊されている気管に使うと、すでに癌によって破壊されている気管壁は再生出来ないから穴が開いてしまい使えないということなのです。

これは、手術で癌によって破壊された気管を切除し、胸に気管孔をつくる外科手術以外に「未来を生きる道」はないということを意味するのだということが判ったのです。

次なる未来への道は…。

重粒子線がん治療とは

※（九州国際重粒子線がん治療センターのホームページのサイトより抜粋）

https://www.saga-himat.jp/

炭素イオンを、加速器で光速の約70％まで加速し、がん病巣に狙いを絞って照射する最先端の放射線治療法。重粒子線及び陽子線は、体の表面では放射線量が弱く、がん病巣において放射線量がピークになる特性を有しています。このため、がん病巣をピンポイントで狙いうちすることができ、がん病巣にダメージを十分与えながら、正常細胞へのダメージを最小限に抑えることが可能。

特に重粒子線は、陽子線よりもさらに線量集中性が優れ、がん細胞に対する殺傷効果が2～3倍大きいとされているため、照射回数をさらに少なく、治療期間をより短くすることが可能。

陽子線治療とは

放射線治療の一種。放射線には、X線・ガンマ線などの電磁波と、陽子線・炭素線などの粒子線があり、陽子線治療では水素の原子核（陽子）を加速させ照射する。陽子線治療は従来の放射線治療よりも副作用が軽くがんの病巣のみに集中した効果が出せるとされる。ほかにも陽子より重い炭素を利用する重粒子線治療がある。粒子線治療は厚生労働省の「先進医療」に指定されており治療費用は約３００万円（ガン保険の先進医療特約に入ってないと自己負担）。陽子線治療ができる病院は限られていて、現時点では全国に13ヶ所、重粒子線は5ヶ所。

残念ながら下記の理由で治療は困難と判断いたしました。

申し訳ございませんが、患者様へ診察の際に下記の内容についてご説明をお願い致します。

（患者様へは医学的事項に関わるため詳細な理由をご説明しておりません。）

ご不明な点は遠慮なくお問い合わせ下さい。

[医師の意見]

平素 大変お世話になっております。御紹介ありがとうございます。腫瘍が気管壁を破壊していると重粒子線治療後ろう孔形成のリスクが高く適応とはしておりません。お役に立てず

5　サードオピニオン　厳しい現実（２０１７年8月18日）

腺様嚢胞癌という強敵と戦える最終兵器と思われた重粒子腺による治療では気管壁が破壊された私の体にはできないと言う事は、切らずに出来る遺伝子療法、免疫療法、サイバーナイフなどという外科手術以外の療法はすべて不可能ということを意味していました。途方にくれる日々。そんな中、私の状況を聞きつけたボディビルの親友笠松氏、ストロング安田氏から「頭頸部外科の名医K先生を紹介するから是非会って欲しい！」との連絡が舞い込みました。「名医と言っても、外科医。やはり、切ることには変わりはない。しかし、手術するにしても他の方法があるかもしれない。そうでないにしても他の治療法をご存知かもしれない」そんな思いからサードオピニオンを亀田京橋クリニックで受けることを決めました。

その日の日記

２０１７年7月28日（金）、本日、亀田京橋クリニックにサードオピニオンに行ってきました。

いくらK医師といっても病状に変わりがあるわけではありません。それどころか、初診、セカンドオピニオンの2病院よりも厳しい現実を突きつけられたのです。「手術するのにもギリギリの線、時間的猶予はそう残されていない。このまま放置すれば2～3ヶ月後には、癌で気管がつまり死に至る可能性が高い。そうなれば、手術も治療も出来ないだろう」との言葉。途中、やはり呼吸器外科の名医N医師も加わりましたが現実は変わりませんでした。

いくら名医の言葉でも、「今、こんなに元気なのに…本当なのか？悪い夢をみているのではないか？」と思ってしまいます。二人の医師は、その理由について、わかりやすく説明してくださいました。気管の中に10㎝にわたって存在

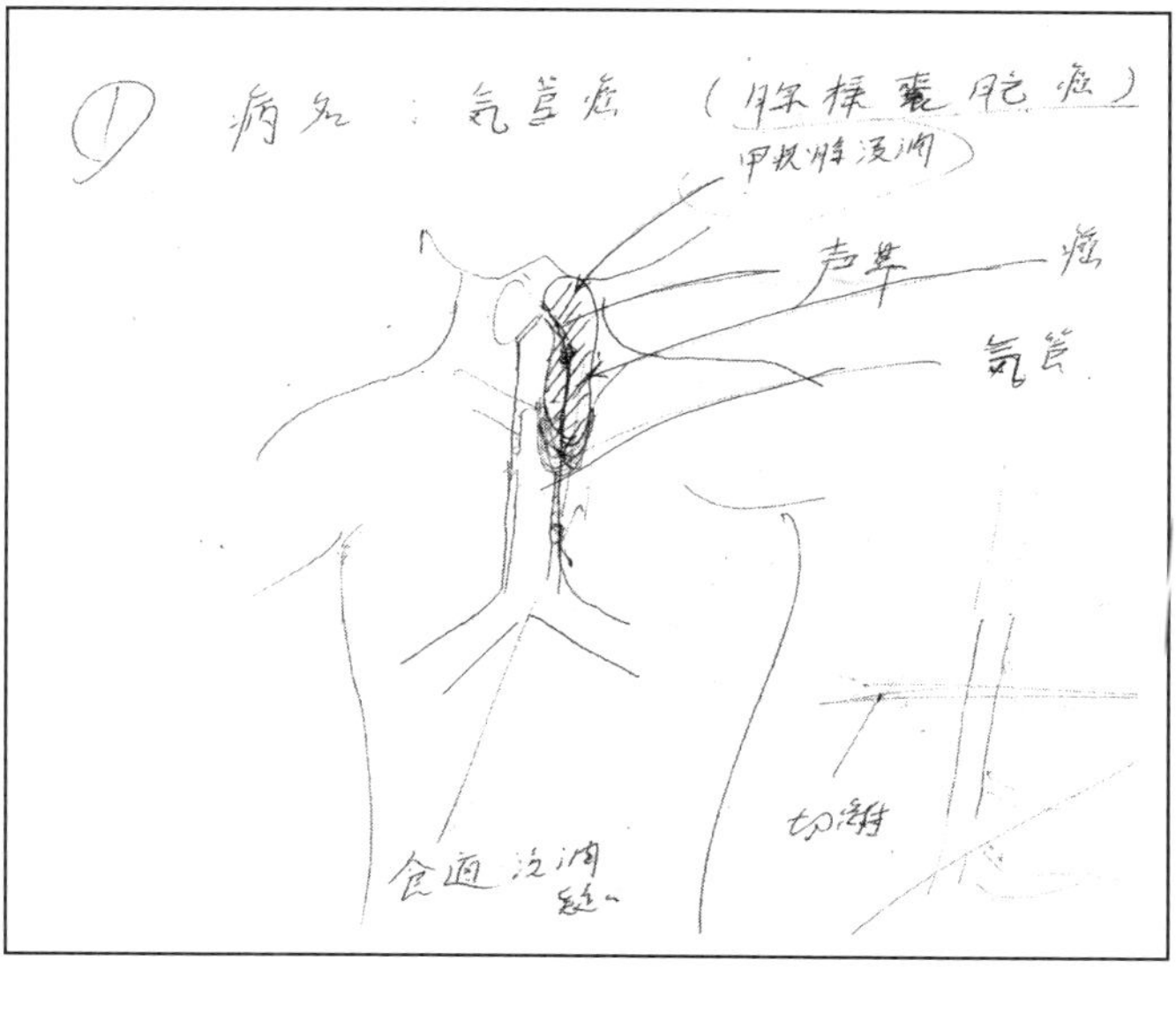

する癌におそらく気管壁、軟骨部分がやられているだろうこと、場所によっては気管の半分が塞がっており近々に気管が詰まる危険性が高まっていること、気管がふさがれば手術も不可能であること、気管のそばには食道だけでなく、心臓から脳に血液を送る大きな血管が走っていること、つまり、生きるために必要な器官が集まっている場所に癌があること。これだけ、画像を見せていただきながら説明をしていただければ、脳天気な私でも自分の状況がまさに剣が峰、俵に足1本で残っている状況であることがわかります。しかし、責任者として任されている東京営業所の仕事の引継ぎ、公私にわたる身辺整理等やっておかねばならないことが山ほどあります。会っておきたい人が大勢います。流石に即答は出来ませんでした。このサードオピニオンでの厳しい現実を踏まえて、まさに生きるか死ぬかの手術を受ける決断を1週間ですることになります。

6　未来を生きるための決断！（2017年8月19日）

まずは、現状把握から…

（気管癌の画像を見ての現況）

○大筋は防衛医大、国立ガンセンター中央とおなじ。
○私の患っている腺様嚢胞癌は、たまに気管内にできることがある。これがネック。
○病気としてかなり範囲が広く、喉仏の下あたりから気管下部までに及び10㎝近くある。
○近くに脳に続く動脈が通っている。
○有効な治療法は手術のみ

（手術）

○手術は、呼吸器外科、頭頸部外科、耳鼻咽喉科、消化器外科、形成外科の合同で行なう。
○手術は、16時間以上に及ぶ大手術となる。
○手術を行うには、時期的にギリギリの線である。
○手術中、手術後のアクシデント、合併症により亡くなる可能性も10～20％ある。
○術後の入院は、約4ヶ月。

○気管…すべて取らないと取りきれない。
↓開胸して胸に穴を開けての呼吸となる。
↓喉を残して人工気管は現状では2〜3㎝までしか出来ない。
↓気管から癌の部分だけをとるのは、気管全体に回っているとみられ無理。
○喉…一部を取る方法では、再発の可能性が高く残しても気管がないので喉の機能はうまく働かない。
○食道…取れば、小腸移植か、胃管吊り上げで口とつなぐ。後者のほうが安全。
○甲状腺、声帯…取る
○癌を取りきれないため、術後の断端（だんたん）への放射線照射が必要。
○今、決心すれば、入院、手術は9月。
○のんびりしている癌だが、しつこく、5年〜10年で再発の可能性がある。

（手術による後遺症）

○声を失う（会話、電話、カラオケなど出来なくなる）。
○呼吸は、鼻、口ではなく、胸に開いた気管孔からとなる。鼻をかめない、笛を吹けない etc… 当たり前のようにしていることが出来なくなる。気管孔のメンテが必要。
○嗅覚がなくなる。味覚の変化。
○息んだり出来ないのでスポーツ、重量物運搬は出来なくなる。筋トレもできなくなる。
○温泉、風呂、プールに入れない。気管孔から水が入るとおぼれる。

（このまま手術せず放置すれば…）

○3ヶ月〜腫瘍が気管内で成長し息が苦しくなり窒息する。
○腫瘍から出血し血痰が出る。出血すれば急速に癌が広がる。
○気管に隣接する食道にも浸潤しかけていると見られ、気管の癌がおそらく食道の裏まで来ているだろう。食道に来れば飲食ができなくなる。
○気管壁、気管の蛇腹のような部分の軟骨が癌で崩れてくる可能性が大きい。

○のんびりしている癌ではあるが数ヶ月も放っておいてよいものではない。
○気管の近くに頭につながる大きな血管が通っているため、早期に決めないと手術も出来なくなる。
○気管が詰まると、手術で麻酔を通せないのと、肺に酸素を送るための気管挿管が出来なくなる。

（癌治療のBIG3以外の治療法について）

○抗がん剤…効くものがない。
○重粒子線…副作用が大きく、気管に穴があく。
○サイバーナイフ…複雑で生きるうえで重要なパーツが集まっているこの部位には危険。放射線と同じで効果が見込めない。
○免疫療法…効果が実証されているものはない。免疫療法に走り、ひどい目に合い、手術さえ出来なくなった患者を多数見ている。手術後の予後に採用するのは可。

　以上を踏まえた上で、手術をすることを決める。

生きるか死ぬか生きるための決断です。放置しておけば、数ヶ月で呼吸困難などの症状が出て、手術不能となるとの見通し、他に有効な治療法がないことから失うものが大きいが未来を生きるために命をかけた手術に挑むためサインをして来ました。神様に与えられた新しい肉体で奇跡を起こすために！

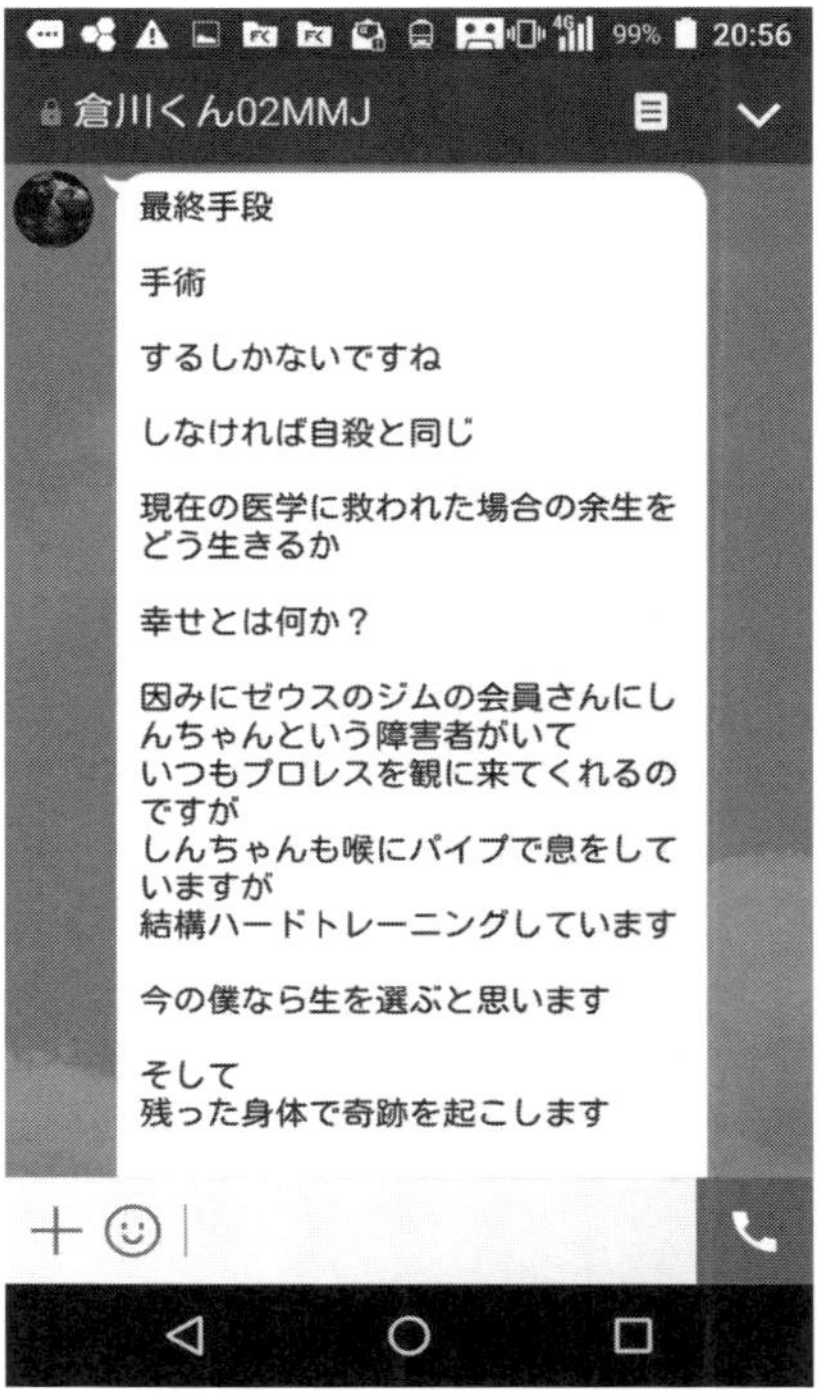
99%
20:56
倉川くん02MMJ
最終手段
手術
するしかないですね
しなければ自殺と同じ
現在の医学に救われた場合の余生をどう生きるか
幸せとは何か？
因みにゼウスのジムの会員さんにしんちゃんという障害者がいていつもプロレスを観に来てくれるのですがしんちゃんも喉にパイプで息をしていますが結構ハードトレーニングしています
今の僕なら生を選ぶと思います
そして残った身体で奇跡を起こします
親友、元ボディビルダー、現プロレスラーのボディガーから勇気をいただきました

7　ビルダーとしてショックです！（２０１７年８月20日）

医師からの気管孔制作・喉頭部切除手術詳細説明

　本来なら今日は、東京ボディビル選手権の取材でかつしかシンフォニーヒルズに行っているはず。肉体的には行けるのですが、９月

に迫った入院、９月12日に迫った手術までに東京営業所業務の引継ぎ、引継資料の作成、事務所の片付け、自身の個人的な物品、データの保存、無駄なものの廃棄、愛すべき家族、友人たちとの時間と残された時間は少なすぎるのです。９月12日（火）の命がけの大手術を「どうせ、人間生まれてきた以上、みんないつか死ぬ。それが少し早まるだけ。もう、こうなれば、まな板の上の鯉。煮て食うなり、焼いて食うなりしてくれ」と決意したものの…。

２０１７年８月４ヨ（金）亀田京橋クリニックの頭頸部外科　Ｋ医師、呼吸器外科Ｎ医師に「手術をお願いします！」と伝えました。このまま放置しておけば、数ヶ月で呼吸困難などの症状が出て、手術不能となり死に至るとの見通し。手術による大きな後遺症は残るものの他に選択肢がないのですから「未来を生きる！」ためにやるっきゃありません。

早速この日から、採血、造影剤を入れてのＭＲＩ撮影、造影剤を入れてのＣＴスキャン、心電図、肺活量検査が始まりました。

頭頸部外科Ｋ医師からの説明

○手術で開けてみないとわからないが、食道を残せるかもしれない（かすかな希望か？）癌が浸潤していれば食道切除で小腸移植か胃のリフト。
○喉（甲状腺）には腫瘍がかかっているので声帯を含む喉頭部切除。
○腺様嚢胞癌は粘膜層に広がる。
↓粘膜層は「癌が取りきれない」ため、手術入院後いったん退院して自宅療養。その後、断端部への放射線治療の為、再入院。退院は２０１８年１月頃か。
○遺伝子療法、免疫療法は、合うもの、合わないものがある。それを待っている時間的余裕はない。
○手術までの食事
↓現在、癌の成長を少しでもおさえられないかとぶどう糖を頭に炭水化物を控える、動物性脂肪、たんぱく質を控えるというベジタリアン食を試みていたので医師に質問。
※たんぱく源は主に大豆、ナッツ類。これで１ヶ月で苦もなく体重が４kg減りました。
↓医師の見解は、手術の回復を考えると動物性たんぱく質を摂るほうが傷の治りがよくなる。この時期はプロテインパウダーより肉がよいとのこと。

○手術後は、風呂、水泳、釣りは出来ない。息めないが、トレーニングはパーツごとで腕などは可能かも。
○呼吸のための気管孔（胸の穴）
↓短くなった気管を横に這わせて胸に開けた穴につなぐ（気管孔を作る）。人工パーツではない。
○気管孔のメンテナンス
↓胸の穴に清潔なガーゼを当ててとめる。鼻、口での呼吸の場合、空気が肺に入るまでに湿気を含むが、直接乾燥した空気が肺に入ることになるので気管支炎、肺炎を起こしやすい。
○息を吸い込む、吐くができないので、鼻はかめない。栓をしている人もいる。

呼吸器外科N医師からの説明

○腺様嚢胞癌自体はよくあるが、気管のこの部位に出来るのは珍しい。N医師自身この手術は4年ぶり3回目。
○腺様嚢胞癌は、気管の壁に沿って浸潤する。今、癌が出来ているところまでではなく壁に沿って浸潤しているので完全に切除することは出来ないだろう。
○切ったところに必ず癌が残る。断端が陽性でも量が少なければ術後の放射線治療で再発を防げる可能性が高い。
○手術としては…
・声帯を囲む喉頭、甲状腺切除
・気管も半分以上切除
・鎖骨（左右半分）、胸骨、第一肋骨、第二肋骨を切って喉、胸を開けて手術。骨は戻さず取ったまま（腕は上げられる。筋肉・皮膚

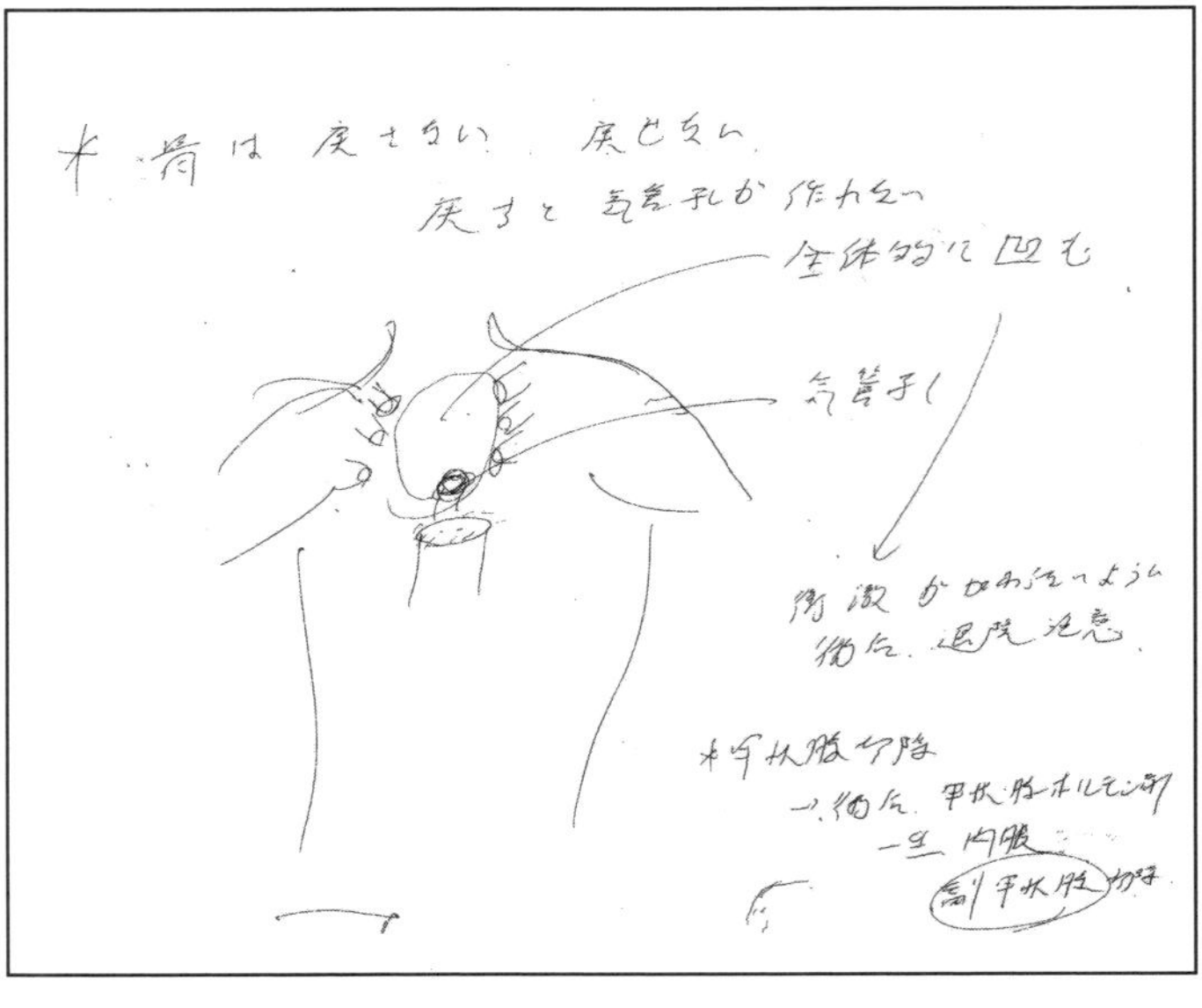

に支えられている。日常生活、買い物は出来る)。
・食道にも浸潤の疑い。
その場合、MRIでは、首近くの上のほうが可能性があるから、胃を引き上げるより小腸を持ってきて再建が妥当か。しかし、リスクを伴う。
その場合、喉からへその辺りまで切る(腹直筋の真ん中を切る)
○気管孔のリスク
・感染症が起きて気管孔周囲の動脈に穴を開け大出血して死に至る可能性が考えられる。
○このオペは滅多にあるオペではなく、経験した外科医は少ない。しかし、時間をかけたら出来る手術ではある。
○術後の入院は、傷が癒える2ヵ月後に一旦退院して家で日常生活。その後、体力がある程度回復したら再入院して放射線治療を1・5ヶ月か。

手術の具体的なやり方の説明を受けて、鎖骨(左右半分)、胸骨、第一肋骨、第二肋骨を切除して喉、胸を開けて手術。骨は戻さず取ったままという新しい事実が明らかになり、手術の後遺症の大きさを改めて知らされました。ショックです!!

しかし、生きるためにやるしかありません。神様が私を選んで与えてくださった試練です。そう考えます。ボディガー、ゼウスが言ってくれたように、「どんな体になろうとも、生きてその体で奇跡を起こしたい」と思います。

命をかけた決戦の日は、9月12日です。その直前までこのブログは毎日更新します。そして、術後、可能になり次第、再開します。僕は死にましぇん。家族が、親戚が、大勢の心優しき友達が好きだから。暖かく応援してくれる家族、大勢の友人の思いに報いるためにも、手術、治療、痛みに耐えてステージ4からの奇跡の生還を目指します! これが私のミッションです。

そして、生還の折には、この体験を生かした健康の為のトレーニング指導、病後の肉体再建のためのトレーニング指導、同じように癌で苦しんでいる方への道しるべとなります。そんな方々へ勇気と希望を与えたいのです。せっかく、人間として生まれてきたのだから…。

MRIとCT

MRIとCTはどちらも狭いトンネルのような機械の中に入っての体の画像撮影を行う検査ですが、その撮影の原理が異なり医師が目的に応じて選択、もしくは両方を行います。ＭＲＩは、Magnetic Resonance Imaging（磁気共鳴画像）の略で強力な磁気を使って、体の断層を撮影する検査です。脳や筋肉など水分が多い組織の診断に有効で放射線を使わないので被爆の心配がありません。ただ、撮影に30分以上の時間がかかりガンガンと工事現場のような大きな音がするのでヘッドホーンをつけて行います。磁気撮影のため体にペースメーカーや金属が埋め込まれている人は検査ができない場合があるので申告が必須です。また、タツーを入れている人も火傷の可能性があるため検査が可能かどうか判断するために申告が必要です。ＣＴはComputed Tomography（コンピューター断層撮影法）の略で、Ｘ線検査の立体版です。撮影時間は短時間ですみますが放射線を使うために大きな被爆ではありませんが被爆します。骨など水分が少ない箇所の画像診断に有効です。

8　まさかのまさか!?　癌をなめるな！（２０１７年8月21日）

自覚症状がない！　静かに成長してくる「腺様嚢胞癌」

（私に静かに襲い掛かってきた悪魔「腺様嚢胞癌」とは…）

防衛医大病院で最初に医師から宣告されたとき、「エッ？　聞いたことありませんけどどんな字を書くんですか？」と尋ねました。そして、何度も、何度も、検査通院しているうちにやっと最近スラスラと口から出るようになってきたのです。

それくらい珍しい癌ということです。

※Wikipediaによると…「腺様嚢胞癌は、分泌腺から発生する悪性腫瘍でまれな腫瘍の1つ。頭頸部領域に発生することが多く、耳下腺や顎下腺などの大唾液腺や口腔内、鼻腔に発生します。40～60歳代に多く、男女比は同等か、やや女性に多いとされている」だそうです。

（腺様嚢胞癌の特徴）

・ゆっくり静かに成長する。
・しつこく、根深い。
・転移、再発しやすい。

困った性格です！

（有効な治療法は…）
・効く抗がん剤がない。
・放射線も効果が期待出来ない。
・唯一有効とされる治療法は外科手術。
ますます、困ったやつです。
（出来た場所がまた悪い！）

出来た場所が治療において重要なファクターとなります。私の場合はよりによって気管の中。

放射線は効果が期待出来ないと書きましたが、放射線治療でもさらにピンポイントで癌を攻撃でき、パワーの強い重粒子線というのがあります。しかし、重粒子線は、不規則に運動する胃や袋状・管状の臓器には孔を開ける危険性があるため不適応なのです。まして、私の場合は、気管壁、軟骨部が癌で崩されている状態です。最悪のストーリーです。因みに重粒子線治療は、白血病のような全身に広がった癌・広く転移した癌にも不適応だそうです。

そして、何よりも痛いとか痒いとかの自覚症状がありません。ゆっくり長年にわたって静かに成長してくる悪魔です。私の場合も昨年あたりから喉に違和感を感じるものの「痛い」「痒い」「苦しい」「体がだるい」などの症状はまったくなく、今年に入って喉にグリグリしたものがあると感じたものの指で押して触らないとわからないし、リンパ腺でも腫れているのかな?まあ、体調も良いしそのうちに治るだろうくらいの感覚でした。それどころか、今年に入ってすこぶるトレーニングの調子がいい！60歳を超えてヒイヒイ言っていたレッグプレスがフルスタックで20レップス×5セットのノルマがスイスイこなせていたし、僧帽筋、三角筋が盛り上がってきていたし、本当にまさかのまさかでした。

防衛医大病院での検査、採血では、肝機能、コレステロール、中性脂肪etc…の数値は健康そのもの！腫瘍マーカーも上がっていない状態。血圧はいつ測っても１２０～80と理想の値だったのです。まさかのまさかです！おそらく会社の健康診断だけ受けていたら「健康です」と言われ、今も知らずにいたかもしれません。そして、ある日、突然倒れて…。

皆さん、今は、生涯で二人に一人が癌を患い、三人に一人が癌で亡くなる時代です。遺伝とか関係ないようです。私自身、親戚に癌で亡くなった人は伯父一人しか居ませんでした。それが、この3年足らずで両親が癌で亡くなり、そして、その時、「もしかしたら俺も死ぬときは癌かな？」とは思ったものの、両親が亡くなったのは、父88歳、母85歳ですから年齢的に細胞再生がうまくいかなくなって癌というのは仕方ないのかもしれませんが、私は両親よりも27歳若いわけです。

本当にまさかのまさかです。誰も人事ではないのです。再度、言います。皆さん、癌をなめたらあきません！　会社の健康診断では、癌は見つからないと思ったほうがいいです。50歳を超えたら、年に1回は、CT、PET検診を受けることをお勧めします。

9　癌切除手術後出来なくなること（2017年8月22日）

命の代償・気管孔制作、喉頭部全摘出手術後出来なくなること

●気管を切除し、胸の中央に鼻に変わる気管孔を作り、その孔から呼吸をすることになります。
その結果…、
①風呂に入れなくなります。
夏なら1日に朝晩はする行為が出来なくなります。大好きな温泉に行けなくなります。胸にぽっかり開いた気管孔の中は孔入口から即気管、肺へと続きます。もし、この穴から水が入ろうものならたちまち溺れて死んでしまうのです。
※そこで対策としては
↓前掛けをして、ベントオーバー（上体を前かがみにする）の姿勢などで水が気管孔に入らないように注意してシャワーを浴びる。

↓下半身だけ浸かって、上半身は拭く？　でしょうか？

↓（後日追記※面倒くさいですが、シャワーキャップのようなものを貼り付けて防水しシャワーが可能になりました）。
②同様の危険がある水泳、釣りなどの川、海でのレジャーも出来ません。
若いころは毎週末、普通に行っていたことが出来なくなります。
③臭覚がなくなる。
気管が鼻、口につながっていないので、息を吸ったり、吐いたりが出来ません。息を鼻から吸えないので臭いがわからなくなります。彼女の髪のいい香り、花のいい香り、お料理の美味しそうな香りがわからなくなります。悲しいです。ガス漏れしてても、食べ物が腐っていても臭いがわからないので気がつかなくなります。
☆（かすかな希望）食道が残せれば、食道発声法訓練により復活可能かもしれません。

↓（後日追記※復活はありません）。
④鼻をかめなくなる。
息を鼻から吸ったり吐いたり出来ないので鼻がかめなくなります。
☆（かすかな希望）食道が残せれば、食道発声法訓練により復活可能かもしれません。
↓（後日追記※復活はありません）。
⑤息を吹く・食べ物を冷ます・蝋燭を消すなどが出来なくなります。
☆（かすかな希望）食道が残せれば、食道発声法訓練により復活可能かもしれません。
↓（後日追記※口の中に息を含んで吹き出せば多少は可能です）。
⑥うどんやスープをすすることが出来なくなる。
皆さん、物を食べるとき意識してしてください。口元でフッと吸い込んでいることがわかります。
☆（かすかな希望）食道が残せれば、食道発声法訓練により復活可能かもしれません。
↓（後日追記※口の中に息を吸い込めば多少は可能です）。
⑦呼吸形態が変わってしまうため、息んだり、重量物を持ったりが難しくなります。
私の仕事である30㎏ある溶接機を車に積んで、工場に持ち込み、デモンストレーションをすることが出来なくなります。職変えをしなければなりません。

私のライフワーク、生き甲斐でもある筋力トレーニングも厳しいでしょう。手術で鎖骨、胸骨、肋骨を取ってしまうというからなおさらです。
●喉頭部、甲状腺、声帯を切除します。
その結果…、
⑧声を出せなくなる（話せない、歌を歌えない）
人間のコミュニケーション手段でもっとも大事なことが出来なくなるのです。

私の仕事は営業です。スタッド溶接機、スタッドボルト、クリンチングファスナーなどを販売しています。声が出せなければ商品説明が出来なくなるし、電話に出ることもできません。職種を変えなければ生活の糧を得ることが出来なくなります。

☆（考えられる対応策）
↓筆談、ジェスチャー、言葉ボード、カード、合図（パーフーパーフー）
↓電気発声法…よくわかりません（後日追記※人工電気喉頭です。これは習得も早く利便性があります）。
↓食道発声法…食道が残せ、訓練すれば、臭覚が戻り、すすりこみ、鼻かみが可能になるかも？　これは、歌手のつんくさんもトライしているようですが、習得がかなり難しいしコンディションを維持するのも難しいようです。

その他、術後、注意しなければならないこととして…

①食事については、肉・刺身・たこ・いか・噛み切りにくいもの、大きな塊はつかえることがあるでしょうから慎重にゆっくり噛んで食べなければならないでしょう。麺類、スープのすすりこみ、スープを冷ますことが出来ないので火傷や喉につめないようにしなければなりませんね。

まだまだ、注意することがありそうです。

○吸い込む空気の湿度不足で痰がかたくなる。○痰の量が多くなる。
○ごみが入りやすくなる。
○気管孔に水を入れない。
○気管孔のケア。清潔に保つ。ネブライザーで定期的に加湿し、痰を掃除する必要がある。
○ガス漏れ、腐敗物に注意。
○気管孔のサイズが小さくなることがある（後日追記「狭窄」です。２０１８年4月12日現在、これに悩まされています。命にかかわります）

ちょっと考えただけでこれだけ出てきました。まだまだ、疑問が出てくるでしょう。

○うがいは出来るの？（後日追記※子供のように口の中で「くちゅくちゅぺー」になります）
○いびきはどうなるの？（後日追記※口、鼻、喉を使わないのでなくなりますが、気管孔からの空気音、咳、くしゃみの音が結構大きく出ます）
○花粉症は？（後日追記※なります。咳、くしゃみは感覚的に口、鼻からでる感じで動作もでますが実際には気管が繋がっていないので、胸の気管孔から空気が吹き出します）

しかし、残された体で、機能で、可能なことは挑戦しますよ！　もちろん、日常生活が出来るまでに回復したら「筋トレ」も今までの40数年の筋トレライフで培ったノウハウで筋肉を再建して見せます。やります！

10　こんなに健康的な生活しているのに…癌になるの？（２０１７年８月23日）

癌になる原因！　ストレス！　環境汚染

なぜ癌になるのでしょう？　私の場合、たばこも吸わないのに気管癌です。発症の原因を考えてみました。

【癌になる原因】

①喫煙

②飲酒

③環境汚染（大気汚染・水質汚染・土壌汚染・放射線 etc...）

④過剰な精神的ストレスによる免疫力の低下

⑤肉体的ストレスによる活性酸素の増加

⑥栄養不足

⑦睡眠不足

⑧運動不足

etc...

喫煙、飲酒、環境汚染、栄養不足、睡眠不足、運動不足、そして、最も恐ろしいストレスがあげられます。これらが、私たちの遺伝子に悪い影響を与えていきます。いくら自分が食生活、生活習慣に注意を払っていても環境汚染（大気汚染・水質汚染・土壌汚染・放射線 etc...）、そして、生きていくうえで関わりあう人間関係によるストレスを完全に避けることは難しいと言えるでしょう。過剰なストレスを受けるほど、免疫力が低下し癌細胞が発生しやすいのです。これらの要因をきっかけに遺伝子に傷がつき、修復されず癌化し、抑制されずに増殖することで癌になります。

癌とストレスの因果関係ですが、複雑な人間関係を避けられない現在社会ではストレスが癌の原因になってきていると多くの専門家

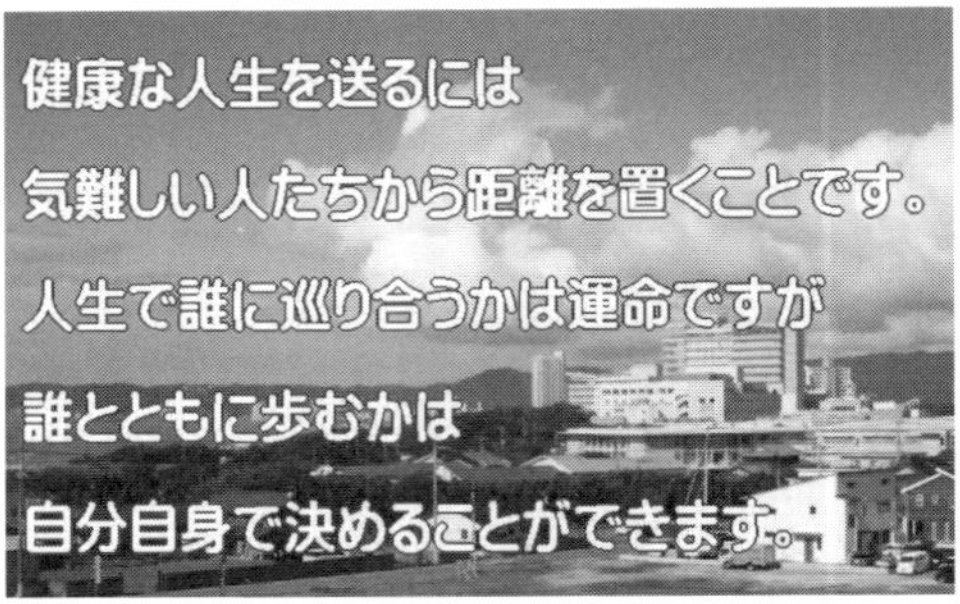
健康な人生を送るには
気難しい人たちから距離を置くことです。
人生で誰に巡り合うかは運命ですが
誰とともに歩むかは
自分自身で決めることができます。

の間でも言われています。

ストレスには、精神的ストレスと肉体的ストレスがあります。精神的ストレスには仕事、家庭、親戚、友人などの人間関係、将来の不安、経済的な不安などさまざまなことが考えられますが、この精神的ストレスが「免疫力の低下」につながっていきます。遺伝子に傷がつき、修復されず癌化し、癌細胞の活動を抑制することができなくなってしまうのです。肉体的ストレスは、過労、過度な運動、睡眠不足、夜ふかし、喫煙、飲みすぎなどが活性酸素の増加を招きます。活性酸素が増えすぎると所謂、肉体の酸化、金属で言う錆びるのに似た状況になり、遺伝子を傷つけてしまうのです。そして精神的ストレス同様、傷ついた遺伝子から癌の発生に至るのです。

精神的ストレスの実例として、親族間の相続のもめごと、職場でのパワハラ、セクハラ、いじめなどの人間関係はよく聞く話でもあります。うまく聞き流してストレス解消を出来る人はいいのですが、生真面目、責任感が強い、周囲の目を気にする人は癌になる可能性が高いそうです。

過剰なストレスを受けている人ほど、癌の発生率が高くなるそうですが、私の場合で言えば、癌になる原因のうち、①喫煙、②飲酒、⑤肉体的ストレスによる活性酸素の増加、⑥栄養不足、⑦睡眠不足、⑧運動不足は、煙草も生まれて今日まで2本しか吸っていません、飲酒も晩酌程度でへべれけになるまで飲むことはありません。ボディビルを通じて人一倍健康的な生活をしているので、栄養不足、睡眠不足、運動不足もありません（癌ステージ4宣告された今でも血圧、血液検査では健康そのものですから）。強いて言えば、若いころは過度なトレーニングをしてきたので⑤の肉体的ストレスによる活性酸素の増加はあるかもしれません。その程度です。

となると…

③の環境汚染（大気汚染・水質汚染・土壌汚染・放射線etc...）でしょうか? 中国からのPM2・5、経済至上主義、高度経済成長期以来の大気汚染、企業からの有害物質の垂れ流し、広島、長崎に投下された原子力爆弾、核実験、チェルノブイリ、福島第一原子力発電所事故による放射性物質の拡散。一番近いところでは、２０１１年3月11日に起きた東北地方太平洋沖地震に伴い起こった福島第一原子力発電所事故による放射性物質の拡散は、未だ溶け落ちた核燃料の状況すらつかめず、廃炉の見通しもつかず日夜大気中に拡散、また解け落ちた核燃料を冷やすために発生する放射性物質を大量に含んだ汚染水が地下水に海に漏れ出ているのです。確実に地球規模

で汚染は続いています。それでも我欲で原発を作ろうという人間がいるのですから恐ろしいことです。生涯で二人に一人は癌になり、三人に一人は癌で死ぬという現実。有名人の死因をみても癌ばかり、周囲を見渡しても癌を患って治療、療養中の方が大勢おられます。チェルノブイリの事故後五年くらいから甲状腺癌が多発、チェルノブイリで後処理に当たった人たちが若くして癌で亡くなっているという話からもその大きな原因はこれか！　と思いたくなりますよね。

そして、④の過剰な精神的ストレスによる免疫力の低下！

私の場合、環境汚染＋過剰な精神的ストレスが原因だと思います。私の周囲には大勢の愛すべき親族たち、職場の同僚、友人たちが居ます。みんな優しくて私は幸せ者です。ただ、身近にひとりだけ被害妄想の気がある人が居たのです。今後二度と会うことはないと思います。その超過剰な人的、精神的ストレスはボディビルで鍛えた強靭な肉体をも蝕むほど強烈で想像を絶するものでした。身近な方だっただけに、何とかしてあげたいという思いと精神的ストレスの狭間で悩みましたが、癌宣告を受けた今は、自身が「DEAD OR ALIVE」の状況です。運が悪ければ、あと3週間の命の可能性もあります。9月12日の大手術という戦いに勝っても、その後の術後の長期に及ぶ入院、痛み、合併症、感染症との闘い、社会復帰のためのリハビリテーションが待っています。来年、退院後にも続く多くのものを失った肉体で、癌の再発、転移を気使いながらステージ4からの奇跡の復活への道が続くのです。今の私にはそんなことに心を痛め、かかわっている時間も余裕もありません。関わらない道を選択しました。「未来を生きるための戦い」はまだ、始まったばかりなのです。

でも、大丈夫！　私には、愛する、そして、愛してくれる家族、親戚、大勢の心優しき友人が居ます。手術に立ち会ってくれるという親友も居ます。今、僕は幸せです。

11　ももさん、ありがとう！　幸せに生きるために！（２０１７年8月24日）

★癌で突然死する事実

昨夜、ももさんという方から、ブログ記事へのコメントをいただきました。ももさんのお父様、まさに今の私と同じ病気（気管癌）で同じ状況だったのですね。自覚症状はなく、ある日の朝いつものように出勤されて、職場で突然呼吸困難に陥り病院に搬送され亡くなったそうです。死因は気管内にできた癌による窒息。健康診断も毎年受けておられたそうですが異常はなかったとのことです。私自身、おそらく会社の健康診断（7月4日に受ける予定でしたが、6月20日に今回の喉の違和感で4つの病院をはしごしていたのでキャンセルしました）だけを受けていたら、結果は「異常なし」で今でもいつもどおり仕事を、トレーニングをしていたのでしょう。そして、亀田京橋クリニックのK医師の言うように数ヵ月後にはももさんのお父様のように突然倒れ亡くなっていたのでしょう。

　私には、ギリギリとは言え、手術で重篤な障害は残るものの回復する可能性があります。身辺整理をする時間も少ないですがあります。今、仕事をしながら、仕事の引継ぎ、公私にわたる身辺整理をあわただしくしています。

　ももさんがおっしゃるように、癌系でなかった家系なのに、何故、母（２０１４年11月）、父（２０１６年６月）が、続けて癌になり入院後それぞれ1週間、10日で逝去、そして、今、私自身、両親より27歳も若いのに「ステージ4の気管癌」を宣告され、「何故、癌になったのだろう？　こんなに健康的な生活をしているのに」と考えることは当然のこととは思います。

　ももさんもお父様が亡くなった後、そのように考えられ「人間関係と受動喫煙（父は非喫煙者でした）が主な原因なのだろうと思っています」という結論に至ったのと同様、私の場合は「身近にいた人との人間関係と環境汚染だろう」と考えました。それ以外の家族、親戚、職場の人達、大勢いる友人との人間関係はきわめて良好ですから。癌宣告以来、応援してくれる大勢の人々の優しさに涙しない日はないのですから。

　ももさんが私に伝えたいことは「生きられる可能性がある以上、癌になった原因やそれまでのしがらみなどは一切忘れて、生きることだけに専念してほしい。生還した暁には、新たな生きがいを見つけて第2の人生を謳歌してほしい。そのためならばいくらでも手助けしよう」と受け止めました。そのとおりだと思います。大丈夫です。ネガティブな思念からは何も良いことは生まれないことも知っています。ももさんのおっしゃる通り「生きられる可能性がある以上、癌になった原因やそれまでのしがらみなどは一切忘れて、生きることだけに専念します。生還した暁には、新たな生きがいを見つけて第2の人生を謳歌します」心、穏やかな未来を心温かな人々とともに笑顔で健やかに過ごします！

ももさん、本当にありがとうございます。本当に参考になりました。心に染みました。今後とも、気がついたことがあればアドバイスお願いいいたします。やはり、私は幸せ者です！

12　両親供養・先祖供養（２０１７年８月25日）

２０１４年11月、母が亡くなり、２０１６年６月父が亡くなりました。私と違って無口で生真面目で仕事一途な父は大分県臼杵市の旧家の次男坊で、母は神戸で廻船業を営む旧家の娘で礼節を重んじるしっかりものでした。好きな人生を歩んできた私にとっては尊敬すべき両親でした。

そんな我が家は典型的な昭和30年代戦後の高度成長期の核家族で、家に仏壇もなく、信仰と言えば、母が何やら棚に立てかけた総戒名のようなものに手を合わせ、ご飯を供えていたことくらいしか覚えていません。そのためか私は無信仰で、アメリカ留学中にはユタ州プロボのモルモンの教会に通い、日本では冠婚葬祭のときは仏教徒に変身、結婚式はグアムのアガニア大聖堂でキリスト教結婚式を挙げました。

そんな私も、母の逝去をきっかけに父とふたりで仏具を購入、手を合わせてお経を読む父の後姿を見、その父の逝去のあとには、自ら東京でささやかではありますが、仏具をそろえ、朝夕手を合わせるようになりました。

５年前、両親から「おまえの子供、内孫は娘なので、いずれお嫁に行く。そうなるとお嫁に行った孫がお墓の世話をしなければならない。だから、永代供養にしようと思うがどうか？」との相談を受け、両親と私の３人で見学に行きお世話になることを決めたのでした。

その後、数年で両親が他界。墓標の名盤の文字が赤から白に変わりました。

それをきっかけに先祖供養も始めました。若いころにナニワトレーニングセンターの伊集院先生に「吉賀君、先祖供養はせなあかんで！」と何度か言われた記憶があるのですが、その時はピンと来ず、還暦を過ぎ、両親が他界して初めてその意味が分かりかけてきた気

実際のお骨は、神戸の善光寺さんに納骨されているため、関西に行くおりには必ず訪れ手を合わせるこの頃です

がします。5時に起きてご先祖様、両親に手を合わせる毎日の習慣。今までになかったことです。

父の母、おすみばあちゃんが臨終のときに私に言った「真っ当に生きなつまらんぞ」という言葉が今も脳裏を横切ります。お父ちゃん、お母ちゃん、まだ、そっちに行くには早やすぎるやろ！　俺は今までお婆ちゃんの言葉に恥じない「真っ当な生き方」をしてきたという自負はあるけど、まだまだ生きて今まで積み上げてきたことを生かして人様の役に立つことをせなあかんのんや！　恩返しをせなあかんのんや！　まだ、死にたないんや！　まだまだ、未来を生きてやることがいっぱいあるんや！　声がなくなっても、息を胸の気管孔でするることになってもや！　出来ることは、まだまだいっぱいあるんや！

手術の日まであと18日…。

13　体調不良を招くストレス！　笑おうよ！（2017年8月26日）

ストレスが招く痛み・体調不良

実は先週お盆明けから、背中に原因不明の痛みが生じました。普段なら「筋でも違えたかな、寝違えたかな」と思ったはずです。今週、21日（月）の朝からはやはり原因不明の気持ち悪さ、息苦しさを感じ、倦怠感、特に両腕が重い感覚です。25日（金）まで続きました。

普段なら今週は真夏日が続く猛暑だから、体がだるい、息苦しいのだろうと思うでしょう。しかし、ステージ4の癌宣告を受け、17日後に16時間を越えるであろう大手術を受ける身には、何でも「癌」に結び付けてしまいます。癌が活動を加速して成長してきているのではないだろうか、ついに症状が出てきたかと思ってしまいます。予定されていた2件のデモと1件の修理を後任者に引継ぎ社内処理に従事しました。

そして、週末の花金の昨夜は、ままりんさんの御好意で新宿「熟肉（なれにく）」で美味しい熟成肉をごちそうになりました。新宿へ向かう車中ではやはり気分が優れません。そして、会食が始まりました。話題が癌治療の話になりました。ままりんさん自身、過去に腫瘍で手術をされた経験を持っておられます。そのままりんさんも手術までの間に「自分はもう死ぬんだ」と悩み、もんもんとした日々を重ねたそうです。そして、その間、原因不明の背中痛に襲われたそうです。医師の診断では、手術までの待ち時間のス

トレスで潰瘍が出来て背中に痛みが出ているということがわかったそうです。

「そうだったのか！」私は単純ですから、「私の背中の痛みも迫りくる大手術の恐怖を原因とするストレスが原因だったのだ」と思いました。「きっと、今週月曜日朝からの気持ち悪さ、息苦しさもそうにちがいない」と思いました。加えて「気管癌による窒息死は突然に襲ってくる可能性があるという恐怖感を私の体はストレスとして捉えていたのだ」と思いました。私の単純な性格が効を奏しました。会食の中ごろから息苦しさ、気持ち悪さは消えていたのです。

ままりんさんからは、その他にも体験者ならではのアドバイスをいただきました。麻酔のこと、術後の痛みは「生きている証拠で回復への喜びの痛み」であること。「最悪でも死ぬだけよ！」と開き直ったことなどです。ままりんさん、本当にありがとう！

そして、今日の土曜日。朝から快調です。亡き母と「一緒に行こう！」と約束していたスカイツリーに、母の化身であるスヌーピー（娘が母のお見舞いに持って行き、母が亡くなる直前まで抱いていたぬいぐるみ）と家族とともに行ってきました！　母も天国で笑って喜んでいることと思います。

私も、ストレスを溜めないように、ネガティブなことは削除して、ハートで繋がった仲間と笑って過ごしますよ！　手術まであと17日。

14 「精神世界の話」魂の筋肉を鍛える！（２０１７年8月27日）

魂のレベルを高める

チームＢＩＧ　ＴＯＥシルバー武内長老の電話での「精神世界」の話です。人間は人生の中において色々な体験、経験をして「魂の成長」をさせる為に肉体を持って生まれてくるそうです。そして、意外と思われるかもしれませんが、魂のレベルは体に障害をもった人の方が圧倒的に高いそうです。

私は、今まで命にかかわるような大きな病気や怪我もせずに今日まで来ました。子供のころは、アトピーもあり、胃腸が弱くしょっちゅう下痢をして体が弱かったのですが、ボディビルに出会い鍛錬を重ねることでその肉体は強くなり、胃腸も強化され、お腹を壊すこともなくなりました。アトピーも克服しました。風邪もめったにひかなくなりました。

武内長老は、60代で心臓手術をされ、胸骨は金属で止められています。しかし、75歳の現在、60kgのベンチプレス10回を軽く行います！　素晴らしい目標です

それどころか、ある程度素質にも恵まれていたのでしょう。人よりも少し鍛錬は積んだのでしょうが、血の小便を出すほどではありませんでしたが、ミスター大阪、ミスター関西、ミスター岡山というタイトルをいただけました。運もあったと思います。

武内長老によると、今までの私は「肉体的強者の人生」だったようです。しかし、癌と戦う手術をすることで「肉体的弱者の人生」に挑むことになります。分かりやすく言うと、これからは新しい障害を持った人間に生まれ変わることで、「肉体の筋肉」を鍛えることから「魂の筋肉」を鍛えることになるのです。その通りだと思います。

左よりボディガー、私、ゼウス

全日本プロレスのゼウスの言葉です、「人間というのは、五体満足である人ほど、言い訳や文句ばかり言って頑張ろうとしない、努力をしない。彼らを見ていると腹がたつ。不幸にも障害を持って生まれたり、事故や病気で障害を持った人ほど頑張って努力する」ボディガーから聞きました。プロレスラーたちは、毎試合、リングに向かう前に歯を磨き、祈るそうです。試合では何が起こるかわからない、ひとつ間違えば、いつ命を落とすかわからない。まさに、毎試合、毎試合が命がけなのです。

私も命がけで9月12日に戦います！

癌切除手術まであと16日！

15　人のつながりは「HEART to HEART」（２０１７年8月28日）

ステージ4の稀少癌宣告を受けて以来、身にしみて感じるのは人の優しさ。

悔し涙は1回だけですが、嬉し涙を流さない日は1日たりともありません。目から汗を流す毎日です。確かに世の中には、若干です

チーム BIGTOE の仲間たちと

ナニワボディビルクラブの仲間たちと

多摩ジムの仲間たちと

BIG FIVE、ジョイフルタイム西八王子の仲間たちと

が人の痛みをわからない人もいるのは事実ですが、今の私には残された時間がありません。そんな人に関わっている余裕はありません。それよりも残された時間を本当にやるべきことをやって、やりたいことをやって、会いたい人に会って、少しでも多くの時間をHEARTとHEARTでつながった家族や友人たちと過ごします。そして、9月12日、新しい自分、新しい人生をスタートさせるのです。今、僕は幸せです。

人の繋がりは「HEART to HEART」みんな、ありがとうね！

16　引き継ぎと激励の二日間（２０１７年８月29日）

手術までに完了しなければならない残暑の中での仕事引継ぎ2日目が終わりました。東京オリンピックを3年後に控えて、これからというときの突然のリタイア。無念の気持ちはぬぐえませんが、後任の渡辺さんへのバトンタッチを行っています。後任の渡辺さん、宜しくお願い致します。

来月12日で、声を、気管を、食道を失う私にとって現世での営業という仕事は最後ということになります。夜には、私の病気を知った仕事関係の仲間たちが赤羽に集まり激励の食事会を開いてくださいました。もう、一緒に営業の仕事は出来ないけれど、必ず再会することを誓いました！　お肉、刺身、うなぎ、ほろほろ鳥、サラダと来るべき手術に備えてしっかり栄養をとるとともにみんなから元気とパワーをいただきました！　皆さん、ありがとうございます！

引継ぎ途中、「会いたい！　会いたい！」と思っていたTEAM ＢＩＧ ＴＯＥのメンバーであり、広島在住の赤澤くんファミ

赤羽、うなぎととり料理「川栄」さんにて

赤澤君ファミリーに感謝！　嬉し涙を流す記録更新中です

シルバーパーソナルトレーナーズのSATOさん、井原さんと

リーと江川君に川崎駅で遭遇。これは偶然ではなく必然！　会うべくして会った瞬間でした。またまた、元気をいただきました！

17　残された時間は、12日と少し…（２０１7年8月30日）

一昨日、昨日は、重要案件現在進行形のお客様を中心に引継ぎ訪問をしました。そして、今日は事務所に篭り、商社、販売店、直取引ユーザーへの引継挨拶の配信です。１日かかってしまいました。途中、配信を受けて早速、私を気使うお電話を下さったお客様ありがとうございます。加美スタッドの社長お電話いただきありがとうございます。必ず復活します！　１日が過ぎるのが本当に早いです。

週末の金、土、日には会いたい人と会う約束が詰まっています。手術前最後のパーソナルも控えています。楽しみます。笑います！　残された時間（声、気管、食道、骨がある時間という意味です）は12日と少し。無駄に費やす時間は今の私にはありません。大切な時間を大切なこと、大切な人と過ごすことに使います。

今日は、そんな中、手術後は出来なくなる大好きなダンベルフライ1セットとヒンズースクワット１００回、レッグレイッズ１００回に使いました。これも私には大事な時間です。きっと、来週はもっと時間が経つのが早く感じるのでしょうね。

２週間後の今頃は…集中治療室で爆睡していることでしょう！

18　術後の生まれ変わった未来を生きる夢（２０１7年8月31日）

実は、私、「神様が自分を選んで与えてくれた試練！　いや、チャンス！　ステージ4から必ず復活するぜ！」「抗がん剤もない、放射線も効かない、転移しやすい、再発しやすい腺様嚢胞癌!?　上等やないか！　相手にとって不足なし！」などと強がっていますが、実は怖いんです。手術前日に病院から逃走するんじゃないかと思ったこともあります。「骨が無くなったらどうなるんだろう?」「麻酔が切れたらどんな痛みが襲ってくるのだろう?」「痛くて眠れないのではないだろうか?」「痛くて気が狂わないだろうか?」「それならいっそのこと手術中に逝っ

たほうが楽じゃないか」などとびびったこともあります。

でも、ままりんさんからいただいた言葉…「術後の痛みは生きている証拠、回復への痛みだから我慢出来るはず…」「私なんて最後には「最悪でも死ぬだけ」と思って開き直ったよ」そうだよね。開きなおろう！

それに命あっての物だね。好きな歌が歌えなくてもギターは弾ける。好きなおしゃべりは出来なくてもラインは出来る、営業の仕事は出来なくなっても他に出来る仕事は必ずあるはず。気管がなくなり、鼻や口で呼吸をせず、胸に開いた気管孔での呼吸になるため、息む筋トレは出来ないというけれど、40年間培ったアイソメトリックス、スロームーブメント、チューブトレーニングetc…のノウハウを駆使すれば絶対出来る！　鎖骨、胸骨、肋骨がなくなるからベンチプレスは出来なくても太い腕は作れるはず！

一時は、迫り来る手術への恐怖、突然、来るかもしれない死への恐怖に背中が痛んだり、体調不良になったけど、今は術後の生まれ変わった未来を生きる夢を見るようになってきている自分です！

フロントポーズは無理っぽいけど、このポーズなら出来るかも⁉

19　癌摘出手術前最後の検診（2017年9月1日）

今日、手術前最後の検診に行ってきました。内容は主に11日後に迫った手術についての疑問、質問です。

「鎖骨、胸骨、肋骨を残せないか？（戻せないか？）」については…やはり、呼吸をする気管孔（胸に開ける呼吸のための穴）を胸に作るためには鎖骨、胸骨、肋骨の切除は避けられないとのことでした。残念ですが「生きる」ということを優先するしかありません。それならば、術後に「骨が無くても筋トレが出来る」ことを証明したいと思います。気管孔の補強に大胸筋を使うかもしれないとも言っておられました。少し気になります。

加えて「気管孔の大出血の可能性」について聞きました。これは、胸のど真ん中に本来の呼吸とは異なる呼吸のための孔を開けるという人体改造をするわけですから、術後数ヶ月は合併症、気管の横を走る動脈出血による窒息、出血死のリスクが続くとのことでした。

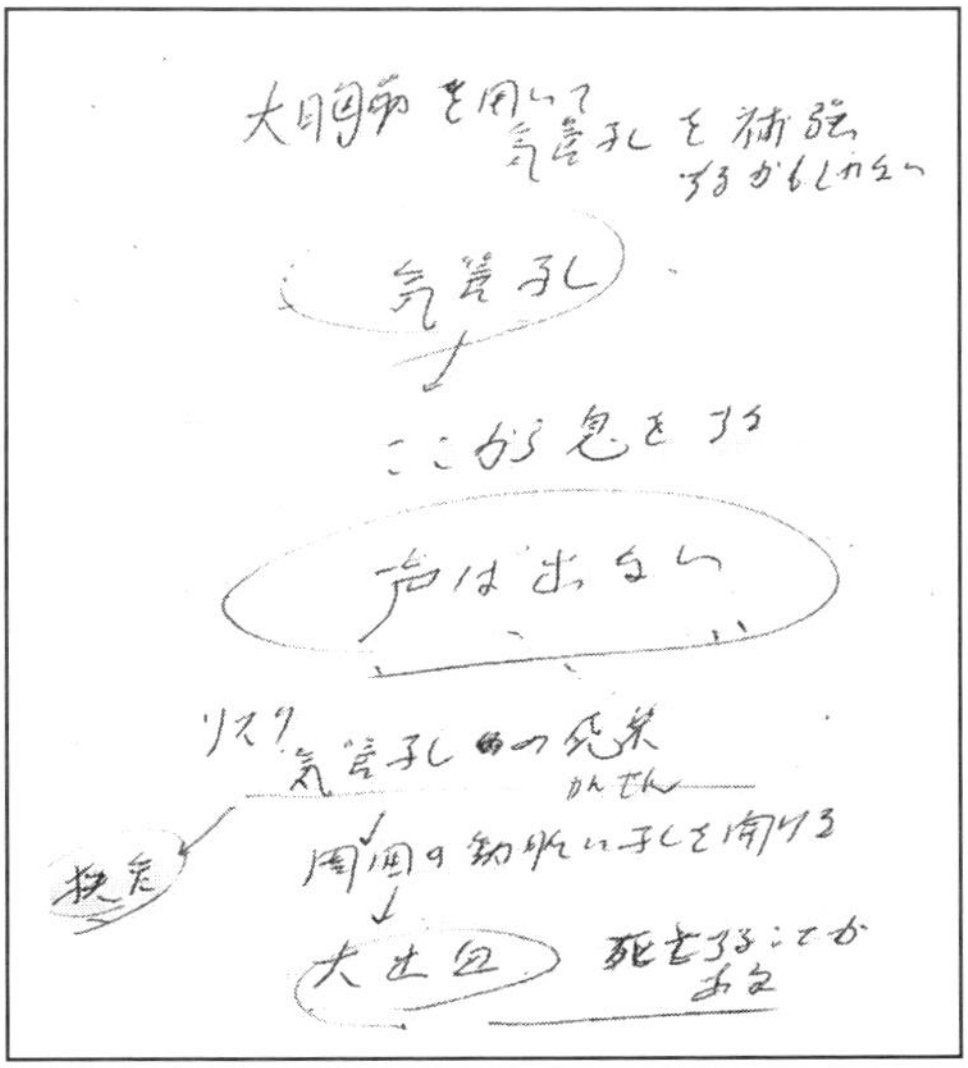

「ぞぞぞっ」です！

また、「癌の範囲が広くて取りきれないこと、そのために術後に放射線治療のための再入院が必須であること」の説明がありました。それに、甲状腺、副甲状腺を全摘出するために、術後は、一生、甲状腺ホルモン剤、カルシウム剤を飲み続けなければならないそうです。

手術してどれだけ生きることが出来るか疑問ですが、このまま放置して3か月後に「呼吸困難」で突然死ぬより「未来を生きるための選択」をします。術後、生還できれば、5年後、70歳までと目標を決めて充実した5年、70歳までを生き抜く決意です。本来、のんびり屋で怠け者なので時間を区切られたほうが、ゴールを決められたほうが、ダラダラ生きるより充実した人生を送ることができると思います。術後の体でできる事、今までの人生における経験を生かす情報発信をやります。そして、孫の顔も見なければなりません。応援してくれるみなさん応援ありがとう！　感謝です！　頑張りマッスル！

20　感謝の気持ちで一杯！（2017年9月2日）

癌切除手術まであと10日！　いよいよ、カウントダウンです。正直、ドキドキしてきました。その前に入院となるので、仕事の引継ぎ、身辺整理、会っておきたい人々に会う残された時間はあとわずかです。私の人生における「営業マン人生」も「私の声」も「本格的筋トレ人生」も「カラオケ人生」もあとわずかです。

そんな、今日は、月刊ボディビルディングの鎌田編集長主催で、ボディビル界のアニキこと吉田

真人さん、ボディビルダーであり、ミュージシャンであり、実業家でもある笠松博次さん、そして私の4人が、成増のインド・ネパール料理「ハイファイブ」に集まりました。

平均体重90kgのパワフルメンたちから、強烈なパワーと激励をいただきました。元気百倍！　勇気百倍！　パワー百倍です！

21　生きる勇気をいただきました！（2017年9月2日）

私のブログを見ていてくださる方、結構、いるのですね。今週月曜日に激例会を開いてくださった仕事での展示会仲間、テンポスの鈴木マネージャー、サンワの藤江社長、ワーナーケミカルの葉山くん。遠路はるばる集まってくれてありがとうございます！

そして、二十歳代に勤めていたデザイン会社「アドワーク」の先輩、藤田さん。もう、40年近く前なのに覚えていてくれて、ブログもチェックして頂いていたのですね。当時、家内も同じ会社に勤めていたので、共通の友人ということになります。品川駅で待ち合わせて二組の夫婦でランチを共にしました。藤田さん自身も病気と戦いながら日々を送っておられます。奥さんも一生懸命支えておられます。だからこそ、その話には説得力があります。共感できることが多いです。笑顔でランチをいただきながら楽しいひと時を過ごしました。生きる勇気をいただきました。ありがとうございます。

「長生き出来ないだろうなあ」という話も出ましたが、お互い長生きしましょうよ！

22　ネガティブを乗り越えて今手術後の新しい人生にワクワクしています！（２０１7年9月4日）

来週の今頃はすでに入院して翌日の大手術に備えての検査、準備、手術説明に向き合っている頃です。「生きるための手術」を決意したときには、心のどこかで「まだ、1ヶ月ある」と思っていましたが、翌週から背中の痛み、全身が鉛になったかと思うような体調不良に襲われました。「癌の転移かな？ ついに癌の症状が出てきたか？」とついつい自身が発するネガティブな思いが脳裏をかすめます。そんな中、大勢の友人、親戚、仕事仲間たちが、励まし、応援、アドバイスをしてくれます。すべてがポジティブパワーに変わります。そして、体調不良は嘘のように消え去りました。これも家族や心優しき良き仲間のポジティブパワーのおかげです。

昨日は、手術前最後の多摩スポーツジムでの軽いトレーニングとパーソナルでした。これを聞きつけた大勢の仲間が会いに来てくださいました。

手術まで、あと1週間！ 今は「生きる」ことに全力を注ぎます。そして、応援してくれる家族、親戚、心優しき友人たちの顔を再び見ることを約束します。生まれ変ってくる新しい自分に、新しい人生にワクワクしています。

多摩ジムのチーム BIGTOE の仲間からたくさんの愛とパワーをいただきました

ごんた商店さん率いる「吉賀さん応援団」のみなさん。筋肉博士　山本義徳さんから癌と闘うサプリメント、治療法について素晴らしい話をうかがいました。ありがとうございます

愛すべき後輩ジョイフルタイム西八王子の JR 君と山崎さん

23　このいただいたパワーで生き残ります！（２０１７年9月5日）

今朝、お電話をいただいた西浦社長。ありがとうございます！　おっしゃるとおり手術まであと1週間。1週間後の今頃は、手術台の上でアジの開き状態になっていることと思います。今は、生き残り、命を繋ぐことに全力を尽くします。5部門のドクターが集結しての大手術に意識はないものの耐えます。生まれ変わります。それを乗り切れば、次のステップ。16時間以上、麻酔から覚めた後の痛みとの闘いが待っています。会社の山本さん曰く、「たぶん、手術の傷よりもおちんちんの管のほうが痛いだろう」。嫌です！　麻酔打ってくださいと言いたいです。その後は、合併症、感染症が起こらなければ、時間勝負、体力勝負でしょう。それを見越して、多くの方が、情報を寄せてくれたり、サプリやお守り、お護摩を焚いてくださったりと様々な形で応援をしてくださっています。

癌に良い、免疫力を高めるというサプリやお守りをたくさんいただきました。本当にありがたいです。感謝！　自分は本当に幸せ者だと思います。そして、このいただいたパワーで生き残ります。手術、術後の痛みとの闘い、回復期のリハビリ、放射線治療、社会復帰、トレーニング再開…闘いはこれから！　まだ、始まったばかりです。頑張ります！　でも、おちんちんの痛みは嫌です！

24　手術まで、あと5日と数時間（汗）（２０１７年9月6日）

手術まで、あと5日と数時間となりました。瞬く間に時間が経過していきます。正直、少し焦り気味です。今週末は、家族と過ごした後、千葉県鴨川に移動。11日入院、12日手術です。じわじわと何かが接近しているような気がします。プレッシャーを感じますが、メンタルを平静に保たねばいけません。仕事、身の回りの整理は事実上、明日が勝負です。まだまだ、訪問しなければならない仕事先、会いたい友人が居るのですが、物理的に無理になってきました。電話を入れました。

「手術前に会う約束をしていたけれどごめんね。でも、手術後に必ず会えるからね。そのときには、筆談と入院中に磨き上げたジェスチャーと表現力で体験談を伝えるね！」と。

ここ3日間、手術に備えての体力維持のために各部位軽い重量で1セットだけトレーニングをしています。時間にして10分以内です。明日が、術前、最後のトレーニング。その後は、体を休めて手術に全神経を集中させます。

決戦の火曜日！　もうすぐです！

25　今夜も眠れそうにありません…（2017年9月7日）

昨夜は、チームBIG TOEのメンバー3名が仕事帰りにわざわざ私の地元まで会いに来てくれました。その一人李くんの目的は動画での「私の声」採集でした。それも説教をしてほしいと。李くんは、人間性もいいし、トレーニングもこつこつやるので特に説教するようなことはないのですが…ワイフいわく、酒飲みすぎのようです。かつては地元の駅のベンチで寝ることで名を馳せたとか（笑）。

BIG FIVEの杉田さんは、「吉賀さんに評価してもらいたいので、来年は十数年ぶりに絞ってコンテストに出ます！」と励ましの電話をくださいました。李くんも来年は酒を絶ってバリバリの体を見せてください！　因みに杉田さんのワイフは旦那さんの腹筋を見たことがないそうです。李くんのワイフも同じことを思っているに違いありません。「二人ともバリバリの6パックを見せてや！」それを楽しみに僕も手術を勝ち抜くからね。
みんな、楽しい時間をありがとうね！　李くん、BIG TOEの説教、しっかり動画で撮れたかな？この声も、あと4日で無くなります。長年、勤しんだ営業の仕事も明日で人生最後となります。今夜も眠れそうにありません…。

これがステージ4の体？　自分でも信じられませんが事実です

26　私の営業マン人生（2017年9月8日）

今日、私の会社での営業マン人生は幕を下ろしました。

3年後にオリンピックを控える東京での営業活動という点では、「いよいよ物件が動き出すぞ！」という矢先、国内経済の頭打ち、また五輪後の衰退が予想される中、海外進出は必須。そのプロジェクトに入れてもらおうとやり直しの英会話をしている最中でもありました。

折角、th、RやLの発音を磨いてきても、声が出なくなるのですから話せませんよね。無念です。無念ではありますが現実を受け止めるしかありません。そんなことを考えていると、一昨日、昨日と2日続けて明け方まで寝付けませんでした。でも、耳は聞こえる。苦手なリスニングを磨こうと考え直しました。

明日は、プライベートで遣り残したことの整理と家族との時間に費やします。そして、明後日、戦場へ旅立ちます。

生き残りを賭けた決戦の日まであと3日！

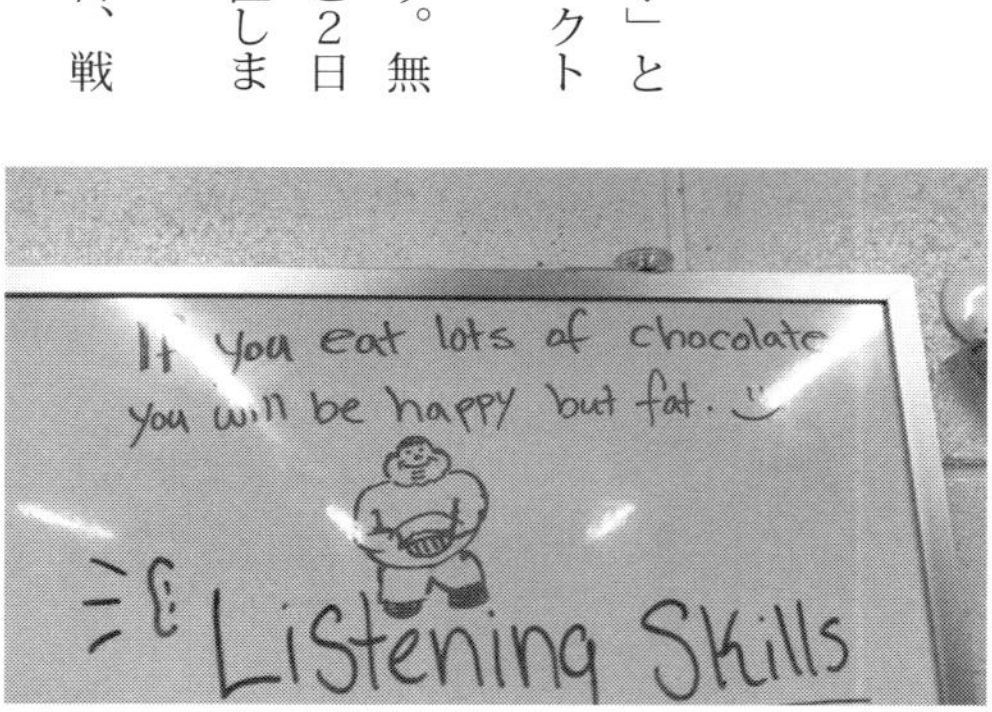

27　I will be back！（2017年9月10日）

いよいよ、鴨川へ出発の前夜（実際には日が変わっているので当日）です。挨拶出来ていなかった取引先へ取り急ぎの挨拶電話しました。

かつての月ボ編集部の同士、ヒロシから電話がかかってきました。よく、一緒に車を運転して名古屋や大阪にコンテストの取材に行ったよな。若いのに、ご両親がよく聞いていたからと私の青春時代の流行歌を二人で口ずさみながら行ったよな。フェイスブックで知ったと心配して電話してくれてありがとうね。

全日本プロレスのゼウスとボディガーからも電話がきました！　ゼウスは「12日は虎の日、自分も後楽園ホールのリングで死に物狂いで戦います。吉賀さんも絶対勝てます。手造りの虎の御守りを届けます」と。心が熱くなりました。

ボディガーからは「必ず勝って生きてください。術後の痛みにも耐えてください！」との熱い魂の言葉をいただきました。「NO PAIN, NO GAIN !」と応えました！

あと2日をきりました。体が熱くなっているのを感じます！　今日は、手術を決めて以来、時間の経過が最高に速く感じた1日でした。眠れそうにありませんが、横になって40数時間後に迫った戦いに備えます。今日、鴨川に向かいます。明日、入院。そして…。みんなに会いに必ず帰ってきます！

I will be back !!

28　闘志（２０１7年9月10日）

『わかしお9号』で安房鴨川に向かっています。手術の成功を予期するかのように真っ青な空が広がっています。今日は母の月命日。明日は父の月命日です。そして、決戦の日、12日は虎の日です。仲間たちからの熱い念を感じます。闘志が湧いてきました。

移動中、スマホからのブログ更新方法を学びました。これで明日まで更新可能です。術後、何日で再開出来るか楽しみです！

29　熱い熱い魂の闘いの日！（２０１7年9月11日）

今日、千葉県鴨川市の亀田総合病院に入院しました。早速、ＰＥＴ検査、心臓エコー、体位、体力測定、ボルダインの練習、耳鼻咽喉科の診察、麻酔科の医師による硬膜外麻酔等の説明、手術についての説明、経口補水液アクアソリタ、下剤センナリドの服用などなどと結構忙しい手術前日となりました。

順調に行けば、明日で腫瘍とはサヨナラですが、ステージ4に成長した腫瘍は恐らく取りきれない、その為、断端部への放射線治療が必要になると主治医N医師からうかがっていますから、戦いは始まったばかりです。

鴨川へ向かう『わかしお９号』内にて

手術の前日、ゼウスが鴨川まで会いに来てくれました

応援してくれる家族、親戚、魂で繋がった友人たちの思いをパワーに変えて生還します。そんな中、親友の全日本プロレスのゼウスが約束の虎の御守りを持って鴨川まで会いに来てくれました！　強い、強い男から熱い、熱いパワーを受けとりました！

12日、虎の日は二人にとって熱い、熱い魂の闘いの日になります！　必ず生き残ります！

30　I'm back!!　手術成功の報告！（２０１７年９月15日）

I'm back!!　生きています！　術後、ＩＣＵ、ＨＣＵを経て一般病棟に戻り、チューブだらけの体ですが、やっと何とかスマホを操れるようになりました。

そんな体で、術後10数時間でチューブだらけの体で早くもリハビリが始まり歩かされました。今は回復を早め、合併症をふせぐためにそうすると聞いていましたが、これには流石にびっくりしました。でも、頑張りました。それよりもチューブまみれで、骨を肉をとる手術をされた上半身が動かせないため背中、尻が痛くて眠れないのが辛い。訴えたくても声が出ないのが辛い。気管孔の痰の吸引もかなり辛い。しかし、痛みは生きている証。頑張ります。NO PAIN, NO GAIN !!は、まだ、始まったばかりです。などと格好をつけていますが、しばらくはブログを更新する余裕はないかもです。しかし、こんな難しい手術をやってのけるドクターたちも、術後の世話を冷静にテキパキする看護師さんたちも凄いですね！　感謝することしきりです。まずは、手術成功「生還」の報告でした。

私が受けた手術内容

【主病名】喉頭、気管癌

【腫瘍範囲】輪状軟骨から第10軟骨輪

【手術実施日】２０１７年９月12日　９：52～18：13（８時間21分）

【診療科】呼吸器外科　Ｎ医師、耳鼻科　Ｋ医師

【術前診断】気管、腺様嚢胞癌、甲状腺浸潤（＋）、食道浸潤疑い

【手術診断】同上、食道浸潤なし、完全切除

【麻酔種類】全身麻酔（分離肺換気）＋硬膜外麻酔

【術式】気管切除、喉頭摘出、鎖骨、第一、第二肋骨切除、縦隔気管孔作製

【出血量】２６０㎖

【輸血量】０㎖

◎開胸の結果、食道への浸潤がなかったため、16時間という予定の手術時間は約半分の8時間21分で済みました。待機していた消化器外科のドクターの出番はなかったことになります。

◎執刀していただいたＮ医師、Ｋ医師はともに名医なのですが、手術での手の速さも凄いと聞きました。出血量２６０㎖、輸血量０㎖がそれを物語っていると思います。

★癌治療における「完治」「寛解」「完全切除」とは？

術後、治療後5年間再発しなければ「完治」しただろうとみなすそうです。「5年生存率」という言葉をよく耳にするのはこのためです。乳がんの場合、5年以上が経過しても再発することがあるので10年が「完治」の目安、腺様嚢胞癌ではしつこい癌なので5年、10年が経過しても再発、転移が起こるそうです。

「寛解」というのは、「完全に治ったとは言い切れないが、病気を抑えることが出来ているという状態」を言います。

手術における「完全切除」とは、「肉眼、顕微鏡で確認しても腫瘍が取りきれた状態」を言います。Ｒ０（アールゼロ）切除とも言います。

しかし、完全切除と言っても、癌細胞が体のどこかに潜んでいて再発、転移する場合があるので、切除した時点では完全に治癒した状態ではありません。主治医の説明によると、腺様嚢胞癌の場合、再発、転移率が高く40％だそうで、肺転移が多いそうです。

肉眼的に明らかに腫瘍が取りきれなかった状態はR２（アールツー）切除、肉眼的には取り除いたが顕微鏡での確認で腫瘍が取りきれていない場合をR１（アールワン）切除と言われ、「不完全切除」「非治癒切除」と言うことになります。

31　今日のリハビリ（２０１７年９月18日）

手術後六日目のリハビリ。今日は午前１３００メートルを20分、午後は１４００メートルを20分歩きました。合計２７００メートル、40分ですね。下半身にはメスが入ってないのと元々並みの人以上に鍛えていたので歩けます。しかし、上半身はまだ動かせないため不自由です。

左右の鎖骨半分切除、胸骨半分切除、肋骨左右二本ずつ切除。つまり、胸鎖関節が無いわけですから傷の治癒後にリハビリでどれだけ動かせるようになるのか疑問ですがやりますよ！

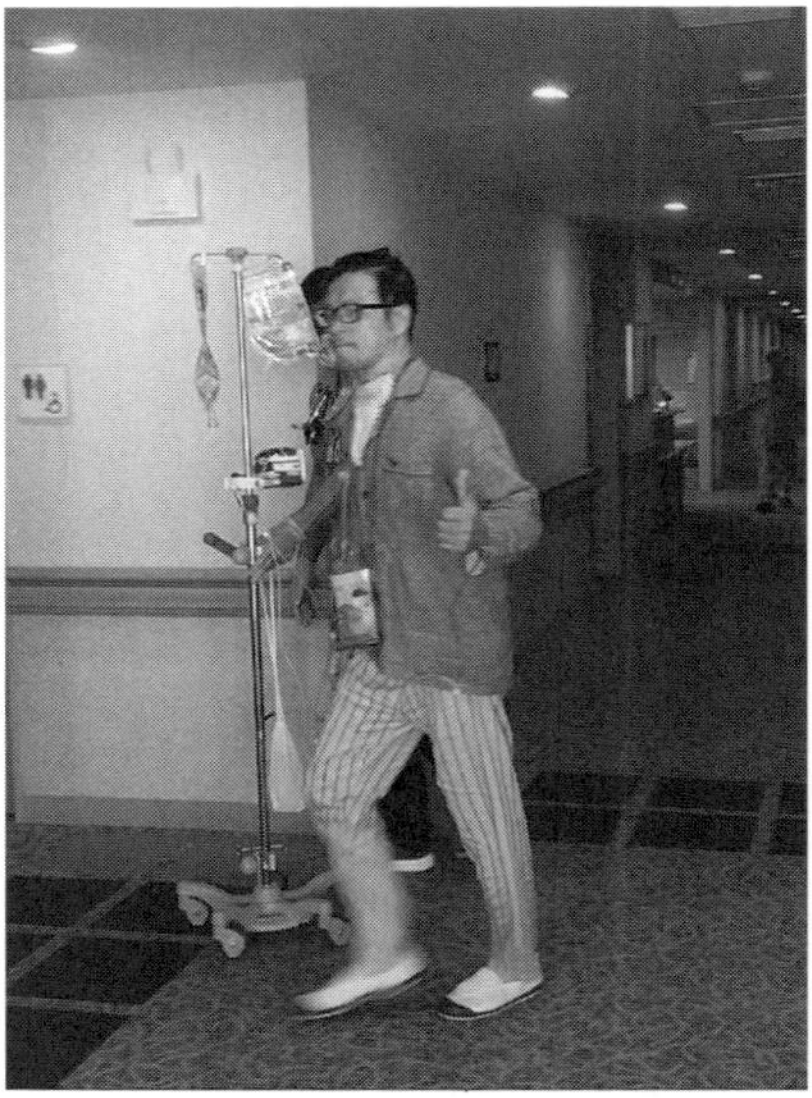

手術翌日から始まったリハビリで病院の廊下を歩く

32　術後一週間（２０１７年９月19日）

手術から一週間です。幸いにも食道への癌の浸潤がなく食道を残せ、小腸移植、胃袋の吊り上げをしなくてすんだので手術時間も半分の８時間半ですみました。

回復時間も短縮、放射線治療も短縮され年内には一応の完治。あとは自宅療養、銀座のクリニックへの通院になるのではないでしょうか。現在、体のあちこちに繋がったチューブ類はあと２週間程度でとれる予定です。飲食は検査で問題がなければ、あと一週間で水から始められます。手術の傷が付くのは３週間が目処のようです。

辛いのは鎖骨、胸骨、肋骨を切除したため、上半身の自由が効かず寝返りが打てないため背中や尻が痛くて眠れないこと、胸にあけた気管孔にあがってくる痰の吸引の苦しさです。

しかし、日々、改善。早期社会復帰、トレーニング復帰を目指します。近況報告でした。

PS　会社の山本さんに脅かされて心配していたおちんちんの管は取り越し苦労でした。良かった！　午前リハビリ。歩行20分。肩甲骨運動。午後リハビリ。歩行20分。肩甲骨運動。

33　術後10日眠れない夜とリハビリ（２０１７年9月22日）

手術成功以来、やはり、上体の傷が大きいことと、鎖骨、胸骨、肋骨4本を切除したためでしょう。上体が動かせないため、寝返りもうてず、眠れない長い夜を過ごしています。K医師も『今が一番辛い時だろう』とおっしゃってました。今はただ耐えます。

リハビリは20分歩行を１３００m、１４００m、１７００mと更新し、昨日からエアロバイクです。

今日は負荷（ワット数）を10ワット上げて20分漕ぎましたよ。加えて、痛みと上半身が動かせないため夜中に背面が痛くて眠れないので時間を有効利用するためにスタンディングカーフレイズをベッドサイドでやっています。自主トレです。

来週末には体液を出すためのドレン2個、栄養補給、投薬用チューブも外れるのでもっと眠れるし運動も出来るようになるでしょう。ガンバ！

34　声を失うということ（２０１７年9月23日）

私は、気管癌が喉頭部に浸潤していることがわかり、気管の大部分を切除し胸に気管孔という息をするための孔を作り、声帯、甲状腺を含む喉頭部を全提出するという手術を受けました。

声を失う前

もともと能天気な私。喋れなくてもいいやん。カラオケ？聞く側に回ればいいやん。ギター？　弾き語りは出来ないけど弾きは出来るやん。電話？　ライン、メールがあるやん。どっちかと言えば、今まではしゃべり！　高倉健のような寡黙な男の人生もええやんくらいに思っていました。

入院中・特に手術直後

実際になってみると、なんと不便か。

◎声がでないに加えて、

◎上体が思うように動かないこともありジェスチャーも出来ない。

◎首から左右上下に切開しているから仰向けに寝た状態から首も痛くて起こせない。

その状態でノートと鉛筆を持たされてもノートは見えない、手は上がらないから書きようがないのです。加えて老眼まじりの近眼ということも手伝ってノートが見えない。

『ここが痛い』と伝えたくても腕が動かせないので指でも示せない。

◎それが、周囲の家族、看護師ですらなかなか理解してもらえない。

読唇術を習得してない限り、いくら家族でも私の口の動きを見てもなかなかわからない。何度繰返してもわからない。

『なんでわからないんや』と思ってしまう私。

一生懸命理解しようとしても『言いたいことがわからない』と途方に暮れる家族。

私が悲しそうな顔をすると家内も泣きそうな気分になる。

術後はそんな感じでした。

退院後（後日追記）

コミュニケーションは、主に人工電気喉頭と筆談です。最初は筆談でしたが、ノートにしろ、お絵かきボードにしろ、口での会話のようなタイムリーな相槌を打てませんし、隣にいればいいのですが、離れているとますますタイムリーなコミュニケーションが出来ないので面倒くさくなって伝えるのをやめてしまうこともあります。

ただ、会話の内容をメモ代わりに残しておいたり、何度も複数の人に伝えたりするときにはノートを使った筆談が便利です。タイムリーな相槌を打ったり、会話には、声がロボットボイスになること、「は行」が「あ行」になり出せない。「か行」「さ行」は舌をうまく使うテクニックを習得しないと発音出来ないなど難点もありますが、「人工電気喉頭」が便利です。

しかし、電話対応、訪問者対応、買い物、役所などの手続きなどで複雑な説明を要することは家内を頼らざるを得ないのが現状です。

私の仕事は営業マンでしたが、声が出ないと電話にも出られないし、商品説明もできません。職種を変えることを余儀なくされています。

声の障害マークなどの周囲の人に「声が出ません。話せません」ということを伝えられるツールを常時携帯することは、日常生活において周囲に誤解を与えないためにも必要だと思います。

35　明け方のアクシデント（２０１７年９月24日）

昨夜も寝付かれぬ夜でした。そして、明け方近くの午前4時。まどろむ中、トイレに行こうとしてふと右前胸部頸部のドレンを見ると血で真っ赤。床につくまでは左前胸部頸部ドレンと同様に色も薄くなり量も減っていたのに。

驚いてナースコールしました。ナースが自宅に居たドクターを呼び、さっそくエコー検査と採血。

結果、右前胸部に血溜まりが確認されたものの、貧血もなく血液の色から動脈血ではなく咳か何かが原因で手術部付近で軽い出血が起きたか、どこかに溜まっていた血液が出てきたものと判明。時間の経過とともに落ち着くだろうとのことでした。お陰様で今は落ち着いています。しかし一時は『再手術』が頭に浮かびビビりました。

明日で手術から2週間の週に入ります。2週間目の火曜日の全摘出した喉の検査がＯＫであれば、いよいよ半月ぶりに水が飲めます。楽しみです。

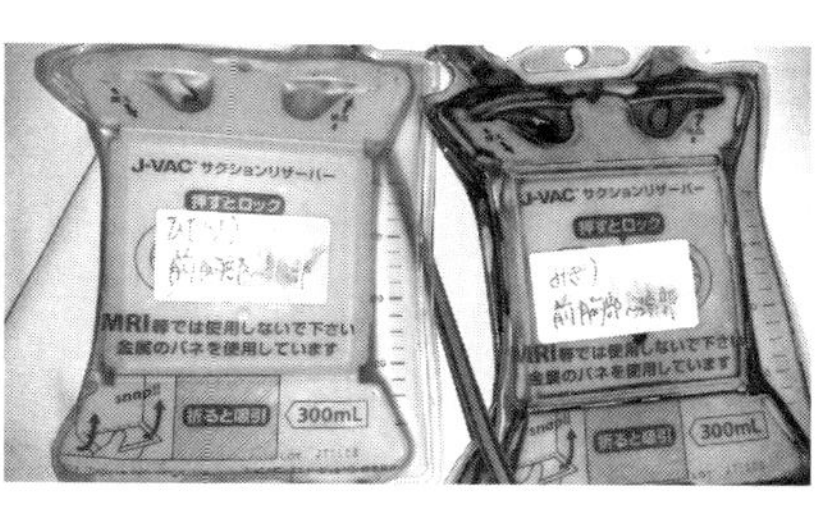

36　感謝の気持ち（２０１７年９月25日）

日々、私のブログにコメントを書いてくださる皆さん本当にありがたいです。コメントにはひとつひとつ目を通させていただいています。そのひとつひとつをパワーに変えてステージ4を克服したいと思います。本来ならすべてのコメントにRESしたいところですが、まだ、肩も上がらず同じ姿勢を長く保てないため、スマホを操ることすら結構キツイのですね。ご理解のほど宜しくです。

今日は全日本プロレスのゼウスから私の大手術の日、12日（虎の日）に後楽園ホールで開幕した王道トーナメントが掲載された週刊プロレス10月4日No．1923が病室に届きました。ゼウスのコメントを見て泣きました。

ジョイフルタイム西八王子の山崎さんから病室に電子ボードが届きました。書き心地が良く軽いので腕が上がらない自分にも楽に扱えとても重宝しています。皆さん、本当に、本当に、本当にありがとう！　感謝の気持ちで一杯です！！

37　なんでだろう？　遂に徹夜してしまいました（2017年9月26日）

手術以来、明け方に数時間まどろむ程度しか眠れてないのですが、昨夜は睡眠導入剤を入れても一睡も出来ず遂に徹夜でした。横になっていても、体が痛いだけなのでナースの許可を得て午前4時から病院の廊下、ラウンジを歩き、その後、カーフレイズを行いました。でも、まったく眠くない。もちろん日中も眠くならないので寝ていません。手術から今日で2週間になりますが、人間って眠らなくても結構大丈夫なんですねえ。リハビリも調子悪くないし、体温は常に36度台、血圧は常に120～80前後、酸素も常に95あたりです。でも、今夜は眠りたいなあ。睡眠中枢が壊れているんかしらん？

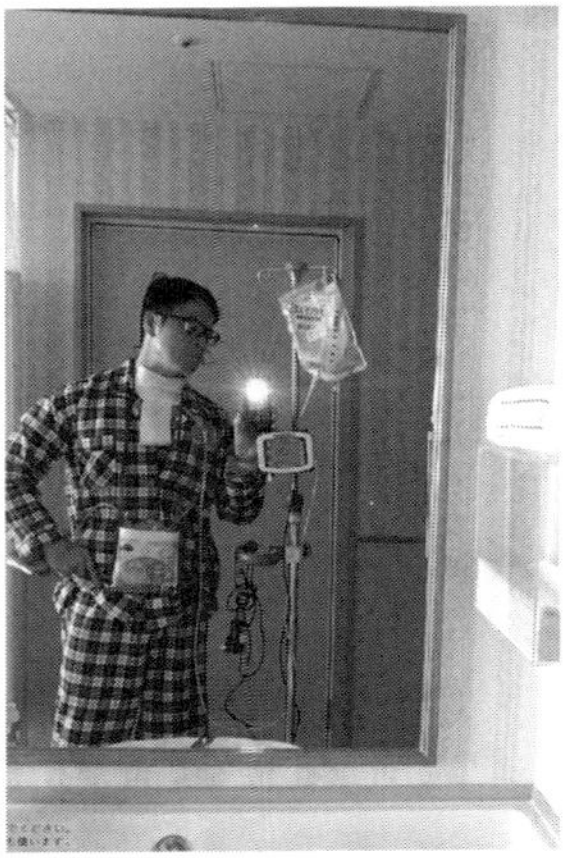

24時間、鼻チューブから常にお食事中！メイバランス

38　今日から半月ぶりにお水が飲めます。ヤッホー！（手術から2週間）（2017年9月26日）

今、K医師、I医師による喉の内視鏡検査、X線テレビ室での食道燕下造影検査が終わりました。問題なしということで今日からお水が飲めます。その後、流動食、そして、固形物へと進みます！

それに伴い鼻から胃袋に入れたチューブが外されるとのことでした。ずっと腕に刺さっていた点滴針も抜かれました。一歩前進です！

食道燕下造影検査

Ｘ線造影室で造影剤が含まれた食べ物、飲み物を飲食し、口から喉、食道を通過する様子をレントゲンで確認します。のどの形や、飲み込み方に問題が無いかどうかを調べます。私の場合、手術で咽頭部を全摘出していますので造影剤の入った飲み物を飲んで漏れがないかを確認していたようです。

39　流動食はじまりました～手術から15日（２０１７年９月27日）

昨夜の徹夜から一夜開けました。今日は明け方に二時間だけだけど眠れましたよ。さわやかな朝です。そして、検温（36・8）、血圧（１３１～74）、酸素値（96）測定、投薬のあと待ちに待った『流動食』タイムでした。メニューは、おもゆ、味噌汁、牛乳、ジュースです。まだ、鼻から胃袋までチューブが通ったままなので違和感があるため、慎重にお上品にいただきました。ご馳走さまでした。美味しかったです。感謝！

続くリハビリでのエアロバイク20分のあとランチです。コーンスープ、味噌汁、ヨーグルト、グレープジュースでした。夕食は、おもゆ、ミルクココア、清汁、濃厚流動テルミールでした。

明日は三分粥かな？　正直、まだ、鼻から胃袋までチューブがはいったままだから違和感満載なので自然な飲み込みではありませんが、もう少しの辛抱です。ああ、早くステーキが、Ｇ麺のラーメンが食べたい！

40　一日一歩、三日で三歩！（２０１７年９月28日）

おはようございます。昨夜は医師と相談し安定剤を処方していただきましたが、逆に頭がグアングアンして、ふらつき、とても眠るどころではありませんでした。結局、頭が落ち着いたところで術後初めて以前読んでいて御守りにと持ってきていた仏教のお経本を取りだし一冊読破。愛すべき家族、親戚、心優しい友の健康と幸せ、やはり癌と戦っている親友の回復を祈りました。

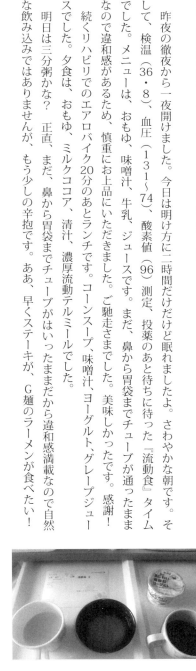

その後、冷たいお茶をいただき、しばしまどろみ朝を迎えました。

今日の鴨川の天気は雨、海も荒れています。体が回復し、体が求めるようになれば自然に眠れるようになるでしょう。明日のコンテストに出るのじゃないんだから、焦らせず自然に任せようと開き直りました。眠れてないことで多少は回復が遅れるかもしれませんがそれでも日々回復、日々前進しているのは事実です。一日一歩、三日で三歩、三歩進んで二歩さがるでもいいじゃないですか。着実に前進しているのですから。今日も『未来を生きるために』頑張ります！

41　手術という選択は正しかったのか⁉（２０１７年９月29日）

気管孔呼吸で生きる未来に一抹の不安

数日前、一睡も出来ない夜だったという話をしました。実は、手術後初めて、その夜は一人眠れない病室で「未来に一抹の不安」を感じたのでした。２ヶ月にわたる間、４つの病院を回り、ドクター、家族、真友たちと話し合い、ネットや本で情報を集めて、検討し、悩み、涙を流して「自分は絶対に体にメスを入れる手術はしない」という今までの考えと真逆の選択を「生きる」ために確信を持ってしたというのに。「どんな形になっても生きる」か「放置して死ぬ」かの2者択一という選択に「生きる！」という結論を出したのに。「どんな体に生まれ変わっても与えられた体で、命で奇跡を起こそう！」と決意したのに。そして、手術の日まで迷うことなく突き進んで来たのに。

私自身、62年間生きてきて、会ったこともない胸に呼吸のための気管孔を開けて呼吸をして生きていくという超レアな人間として生きる。正に人造人間のようになってしまったという、ある意味、延命処置とも言える大手術を選んだことへの不安が、鏡で見た自身の胸の手術跡と想像以上に痛々しい（手術から2週間で傷もまだ癒えていないので仕方ないのですが）気管孔を目の当たりにして一気に不安として吹き出てきたのです。あかんたれです。ビビリです。

「風呂、温泉に入れない」「プールや海に行けない」などは想定内にしても、「若くて、健康な時は、何とかなるかもしれないが、歳を重ね、病気になったりしたらどうなるのだろうか？」とか「関西に戻って病気になった時、このような体を受け入れてくれる病院が近隣にあるのだろうか？」とか「胸の気管孔から直接、気管、肺に続くので、病気感染を恐れて人ごみには行けないのではないだろうか？」「通勤ラッシュ、満員電車は無理ではないのか」「今までは痰というのは、喉に溜まって「ウエーッ、ペッ！」と吐くものと思っていたのですが、これからは気管の中に溜まるので気管孔から出すというテクニックが必要になってくるが自分にできるのだろうか？」とか、「鎖骨、胸骨、肋骨も切除されているから今までのようなトレーニングは無理というのは想定内にしても今だあがらない肩が本当に上がるようになるのだろうか？」etc... ネガティブなことばかりが頭に浮かんできてね。入院している鴨川の亀田総合病院の病室は太平洋に面したオーシャンビューで素晴らしい景色なのですが、サーファーや釣り人が大勢居るのですね。つい「ああ、自分にはもうこんなことも出来ないんだなと」思ったりしてね。声帯を取ってしまうので声が出ないというのも想定内だったはずなのに、声が出ない＋体が想像していた以上に動かないので、「背中が痛い」「尻が、腰が痛い」「体の向きを変えたい」「頭の位置を変えたい」と言ったことが、家族や看護師さんにさえなかなか伝わらないもどかしさにはかなりへこみました。そして、そのような状態で周囲に誰も居なくなる不安も経験しました。「痛い」「何とかしたい」「どうにもできない」「伝わらない」半分諦め状態のときもありましたね。ＩＣＵを出て、一般病棟に移ってからも、背中、肩、腰の痛みも去ることながら、眠れないし、言いたいことは近くに居れば時間はかかりますがメッセージボードに書いて伝えられるものの離れているときには伝えようがない。ついつい、伝えること自体、答えること自体が面倒になることもありました。「何をいまさらですね。女々しいぞ！」ですね。

そんなことを考えていると、「果たして自分がした肉体を改造してでも生きる」という選択は正しかったのだろうか？　ブログに書き込んでくださったももさんのお父さんのような亡くなり方の方が、人間として自然だったのではないだろうかなどと考えてしまったのですね。私の母は２０１４年11月に病気発覚後わずか3週間、生涯初めての入院1週間で、父も昨年6月元気だったのが入院後わずか10日で亡くなりました。ある意味、潔く、周囲に迷惑もかけずに亡くなったわけですから私も逝くときにはそのように逝きたいと思っていたのでした。

しかし、よくよく考えると、ももさんのお父さんは、急死されて、家族に友達に伝えたかったことも伝えられず無念の思いだったはずです。私の両親ももっとやっておきたことがあったはずです。遠方に住んでいる私に話しておきたかったことがあったはずです（最愛の母は私が東北に出張中に危篤となり死に目に会えませんでした）。

私には神様がその時間を与えてくださった。家族の親戚の友人の暖かさに、思いに、連日涙する今まで生きてきた人生で最高に幸せな濃縮した日々を経験できました。家族との絆もより深いものになりました。おまけに、親友の紹介で出会えた頭頚部外科Ｋ医師、呼吸器外科Ｎ医師というスーパードクターに巡り合い執刀していただき、新たな人生を生きる「命の延長切符」を与えられたのですから。

私には、不自由かもしれないけど手もボディビルで鍛えた頑健な脚もあります。目も見えます。耳も聞こえます。そうでした。まだまだ、自分にできることがあるはずです。家族に、後輩に、友人に、後進に伝えることがあるはずです。ドクターには「力を入れることと息めなくなる」と言われている気管孔での呼吸と、鎖骨、胸骨、肋骨を切除した肉体で筋トレに挑戦するというミッションもあります。

いずれにしても、今後は、考え、価値観を大きく変えた生き方が必要になるのでしょう。

ＢＩＧ　ＴＯＥは２０１７年９月12日（火曜日）に新しい人間に生まれ変わったのです。第二の人生が始まったのです。これを機にＢＩＧ　ＴＯＥはＮｅｗ ＢＩＧ　ＴＯＥに「俊行」という名前は「賢人（けんと）」に変えました。

癌は、スーパードクターによる大手術で切除されましたが、この「腺様嚢胞癌」は根深く、しつこく、転移がしやすく、再発しやすい、効く抗がん剤もない、放射線も効かないという強敵であることが変わったわけではありません。食生活、生活習慣に気をつけながら、定期診断を受けながら、第二の人生を家族と親戚と友人たちと笑顔で充実したものにするために前進あるのみです。もう、迷いません！

42　鼻から胃袋チューブが抜かれました！（２０１７年９月29日）

火曜日の喉の検査の合格を受けて、水曜日流動食、木曜日３分粥、今日は全粥でした。その結果、問題なしということで、手術中に鼻から胃袋まで入れられていた栄養剤と薬注入用チューブが先程17日ぶりに抜かれました。これで顔の右半分の違和感、痺れから解放され顔も洗えます。髭も自分で剃れます。

また、一歩前進！　あとは左右の胸から出ている廃液用のドレンチューブだけです。そして、手術以来続いている不眠と骨を取った上半身のリハビリですね。今夜からはかなりの量の薬を口から飲まなければならないようです。前進あるのみです！

今夜は眠れそうな気がしてきました！

43　チューブマン卒業！（２０１７年９月30日）

今、突然、Ｔ医師が病室にやって来て、『今からドレン管抜きますね。抜糸しますね。』と言って処置していかれました。予告なく突然だったのでビックリ！　思わず『抜くの痛いんですか？　抜糸痛いんですか？』と聞いてしまいました。『チクッと変な気分がするかも！　じゃあ、やってみましょうか』と言うことでやりましたよ。引っ張られるようなチクッだけでした。これで、念願のチューブマン卒業です。明日から10月、いよいよ得意分野リハビリに専念です！

44　賢人の夜明け　今後の展望！（2017年10月1日）

おはようございます。術後の新しい月、俊行改め賢人の新しい朝を迎えました。昨夜もまどろんでは起き、まどろんでは起きの繰り返しでしたが、自分には合わないと判断した睡眠導入剤に頼ることなく、真夜中の病院の廊下を歩き、ラウンジで入念にストレッチをし、読経をしました。眠れないのはしんどいですが、体調は悪くありませんから慣れない新しい体にまだ馴染めないメンタル面のストレスが原因でしょう。

まだまだ心が弱い！　修行が足りません。でも、徐々に前進していることは確かです。仕事してないから時間はたっぷりあります。体調の波、心の波は日々ありますが焦らせず自然に身を任せたいと思います。川の流れのごとく。

主治医のスーパードクターN医師の回診がありました。気管孔のチェックと掃除をしながらのやりとり。

（N医師）『そろそろ自分で綿棒を使って痰を取る練習をして下さい。テーブルに置ける鏡を持ってきてもらってください』

↓（私）「まだ痛いし、自分で手術痕を見るのも正直恐いのに。ビビリやから（心の声）」…慣れるしかないですね。

（N医師）『中は綺麗になってきましたね。気管の分岐部まで見えますよ！』

↓（私）「あの～、あまり見たくないんですけど。ビビリやから」（心の声）

（N医師）『入り口の傷が治れば今みたいに痰がこびりつかなくなりますから』

↓（私）「それなら痰を取る練習は傷が癒えてからでいいやん」（心の声）。

（N医師）『手を上げるリハビリをして、退院まであと約2週間。あとは京橋で診ますから』

↓（私）「え～！　そんなに早く！　不安なんやしもっと病院に置いてよ！」（心の声）

こんな感じでした。事態は急展開の模様です。と言うことは、退院は早くて今月15日、遅くても22日あたりでしょうか。その後は銀座京橋クリニックに通院しなが

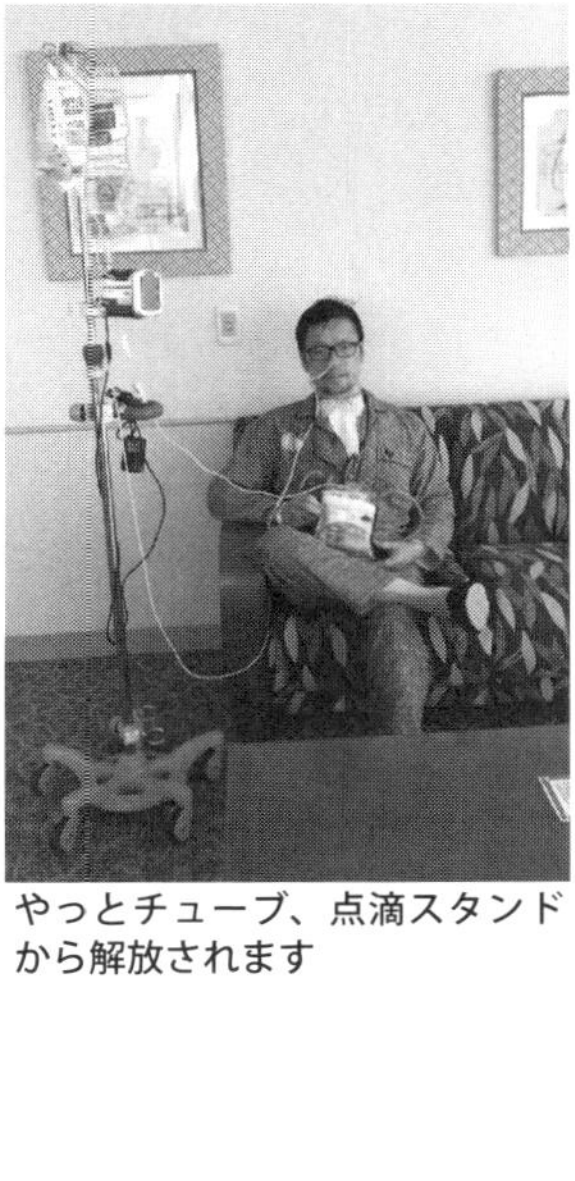

やっとチューブ、点滴スタンドから解放されます

らの自宅療養に入ります。あとは退院までに出る「癌切除の断端部の癌細胞の遺残の有無の結果」と「PET検査の結果」次第で「再入院しての放射線治療が必要か不要か」、「必要ならばどれくらいの入院が必要か」が決まりそうです。

まさに事態は急展開の様を呈してきました。嬉しいやら、怖いやら！

その直後…

「ビックリポンや！」びびった！　突然、パジャマが濡れてることに気がつく。「水でもこぼしたかな？」と思ってみたらパジャマが血で真っ赤。タイミングよく看護師さんか部屋に入ってきて良かったです。若いお姉さんなので驚いておられましたが。どうやらドレンを抜いた穴がまだふさがっておらず腹に溜まった血が流れ出てきたようです。生憎、ドクターは手術中。応急処置で腹にガーゼを当てて横になっています。いやはや、なんやかんやと次々起きますわ。よって、大事をとって今日のリハビリは休みです。

先ほど、手術を終えたT医師が病室に来て「じゃあ、縫いましょう！」と言って縫ってくださいました。やっぱり、聞きました。「縫う？　痛いんですか？」チクリ！　チクリ！　と皮膚が引っ張られる感触！　さほど、痛くはなかったけれど、後で歩こうと病院の廊下に出ると…腹の皮膚が突っ張る、プチ痛い感。歩くのを中止しました。術後は次々と予期せぬことが起こります。

45　手術で私の骨、筋肉はどう変わったのか？（2017年10月3日）

昨日、T医師に「今回の手術で私の骨、筋肉はどう変わったのか？」を聞いてみました。皮膚の縫合跡が大きくJの字になっており、右胸の腫れとツッパリが強いからです。元ボディビルダーとしては気になることですよね。

癌に侵された気管には人工気管は現在の医学では存在しないため、残された短い気管を口方向（縦方向）ではなく距離をかせぐために心臓の血管の間をくぐって横方向に這わせ胸に開けた穴に縫いつけ気管孔という呼吸をするための穴を構築するというのが今回の呼吸器構築手術です。

これからは鼻、口を使った呼吸をしない。胸に開けた気管孔という穴から呼吸をする。通常の体では鼻、口で空気を吸って吐き、口を使って食べ物をとり、喉で空気は

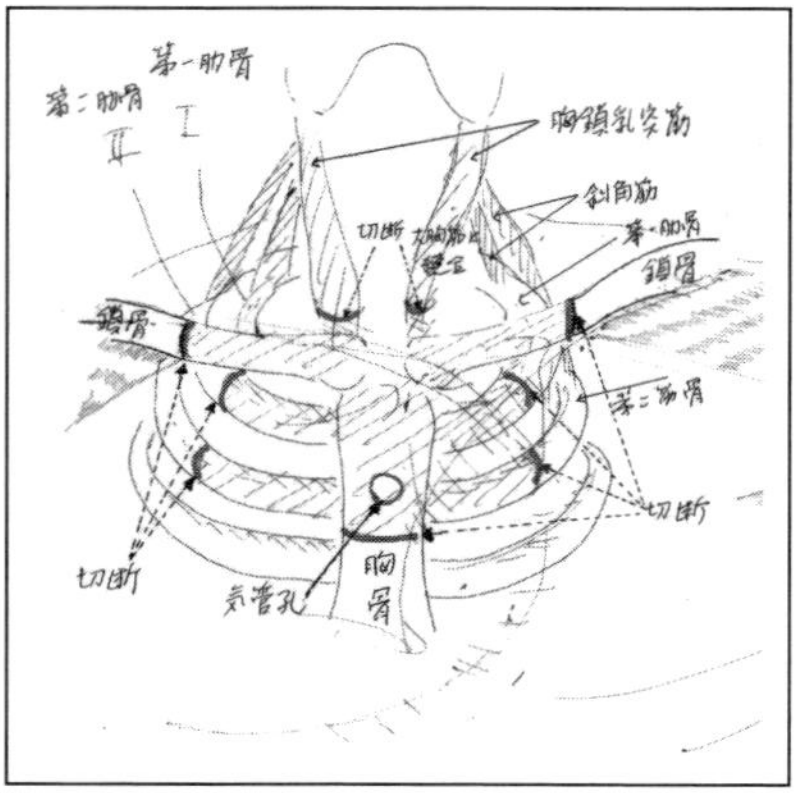

気管孔を作るために左右の鎖骨、第一・第二肋骨、胸骨を切除

気管に入り、食べ物、飲み物は食道へ流れ込むのですが、これが別々の道を通ることになるのです。一見、なんだ、鼻が胸に付いたと思えばいいのか！　とも取れますが、実際にその体になってみると。今まで当たり前にできていたことが出来なることが多く、生きていくうえでのリスクも高まることを改めて思い知らされます。私の場合、主治医のN医師が「鎖骨、胸骨、肋骨を「切断する」ではなく「切除する」、「戻さない」のではなく「戻せない」と言ったのは、分厚い胸では外部までの距離が稼げないからだったのです。納得です。では、残った気管を単に皮膚に縫い付けるのか、それで持つのだろうかという疑問があったのですが、T医師の説明によると私の場合、右胸の大胸筋が取り付けのベースとして使われたようです。そのために完成した体は右の大胸筋下部が肋骨から剥がされ体中央より左に引っ張って左の大胸筋に縫合。その大胸筋をベースに気管孔が構築されたそうです。ということは、完成品は左右非対象の体になります。シンメトリー（左右のバランス）を重視する元ボディビルダーとしては大ショックです、しかし、今、それ以上に悩まされているのは胸の右側大胸筋の腫れと突っ張り感からくる痛みです。これらが改善するには、切断部、縫合部の傷が癒え、腫れが引き、体がその形に馴染むことが必要です。まだまだ時間が必要に思います。しかし、めげません。T医師は「筋トレも工夫すればできるようになるだろう」と言ってくれています。

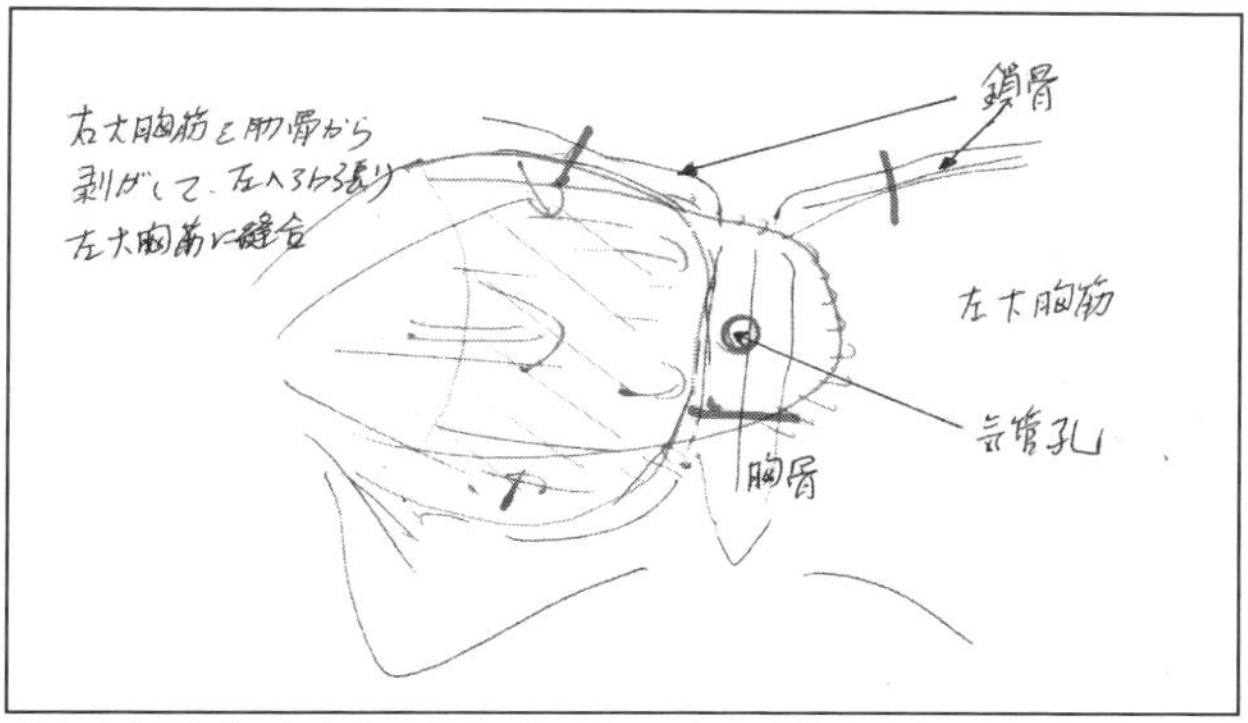

肋骨から剥がした右大胸筋を引っ張り、左大胸筋に縫合して気管孔のベースを作る

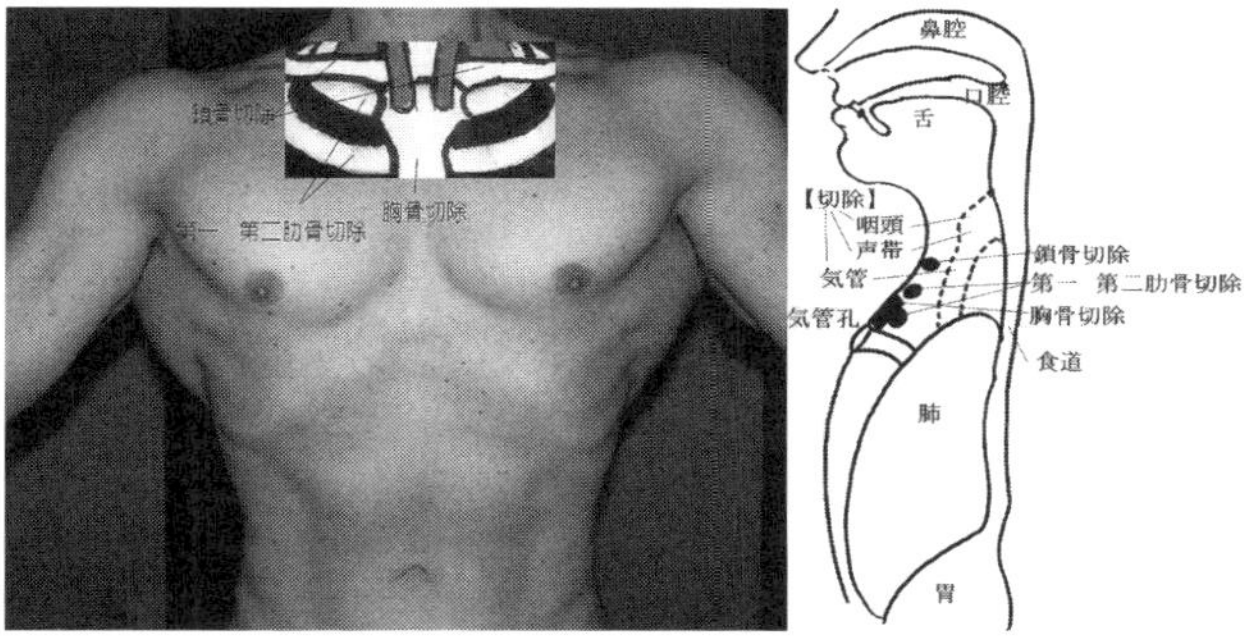

46　新しい体に慣れて馴染むそして付き合う（２０１７年10月4日）

以前このブログで手術によって起こると想定できる後遺症として「声を失う」、「呼吸は、鼻、口ではなく、胸に開いた気管孔からとなる」、「鼻をかめない」、「笛を吹けない」「熱いスープをフーフー出来ない」、「うどんをすすれない」、「嗅覚がなくなる」、「味覚の変化」、「息んだり出来ないのでスポーツ、重量物運搬は出来なくなる」、「温泉、風呂、プールに入れない。気管孔から水が入るとおぼれる」etc... 今まで当たり前のようにしていることが出来なくなるという話をしました。

加えて、気管が喉に繋がってないのですから気管孔からの痰取り、清潔に保つメンテナンスも日常的に行わなければならない、甲状腺、副甲状腺をとっているのでホルモン剤の服用も日常的に必要になってくるのです。

それでも、実際にその体になってみると新たにわかることが次々と出てきます。「欠伸」、「咳」、「くしゃみ」、「ゲップ」、「いびき」、「しゃっくり」などという今まで当たり前にやっていたことがそうでなくなっていることに気がつきます。

術後の体験では「欠伸」は出ますが、気管が口に繋がってないので空欠伸という感じで中途半端で気持ちよくありません。

「咳」は出そうになると今までの感覚、癖で喉がいがらっぽくなり口に手を当てますが、実際には胸にあいた穴、気管孔から空気が吹き出ます。

「くしゃみ」しかり。鼻がむず痒く鼻を押さえてくしゃみをしても実際には胸に開いた気管孔から空気が出るのです。

「げっぷ」は食事をするときに口から食道、胃袋と繋がっており気管とは繋がっていないため空気の出し入れの調節ができないのでしょうか、食事が終わったあとに食事と一緒に飲み込んだ空気が自分の意思とは無関係に「げぼ！げぼ！」と出てきます。どうか、お行儀が悪いとしからないでください。

「いびき」は喉を呼吸の空気が通らないので鼻、口から音は出ませんが、気管孔から空気が出入りするいびきの様な音がでます。

「しゃっくり」は、横隔膜の痙攣なので起きます。突然、胸の気管孔からほぼ一定間隔でボッ！ボッ！と音がして、空気が噴き出してきます。最初は何が起きたのか？　と思いました（後日、追記）。

まだまだ、新しい発見が出てきそうですが、与えられた命です。前向きに、時間をかけて、慣れていくしかありませんね。

Just keep on going！

47　現実に向き合う（２０１７年10月５日）

先日、「手術で私の骨、筋肉はどう変わったのか」の記事の中で、私の場合、右胸の大胸筋が「気管孔」取り付けのベースとして使われたことを書きました。そのために完成した体は右の大胸筋下部が一部切断され体中央より左に引っ張って左大胸筋に縫合された左右非対称の体になったことも書きました。いくら生きるためとは言え、「気管孔」という胸にあいた穴から呼吸をするということすら、術前に説明を受けて生きるために納得したにもかかわらず、いざそうなってみると受け入れられない自分がいて、術後眠れないのもそれが原因ではないかと思います。まして、私は筋肉、バランス、シンメトリーを大切にしていた元ボディビルダー。術後の体を鏡で見たときは流石にショックでした。でも、その鍛えた大胸筋が命をつなぐ「気管孔」を支えているのです。その右胸の腫れが尋常ではなく、今日は、ＣＴスキャンを受け見つかった血溜りから血を抜いていただきました。ただでさえ右大胸筋を切って改造しているのですから違和感、腫れ、痛みが、傷が癒えるまで、腫れが引くまで、新しい体に馴染むまでそれなりの時間を要するのは当然なのですが、これで少しは楽になるでしょう。

今日のリハビリは、トレッドミル30分、肩の可動域を広げる運動でした。下半身は切っていないので元気で当然ですが、上半身はなかなかしんどい！　骨を切除しているので首周り、肩周りの筋肉が異常に緊張して今まで経験したことがない肩こりも出ています。

でも、溜まっていた血も抜いたし、今夜は、鏡を見ながら自分で気管孔から出る痰取りの練習も始めました。いつまでも看護師さんに吸引していただくわけには行きませんからね！　現実に向き合えば、あとは時間が解決してくれると信じてやりぬきます。

48　また、一歩前進です！（２０１７年10月６日）

内容が一部昨日と重複していますがお許しを！

昨日から自分自身の変わってしまった肉体に向き合い観察し、理解し、写真を撮り、客観的に現実を受け止めることを始めました（北斗晶さんが手術痕を見たときの気持ちが良くわかりました）。術後、約3週間。それまでは、体が思うように動かない、痛い、声が出ないので意思疎通ができない、眠れないと言った苦しさが主でしたが、ここに来てようやく現実に向き合い、現実を受け入れようという心の余裕が出てきたのかもしれません。と同時に頭では術前に理解して決めたはずなのに、未だこの現実を受け入れきれていない自分を発見したのです。昼夜を問わず眠くならない、眠れないのはそのためでしょう。今までなら一日、二日徹夜したら翌日には意識朦朧、睡魔に襲われるのが常だったのに、術後は3週間経過しても全く眠くならないのですから。人間、眠らなくても大丈夫なんだ、それとも睡眠中枢が壊れているのかと思ったほどです。

夜明け近くに、まどろむ中で、これは現実なのか、夢なのか、今までが現実で今は夢ではないのか。逆に今が現実で今までは夢だったのではないのかとわけのわからない夢を見ました。

今は、今が現実だとはっきりしました。それは今まで恐くて避けていた自分と鏡を通して向き合うことでそれがはっきり認識しています。明け方に術後、最長の3時間眠りました。そして、今日は、入院時に持ってきていた南沙織のDVDを聞き青春時代にタイムスリップして、スタローンのクリードを鑑賞する気分

になってきています。また、一歩前進です！ そう、信じます。

49　大きいことはいいことだ⁉（２０１７年10月7日）

おはようございます！ 賢人です！

重たい話が多いので…。昔「大きいことはいいことだ♪♪」というCMが流行ったことがありましたが、果たしてそうなのでしょうか？ 私は、元ボディビルダーなのですが、「でかい体というのは元気なときはともかく病気になったり、手術でもして動けなくなったらどうなのか？」私の場合、確かに並みのお爺ちゃんよりは体力はあるでしょう。術後の回復は早いかもしれません。HCUの看護師のお兄さんは「見た目で40代かと思いました。実年齢より20歳近く若く見られるでしょう」と嬉しいお世辞を言ってくださいました。

確かに普段から鍛えているから、体力があるのでICUで術後の回復は並みの人より早いでしょう。

しかし、困ったのは、事あるごとに血圧を測るのですが、たまたまICUにサイズが小さいものしかなかったのか、圧を加えるとバ

リバリという音とともに加圧帯がめくれて計れない。脚用を持ってきてもエラー表示でなんと1回計測するのに9回も加圧されました。術後間もなくチューブだらけの体にとっては「もう、止めてよ」と言いたくなりますね（笑）。

そして今の一般病室にはLサイズの血圧計が私専用で置かれています。癌と診断されて以来、ベジタリアン食に変えて体重は5kg減、トレーニングも6月20日からろくにやってないので腕も小さくなっているのにね。これが、ゼウスや山本義徳さん、山岸プロなんかだったらどうなるんでしょう？　ゴリラ用、象用でも持ってくるのでしょうか？　ICUでは、私ですら体の位置を直すのに、看護師さんが二人がかりで気合を入れて、「1、2の3」ってやっているのに、ゼウスや山本義徳さん、山岸プロなんかだったらリフトでも持ってくるのでしょうか？

体がでかいのは、元気なときはいいけれど、病気や怪我、手術で動けなくなった時は本人にとっても体重＝負荷ですし、介護する方も大変ですよね。小錦さん、曙さんならいったいどうなるのでしょうね。

ドクターからは、実際、手術するのにレスラーやボディビルダーのように筋肉が付きすぎていたり、お相撲さんのように脂肪層が厚いと大変だという話をうかがいました。お相撲さんなどは点滴1本つなぐにしても血管を探すのが大変そうです！　どうやら〝でかい〟ということは、いいことばかりではないようです。

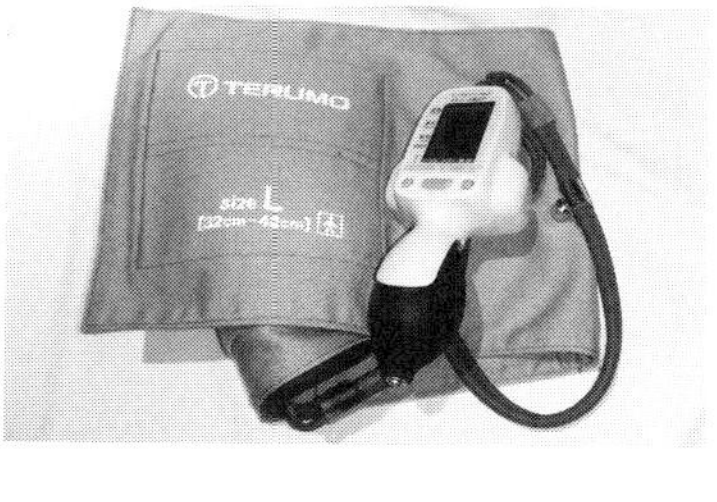

50　体育の日　賢人の近況報告です（2017年10月9日）

今日は体育の日です。ここ、鴨川は良いお天気です御来光も拝めました。海では、大勢のサーファーがサーフィンに興じています。東京メルパルクでは、JBBFの2017年の総決算とも言える「日本ボディビル選手権大会」が開催されています。本来なら私もプレスの一人として取材席に陣取っていたはずですが、今年は病院のベッドに張り付いています。今年は、東京選手権を制した横川選手、ジャパンオープンを制した木村選手を始めとした新勢力の台頭が期待され入賞者の顔ぶれが大きく変わることが予想されます。その現場に居られないのは残念です！

近況報告です。土曜日にTeam BIG TOEの佐竹くんご夫妻、カネゴンさんご夫妻が遠路はるばる千葉県鴨川までお見舞いに来てくださいました。そのタイミングで、また縫ったドレンのところから溜まってた血がどばっとでてきました。二度目なので一度目のようにびびりませんでしたが、ドクターが不在のため看護師さんに取り合えず脱脂綿とテープで応急処置していただきました。昨日は、埼玉県嵐山からBIG FIVEの杉田さんが御一家でお見舞いに来てくださいました。ありがたいことです。

相変わらず続く手術を受けた胸、特に右胸のプロテクタを張り付けたような違和感と痛みが続いています。眠れません。こんな大きな手術を受けているのですから、感覚が戻り動かせるようになるにはそれなりの時間がかかるのでしょう。そして、昨夜は再び「眠れない病」が発症して、遂に二度目の徹夜。秋の夜長。時間たっぷりなので、いつものように病院の廊下を歩いたあと、ストレッチ、カーフレイズをして、術後初めてブログの書き込みにRESしました。明け方には痰がからむのでひとりで鏡を見ながら綿棒大小と初めてピンセットを使って痰処理実施。距離感、方向をつかめず悪戦苦闘。そして、昨夜も眠れずで二夜連続眠れず。でも、元気です。

もう、成るようにしかならないと思います。今日は回診、リハビリ、見舞いの予定がないから日中睡魔が来たら5分でも寝ます。娘は昨日帰り、入れ代わりで家内が来ています。深夜に二人で痰とりに半時間格闘しましたが上手く取れず、看護師さんにSOS！ネブライザーを20分かけてから綿棒とピンセットでとってもらいました。疲れはてましたが、やっぱり眠れない！こんな感じで、体調には波が大きいです。

でも、気管孔の回復はドクターからすれば順調のようで、先程のお話では、21日（土）か22日（日）あたりに一時退院のようです。その後は、銀座一丁目の亀田京橋クリックに通院しながら自宅療養。その後、放射線治療で再入院があるかもしれません。術後、27日目、賢人の近況報告でした！ミスター日本の優勝は、鈴木雅選手で動かないでしょう！

51　生かされた命で（２０１７年10月10日）

16時間に及ぶだろう手術、合併症で亡くなる可能性も結構な率で高い、成功しても大きな障害が残ると言われていた手術に「これが家族、友人とのお別れかもしれない」と覚悟を決めて手術室に踏み込んだ12日から28日、４週間が経過しました。幸いにも、癌が食道には浸潤しておらず、腹を切って小腸を取り出して食道に移植という事態を免れたため、手術の時間は8時間半に短縮されました。それでも、喉の全摘出、気管摘出、気管孔構築という大手術であることに違いはありません。今後の退院の予定も見えてきましたが、胸の痛みは当面は続くでしょうし、合併症の危険性もまだ残っています。それでも、昨夜は術後初めて4時間眠りました、そして、今日は、強い味方がお見舞いに来てくださいました。全日本プロレスのゼウスです。筆談、練習中の電気喉頭を使っての手術の話、プロレスの話、ボディビルの話、そして、精神世界の話、仏教の話までに話題は及びました。ゼウスが試合前に祈ることは知っていましたが、永く朝夕、読経を欠かさず家族の友人の幸せを祈っているそうです。私の病気全快も祈ってくださっているそうです。「私も父親の死後、それをしていたのだけれど、癌になったよ」と言うと、「おそらくその癌はずいぶん前から出来ていて読経のお陰で食道への浸潤もなく手術も8時間半で済んだんですよ」と。そうかもしれませんね。二人のスーパードクターに巡り会えたのも、癌が食道に浸潤していなかったことも、精密な癌細胞の遺残検査の結果はまだ出ていないものの、ほぼ完全切除できたと言うのも奇跡なのかもしれません。

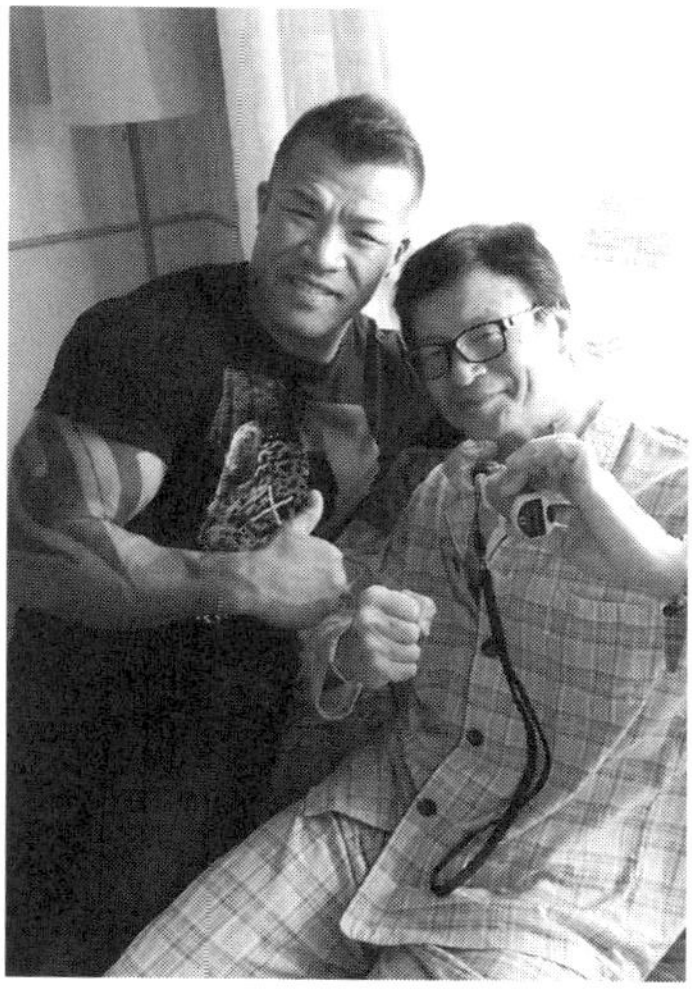

我々には、まだまだやることがたくさん残っていること、これからも生かされた命で10年、20年と共に生きていくことを話しました。良い1日でした。ゼウス、本当にありがとう！

52 人工電気喉頭と1ヶ月ぶりのシャワー（2017年10月11日）

人工電気喉頭・食道発声法・プロボックス

昨日は、もう少し眠れるだろうと思っていたのですが、意に反して眠くならない。再び長い夜を過ごして朝を迎えました。今日は、日中こそ晴天だったのですが、早朝から空は雲に覆われ御来光を拝めませんでした。晴れる日もあれば、曇る日もある、雨の日もあります。眠れる日もあれば、眠れない日もある。でも、明けない夜はない。ケセラセラです。

今日は、K医師から薦められて、声を失った今後の人生で役に立ちそうな人工電気喉頭を病院の1階にあるショップに申し込みに行きました。喉頭癌や私のように甲状腺、喉頭部を全摘出、気管切開などにより、声を失った人の発声を補助する器具です。機械の出す振動音を口と舌を動かすことで話し声に変えるのです。抑揚のないいわゆるロボットボイスになりますが、コミュニケーションに一役買いそうなので購入することにしました。

病気等で声を失った人が再び声を取り戻すには、
①歌手のつんくさんが取り組んでいる食道発声法。これは自然な声が出せるようになるそうなのですが、訓練施設が限られ、習得に年数を要するそうです。
②プロボックス。気管孔に手術で弁のようなものを取り付けます。手入れも必要だそうです。
③そして、一番、習得が比較的早く、手術を要しない人工電気喉頭です。デメリットは機械を喉に押し当てるため片手がふさがることと、声がロボットボイスになることです。

まず、一番、習得が早いという人工電気喉頭を試すことにしました。筆談だけでなく当面は電気喉頭との二刀流でやってみます。少し光が見えてきました。

NPO法人　日喉連

食道がん、甲状腺がんなどで声を失った者の組織する団体で、コミュニケーションに必要な新しい声の訓練を通して、社会復帰および会員相互の交流をはかるNPO法人。全国に56団体148教室があります。社会復帰の糧になる団体です。
NPO法人　日喉連ホームページ　https://www.nikkouren.org/

そして、今日は、術後初めてシャワーを浴びました。大きな手術痕と命の綱である気管孔に気使いながら。胸まわりだけ看護師さんに拭いてもらい、先ず、椅子に座って気管孔にお湯が入らないようにベントオーバーの姿勢、前傾姿勢で頭を洗い、拭いてから、腕の付け根までをやはりベントオーバーの姿勢で洗い、流す。次にたすきがけの要領でタオルで背中を洗い、胸をタオルで押さえながら立位でボディソープを流し、最後に腹から下の下半身を洗いました。

1ヶ月ぶりのシャワー。さっぱりしました。また、小さな前進です！！

53　心の筋トレ（２０１７年10月12日）

手術から1ヶ月。今だ、ろくに眠れないのは辛いが、生きているし、体調も悪くない。傷は順調に回復しているとドクターは言いますが、骨を切除し、縫い合わせた上体は依然として思うように動きません。自分の体ではないような感覚と痛みが続いています。気管孔の傷が癒えるにはあと1ヶ月ほどを要するようです。退院も視野に入ってきましたが、「本当に今の状態で退院していいのだろうか？」という不安が付きまとうこの頃です。日常生活に不安がないようにリハビリをしっかり時間をかけたいところです。

「般若心経絵本」。先日、カネゴンさんが、御見舞いに持ってきてくださった本です。「この世界のものごとはすべて海の上に立つ波のようなもの、実体のあるものは何ひとつない。あるのはただひとつ、ハンニャハラミツの大海だけ」

う～ん、シンプルで分かりやすくて深いけど、今まで信仰心の薄かった私には良くわからない。絵本なのですぐに読める。何度も読み返してみようと思います。

肉体の筋肉は加齢、病気とともに衰えていきます。これからは「肉体の筋トレ」だけでなく「心の筋トレ」も追求したいと思います。

54　人生これでいいのだ！（２０１７年10月13日）

手術以来、娑婆の空気を吸っていない賢人です。眠りのない世界にいる間に、世間では急に寒くなっているようですね。コンテストシーズンに突入のタイミングで「腺様嚢胞癌」が気管内に不法侵入した「気管癌ステージ４」が発覚！　無念ですが、鎌田編集長の計らいで月刊ボディビルディングの今シーズンの取材をすべてキャンセル。仕事は平田社長のご理解で休職を認めていただきました。セカンドオピニオン、サードオピニオンと紆余曲折を経て、亀田総合病院での手術を決意！　気がつけば季節は秋深し隣は何をする人ぞ。

そんな、今日、チームＢＩＧ　ＴＯＥの役者さん、上素矢輝十郎さんが奥様とお見舞いに来てくださいました。奥様とは、今日初め

チーム BIGTOE の役者さん、上素矢輝十郎さんと奥様。人生これでいいのだ！

てお会いしたのですが、何故か以前から知っているようでした。不思議です。そんな上素矢さんが、お見舞いに持ってきてくださったのがこれ！　赤塚不二夫の「人生これでいいのだ！」と、西原理恵子さんの「ダーリンは70歳」俳優、上素矢輝十郎さんならではのチョイスです！ナイスです！　夜、眠れるに越したことはないのですが、これで、眠れない夜も怖くない！

昨日くらいから、昼間に欠伸が出ています。そろそろ、眠れない病にも限界が来ているのかな!?　眠れそうな予感が！　人生これでいいのだ！　上素矢輝十郎さん、ほんまにほんまにありがとうございます。

55　未来を生きるための第一歩！　今後の見通し！（２０１７年10月15日）

主治医N医師と退院日の相談をしました。10月17日（火）N医師の気管内視鏡検査、10月25日（水）K医師の喉の最終診察、人工喉頭の入荷待ち、ネブライザーの購入、その他証明書類の準備等もあるので、10月28日（土）か29日（日）あたりに一旦退院が濃厚です。痛み、体調の浮き沈み、機能回復道半ばと不安要素は山積みですが、いつまでも入院しているわけにも行きません。骨を切除し、大胸筋を切り取って縫いあわせた胸の痛み、圧迫感、ツッパリ感、可動域の狭さ、気管孔の赤み、ヒリヒリ感が気になりますが、N医師いわく「これは、まだまだ時間がかかりますよ。下手をすりゃ命を落とす大手術だったんだから、うまくいって良かった」とのこと。生きてるだけで丸儲け！　生きていることに感謝しなさいということですね！　これから冬に向かい空気が乾燥します。気管孔にこびりついた痰もすぐに固まり取りにくくなります。N医師曰く、「ネブライザーの購入はもちろんですが、水道水でいいから綿棒を濡らしてふやかしてから取るのもいいですよ」と言って、綿棒を濡らして気管孔の穴をクリクリして気管孔を掃除してくださいました。綿棒は出血で赤くなってましたが外科の先生と言うのは、血は見慣れているから何とも思わないのでしょうね。私などビビリだから「あっ！　血が出てきてる！　大丈夫かいな？」と不安になるのですが。「はい、いいですよ！」と言って病室を出て行かれました。何といっても「腺様嚢胞癌」というのは、抗がん剤が効かない、放射線も効かないだけでなく、根深く、しつこく、再発、転移しやすい癌です。「手術の断端部の細胞検査の結果と、再入院での断端部への放射線治療の有無は？」これも気になるところです。N医師曰く、「まだ、結果が出ていません。私も待っているところです。

恐らく、放射線治療はやることになると思いますが、京橋で2~3回診てからになるでしょう」とのこと。下手すれば命を落とす大手術は成功したものの、まだまだ、道半ば。戦いはこれからなのだと気を引き締めています。

56 ICUの思い出（2017年10月16日）

生まれて初めての、それも命を懸けた大手術。当然のことながらICUなどに入るのも初めてでした。

意識が戻ったときに、周囲に妻、娘、息子、maman、ハーパーさんを確認しました。でも、体はおろか喉も全摘出しているので首を動かすこともできません。自由になるのは近眼+老眼なのにメガネをかけていない目だけです。鼻の穴からチューブが出ているのを確認しました、チューブが入った右の鼻の穴側の顔の感覚が痺れている感じです。両腕には手術中につけられた点滴などのチューブが数本つながっているようです。背中には硬膜外麻酔のチューブ、両胸からは廃液排出用のドレンチューブ、おちんちんにも排尿用のチューブ、そして、お尻はといえばどうやらオムツをされているようです。

意識が戻って間もなく、背中、腰、尻に痛みが襲ってきます。何とか体の位置を変えたい、体勢を変えたい。でも、動くのは足だけ。当然、眠れない。眠るどころではない。背中が痛くて。尻が痛くて。たまらずナースコールを押す。ナースが来るが、手は動かせない、声帯をとっているので声は出ない。訴えたいことが伝わらない。もう、泣きそうです。

やっと大体の希望が伝えられ、看護師さんが二人がかりで「せいの～、よいしょ！」とばかりに体を動かして体勢を変えてくれます。ありがたい。でも、しっくりこない。今度はこっちが痛い。あっちが痛い。ナースを呼ぼうと思うと、手からナースコールが離れてどこにあるのかわからない。何とか訴えようと動かせる足をあげて振ってみるが、誰も気がつかない。急に周囲があわただしくなった。ドクターか看護師さんかわからないが、ベッドの周りをあわただしく動いているのがわかる。「何が起きているのだろう？」そう考えていると潮が引くようにベッドの周囲から誰もいなくなった。少なくとも眼しか動かせない自分にはそう見えました。襲ってくる不安感。「身動きが出来ない状態で誰もいないのがこんなに不安なのか？」と思いました。手術が終わった午後5時頃からその繰り返しで一夜を明かす。時々、目を開けるが、焦点が合わない、天井が目の前に見えたり、遠くのものが近くにあるように見えたりで遠近感もわからない二重に見える。そうこうしている間に長い夜が明けたようだ。

看護師さんが体を拭いてくれだした。尻の下にシートのようなものが敷かれたようだ。お下の洗浄のようだ。生まれて初めての経験

で「あのう。自分でやります」と言いたいところだが、体が動かせないのだから身を任せるしかない。開き直った。おしめをつけられたようだ。赤ちゃんの時はともかく…。ええ、おっさんが…。まあ、いいか。どうしようもない。

またまた、そうこうしているうちに、突然お声がかかった。「はい。体を起こしますよ。立ち上がってください」「エエ～ッツ！　冗談はやめてよ！」壁の時計を見ると午前10時。手術から15時間くらい？」ベッドサイドに立ち上がらせられた。「では、歩行器を持って歩いてください！」結局、部屋を出てICUフロアを1周させられた。

最近は、合併症の予防、血栓予防、回復を早めるために早い時期に歩かされるとは聞いたことがあるが、盲腸の手術したのとはわけが違う。さすがに驚きでした！　びっくらこいだ！　その後、3時間ほどでICUを無事？　卒業！　HCUに移されました。新生、賢人誕生の日の出来事でした。

PS：生まれ変わる前に、本社の山本さんから聞いていた「麻酔から覚めたとたんにチューブが入れられたおちんちんの激痛で外してくれ～！　と叫んだよ」という痛み。幸いそれは、多少の違和感を感じるだけで済みました。ああ、良かった！

57　眠った…？（2017年10月18日）

おはようございます！　賢人です！　今日は、久しぶりの晴れ模様です。5時には、床を出て病院のラウンジでしばし瞑想。海を眺めながら日の出を待ちました。

昨日は、二度目の気管支内視鏡検査が行われたのですが、一度目は最初から最後まで意識があったのですが、昨日は何故か、T医師の「じゃあ、点滴から麻酔いれますねえ」と言う言葉とともにぼんやり注射を見ていたら眠ってしまい気がつけば検査は終わり、車椅子に座ってました。「いつの間に検査台に移り、車いすに戻ったのだろう？」記憶がありません。

その後、麻酔が解けるまで、1時間の安静なのですが、前回はずっと起きて時計を見ていたのに、昨日は再び睡魔に襲われ1時間足らずですが点滴が外されるまで眠っていました。久しぶりに「寝たぞ！」という感じです。

昨夜は、胸の鉄板を貼り付けたような感覚の痛みと深夜の痰取りで眠れず、床に就いたのは3時でしたが、その後、5時まで眠りました。術後、本当に久しぶりの「寝たぞ！」という感じでした。一時退院まであと10日です。この間に、胸の痛みと気管孔の傷のウズキが少しでもいい方向に向かいますように！

58　サプライズ！　パワービルディング相川浩一さん（２０１７年10月19日）

今夕、降りしきる雨の中、パワービルディングことボディビルダー相川浩一さんが遠路鴨川の亀田総合病院まで「ちょっと、お顔を見に来ましたよ！」とお見舞いに来てくださいました。

話題は、私の病気のことからリハビリ、眠れない時の過ごし方に派生して、やはりボディビルダーの性というかトレーニング談義へ（笑）。ボディビルというのは、単なる競技のための筋肉作りではなく、私のように病気で障害が残る体の改善、病後の体力回復、そして、増強。高齢者の健康年齢の向上。すべて、ボディビル！！筋肉、体の構造、実際の動き、働きについてボディビルダーならではの体力回復、向上を身をもって体現し、啓蒙したいねなどと夢を語りあいました。リハビリが進んだら、こんな種目も取り入れたらどうか？　パワービルディング式カーフレイズ！　単なる歩行ではなく、腰を落としての、所謂、お相撲さんのすり足稽古のような踵に重心を置いた歩行などなど。面白いアイデアもたくさんいただきました。

それにしても、相川さん、流石現役トップビルダー！　でかい！　その人柄、お言葉、肉体、ハート、すべてに勇気をいただきました。

相川さんのホームページ

「Power Building　http://www004.upp.so-net.ne.jp/powerbuilding/　」

59　亀田総合病院の看護師さんたち（２０１７年10月20日）

２０１４年に亡くなった私の母は、大腸癌が肝臓に転移して体調不良を訴えて３週間、入院後わずか1週間で亡くなりました。母は神戸在住、私は埼玉在住で運悪く東北に出張中に突然危篤となったため死に目に会えませんでした。しかし、母は生涯初めての入院、

それも1週間でした。亡くなる前日まで自分で用を足し、亡くなる2時間前まで話していたといいます。その死に様はまさに「あっぱれ！」私も子供たちに、周囲に世話をかけずに逝きたいと思っています。母自身は一人息子にも会えずにそんなに急に逝ったことは無念だったでしょうし、私に言い残したいことが間違いなくあったはずです。しかし、周囲に世話をかけないということでは、母の死に様はまさに私の理想だったのです。

私は、元ボディビルダーです。幸いなことに今まで足首の骨折、尿管結石以外は入院するような大きな病気をしたことがなかったのですが、３ヶ月前の６月末、突然宣告された「ステージ4の稀少癌」、すぐに手術をしなければ余命３ヶ月の宣告を受けたのです。「周囲に世話をかけずにポックリ逝く」、「生涯、体にメスを入れない」と常々思っていたにもかかわらず、すぐに手術しないと余命数ヶ月の癌宣告を受けた現実。それでもなお「手術はしない。手術しても大きな障害が残る。好きな歌も歌えない。筋トレもできない。好きなお風呂にも入れない。大好きな海で泳ぐこともできない、生活の糧である営業の仕事も出来ない。そんな体になるのなら死んだほうがましだ！」ともがきあがいていました。しかし、世の中を見渡せば、もっと大きな障害をもっていても一生懸命生きている人は大勢います。周囲の家族、友人も生きることを望んで涙してくれる。よくよく考えれば、まだまだ、自分で出来ること、やらねばならないこともあるはず…。娘も「このまま手術せず放置したらお父さん死ぬねんで」と言ってくれました。幸い、筋肉繋がりの親友笠松さんから「スーパードクターを紹介するから診察を受けてください」との連絡をいただきました。悩みに悩みました。そして、考え直しました。このブログも自分を奮い立たせるために8月14日にカミングアウトを決意して立ち上げました。そして、手術。

麻酔から覚めたあとの想像以上の苦痛。じっと寝ているということがこんなに痛くて苦しいとは思いませんでした。こんなにも長く眠れない夜が続くとは思いませんでした。そして、今まで考えもしなかった大勢の人々のお世話になることになります。私は今、千葉県鴨川市の亀田総合病院に入院中です。ドクターたち、看護師さん、お掃除の方々、遠路はるばるお見舞いに来てくれる友人、毎週通ってきてくれる妻、娘、１週間仕事を休んで大阪から来てくれた息子…たくさんの方々のお世話になって生きています。

その中でも執刀してくださったドクターは勿論ですが、特に看護師さんたちには脱帽です。ＩＣＵ、ＨＣＵ、そして一般病棟ともう自力では何も出来ないのですから、看護師さんに身を任せるしかありません。治療はドクター、患者さんの治療に付随するあらゆるお世話をしてくださるのが看護師さん。私の場合、ＩＣＵ、ＨＣＵでは体位の変更（重くてごめんね。それでも入院まで５kg近く減量したんですけど）、一般病棟に移ってからは、永久気管孔に出てきて溜まる痰処理。健康な体の時には、痰って喉に溜まった不純物で自然に「は～っ、ペッ！」と出せるものと思ってました。でも、そうではなかった。痰とは「咳によって吐き出される気道の分泌物」で、それが気管を登って出てくる。そして痰は健康な体では自然に吐き出せるが気管や肺の手術をした場合、定期的にネブライザーで吸入して痰を吸引してやらねばならない。綿棒やピンセットでとらねばなりません。自分の体でありながら、手術で縫い合わせた体、生きるために人工的に作られた永久気管孔という胸にぽっかりと開いた穴。手術後で傷が治りきっていないので想像していた以上にグロテスクです。向き合うのに時間がかかりました。まだ、完全には受け入れられていないのが現状です。でも、若い看護師さんたち、私がナースコールすれば飛んで来て、声をかけてくれながら優しく処理してくれます。そして、今は、退院に備えての自分で処理できるように指導してくださいます。そして、どうにもならないときにはＳＯＳを出すのですが、昼夜を問わず気持ちよく処理してくださるのです。お仕事とは言え、患者さんの気持ちになって接しないとできない、人間的に成熟していないと出来ない、人の気持ちがわからないと出来ない、まさに「ハートtoハート」のお仕事だと思います。ここ、亀田総合病院は、ドクターも素晴らしいのですが、看護師さんも素晴らしいです。いかん、いかん、退院したくなりそうです！（笑）

60　うーん、心の筋肉を鍛えなければ！（２０１７年10月23日）

昨日、大型台風21号が接近する中、東京から笠松さんとハーパーさんが大波押し寄せる鴨川の亀田総合病院にお見舞いに来てくださいました。笠松さん、ハーパーさんと言えば、今回の治療、入院に力を貸してくださったトレーニングという共通項で結ばれた友人です。本当にありがたい！

お土産にいただいたのは…般若心経「すべての悩みが小さく見えてくる」「禅、比べない生活」うーん、心の筋肉を鍛えなければならない今の私にぴったりの本です。流石、癌治療経験がある笠松さん、スーパー看護師ハーパーさん、私の心を御見通しです。本当にありがとう！

61　不安とか心配は現実に起きてない事に対する妄想である！（2017年10月23日）

昨日、主治医のN医師から、手術時に採取した細胞検査の結果とそれに伴う今後の治療予定について話がありました。改めて別室に呼ばれての説明だったので緊張しましたよ。ドクターによると、「気管断端部陰性だが、甲状腺、喉頭部も完全切除したが、ギリギリの切除であるため再発予防目的で放射線治療を行います」とのこと。自分としては出来ることならば放射線治療はしたくなかったのですが、再発予防目的とのこと、手術をする前から説明を受けていたことだし、前向きに「未来を少しでも生きるために」やります。29日（日）に一時退院、その後、約2週間、京橋クリックに通院しながら自宅療養で体力の回復を図ります。そして再入院。約5～6週間の放射線治療に入ります。…となると正式退院はやはり年末の12月24日（日）クリスマスイブあたりでしょうか。もちろん、医師からは「放射線治療で食道への放射線障害が出て食事が喉を通らなくなる合併症が起きる可能性もある」ことなどの説明もありました。もし、そうなると1、2週間治療を休止するため、その分入院が延びるそうです。そして、これも手術前から分かっていたことですが、「腺様嚢胞癌」というのは、再発、転移がしやすい癌ということで、治療終了後も再発、肺などへの転移の可能性が40％もあることが伝えられました。結構な確率ですからショック、不安がないと言えば嘘になります。しかし、手術せずに放置もしくは、手術以外の治療では、3ヶ月くらいで呼吸困難となり窒息死するだろうということで決断した道です。とにかく、寿命は延ばされたわけです。今まではいつも「最悪の事態を想定して」病院通いをしてきましたが、退院後は癌によいと言う、免疫力を向上させると言う食生活を心がけ、嫌なことは忘れて、良いことだけを考えて生かされた人生を「未来を生きたい」と思います。本当の戦いはこれ

左から筋肉博士　山本義徳さん、私、老人さん

からなのでしょう。

私のブログに投稿してくださる老人さんからいただいたメールです。肝に銘じます！

「どんな困難が襲って来ようと立ち向かうしか道は無いです。この勝負は後には引けません。亀田病院に託しましょう。一番大事なのは、不安は絶対に持たない事です。賢人さん自身が絶対に克服するんだと言う確信を持って下さい。厳しい言い方ですが、不安とか心配は現実に起きてない事に対する妄想です。不安や心配はどんどん大きく膨らみ最後には現実化してしまいます。だから、絶対に不安や心配は持たないで賢人さん自身の魂と亀田病院をとことん信じて下さい。精神世界では「想いは物質化する」と言う言葉が有ります。無理かも知れないですけど、絶対にマイナス発想を持たないで下さい。私自身もその事を体験しています。賢人さんは絶対に社会復帰出来ます。希望を持って下さい。確信を持って下さい。信じております」（老人）

「不安は絶対に持たない！」

「絶対に克服するんだと言う確信を持つ！」

「不安とか心配は現実に起きてない事に対する妄想である！」

「自身の魂と亀田病院をとことん信じる！」

「絶対にマイナス発想を持たない！」

老人さん、ありがとうございます。肝に銘じます！

62 術後、最悪の体調（２０１７年10月26日）

一時退院まで３日。Ｎ医師をして「へたをすれば命を落としかねない大手術」からの回復は順調とのことのようです。しかし、自覚的には痛みも機能回復もまだまだ。胸の痛みで睡眠すら取れない状態ですから本音を言えば、もっと回復した状態で外界に出たかったのですが、何事にも時間が必要。傷が癒え、痛みが消え、機能がある程度まで回復するには一定の期間を要するということ、ましてや大手術。回復にはそれ相当の時間を要すると理解しています。病院生活が長くなると大した病気でなくても病人らしくなることも30年前の尿管結石での入院で知っています。前向きに考え今回の一時退院の間に娑婆でなるべく普通の生活をして可能な限り体力回復に努めたいと思います。一時退院まで3日の今日。術後、最悪の体調でした。季節柄、空気が乾燥しているためか、痰が固まって息苦しい。体もだるい。リハビリも初めてキャンセルしました。そんな訳で今日は大人しくしております。万全の体調で第二ラウンド（放射線治療）に挑むために！

昨日は、横浜から大先輩の藤田さん御夫婦が、自らも病気治療中にもかかわらず亀田総合病院にお見舞いに来てくださいました。ありがとうございます！

63　入院生活で体力が筋肉が落ちているのを痛感！（２０１7年10月27日）

失った筋肉を少しでも取り戻す

一時退院まであと2日。昨日に引き続き体調はいまいちです。一時退院が決まってからあと2週間という頃、その間に気管孔の傷が劇的に回復しないだろうか、胸の痛みが半分とは行かないまでも少しは緩和するかもしれないと期待をしていましたが、逆に体調があまりよろしくない現実。傷の治癒にはそれ相応の期間がかかるにしても、それが自分の期待しているよりももっともっと長いスパンなのだろうと分析しました。体調不良に伴って老人さんから指摘された「妄想」が無意識のうっに頭をもたげているのだろうと思います。「絶対に不安を持たない！」今こそ心の筋肉を鍛える時ですね。昨日、今日と外は好天気ですが、空気が乾燥しています。乾燥は気管から上がってくる痰を短時間で硬くしてしまいます。傷が治る前段階として瘡蓋が出来ますが、その瘡蓋に痰が付着して体積を増し塊となります。こうなると皮膚組織、粘膜組織、瘡蓋、痰が一体となって固まり、除去するのが厄介です。当然、息をする気管孔の空気が流れる道が狭くなるため息苦しくなります。そのため、一昨日は一度もかけなかった加湿のためのネブライザーを昨日、今日は3度かけました。しかし、一夜が明けるとまたカピカピになっています。加湿しますが、超頑固で

息苦しさが取れません。看護師Wさんに S O S を出します。助けていただいて一時的にすっきりしましたが、長く持ちません。乾燥して皮膚組織、粘膜組織、瘡蓋、痰が一体化された固まりは無理に剥がすと出血するため完全除去はされていません。目で確認出来るところには息苦しさの原因になるような痰は見当たらないのに息苦しい。途方にくれましたが、「必ず原因があるはず！」とトライし続けました。そして、敵を見つけました。こびり付いて取れない塊が死角に隠れていたようです。思い切り咳をしたら頭を出してきました。格闘の末、やっと取れました。肺活量はある方なので自力で押しだせるのは有利なようです。しかし、痰取りは疲れます。一時帰宅しても、この痰との格闘には悩まされるでしょう。早速、家庭用ネブライザー、加湿器を家内が手配してくれました。もう、大丈夫！

事象には必ず原因があります。冷静に対応すれば何とかなりマッスル！ maybe!! スッキリしたところで、自分へのご褒美と気分転換にコンビニへ行って来ました。そして、抹茶ソフトを購入！ 美味い！ 生きているから食べられる！ 頑張って生きます！（笑）

退院したら、ビールが飲みたいな！ １ヶ月半に及ぶ、手術後の入院生活で体力が、筋肉が落ちているのを痛感する昨日、今日です。

帰宅したらリハビリには、ヒンズースクワットと腹筋を追加しようと思います！ 心の筋肉とともに再入院に備えて失った筋肉を少しでも取り戻します！ 元ボディビルダーの性です。

64　一時退院、年内完全退院、赤信号です！（２０１7年10月28日）

今日も生きて新しい朝を迎えられたことに感謝！ ２週連続で台風が日本列島に接近しているようで今朝は流石にここ鴨川でも御来光は拝めませんが、雲の向こうに確実に陽は昇っています。

「人生は永遠に続く」と錯覚していた若くて元気な時には、「当たり前」で考えもしなかった、「新しい朝を迎えることの喜び」。病気をして手術をして初めて知った「今まで当たり前のようにしていたことが、当たり前ではなく、神様が私たちに与えてくださったどんな科学技術よりも優れた自然の摂理によって行われている肉体の神秘」であったことを知りました。

今朝も4時半に起床後、ラウンジを歩いていると痰が気管孔入り口を塞いだための突然来た息苦しさ。すぐにネブライザーをお願いしました。今日も痰取りから1日が始まりました。

この世に生きとし生けるものすべての命には限りがあります。入院中に御見舞いとしていただいた般若心経の本では、私たちがすべてのように感じているものすべては大海の現れては消える波のようなもので確実なものは何ひとつない。しかし、波は大海そのものでもあると言います。まだ、勉強中なのでよくわかりませんが自分の知識からくる物差しではなく、もっと大きな心と目で見なければいけないことも知りました。

今日は、明日の一時退院に備えて、家内と荷物を整理して家に送り返します。入院の時には体が動いたので両手に荷物を抱えて埼玉から東京経由で鴨川まで来ましたが、術後の不自由な体ではそれもできません。入院中に増えた荷物も含めて宅急便で送り返します。荷造り完了！　明日は、家内と身一つで帰宅の予定です。

ここまで書いたところでT医師が退院前の診察に来られました。今週は主治医のN医師が不在のため、診察が水、木、金となかったのですが、その間の体調の変化を説明したところ、命の綱である気管孔周辺が炎症を起こしている可能性があるとのことで急遽、造影剤CT検査、血液検査をすることに。その結果、楽しみにしていた一時退院が延期になってしまいました。それどころか抗生剤の点滴、吸引が始まったためまたまたチューブが…。がっくり疲れました。最短でも1週間、経過によればさらに長引くこともあるようです。長年蓄積した体力の貯金が残り少ないと感じていた矢先です。一時退院、年内完全退院、赤信号です！

65 「びびりんちょ」の独り言（2017年10月29日）

楽しみにしていた、自分としては使い果たしてきた感のある体力回復のために当てようともくろんでいた一時退院が延びたのはがっかりですが、ここ2日ほど体調が思わしくないのも、気管孔の痛み、回復が思わしくないのも事実。この不安を抱えた状態で自然界に解き放たれても生きていけないかもしれません。きちんと体調を整えてから出直そうと思います。今日、日曜日は、午前中にT医師が、午後からは学会出席で病院を離れておられた主治医のN医師が回診に来てくださいました。そして、気管孔の処置、気管孔を大胸筋に縫い付けていた糸の抜糸をしていかれました。しかし、主治医N医師の手際よい処置は、痛さも伴います。

注射が嫌い、血が苦手な「びびりんちょ」の私にとっては、赤く出血した気管孔を見るのも、痛みも嫌いです。二人の医師の回診のあとしばらくグロッキー状態でした。ああ、しんどかった！

でもよくよく、考えれば、処置を行っているのは、ドクターで、私は仰向けにベッドに寝て耐えているだけ、何もしていません。でも、どっと疲れるのはビビリだからでしょうか（笑）。本当なら、今日は退院して家族と一時退院祝いでもしている予定だったのですが、朝から、点滴4回、吸入3回、回診2回という想定外の1日でした。昨日からお迎えに来てくれていた家内も付き合ってくれているので寂しくはないのですが。「No pain, No gain!!」痛みのないとことに発達はない！　回復も同じですね。maybe!!

痛みに耐えてこそ回復は早まる！　お蔭様で今、痛みは治まり、ここ2日続いていた息苦しさは収まっています。これからは、回復への道一直線だと信じます！　娑婆はハロウィーンなんですねえ！　ここ、亀田総合病院のラウンジ入り口にもハロウィーンの飾りが！

66　グロッキー2（2017年11月2日）

前回のブログで「自分としては使い果たしてきた感のある体力回復のために当てようともくろんでいた一時退院が延びたのはがっかりです」と書きましたが、テレビを見ていると「筋肉貯金」というのを取り上げた番組が放映されていました。　筋肉量（バルク）が多いと体全体の基礎代謝があがるため、体が活性化され余分な脂肪がつきにくくなります。このことは循環器系の成人病の予防になります。高齢者では、つまずき、転倒がしにくくなり、骨折、寝たきり防止に効果が期待できます。最近では百歳を超えてスポーツをしていたり、元気にお仕事をされているお年寄りがいますが例外なく筋肉を動かすスポーツ、生活習慣がその裏にはあります。そして、ストレッチも大事ですね。加齢とともに体はどんどん固くなります。特に前屈よりも後ろに反らすことができなくなります。筋トレをしているとよくわかりますが、ベンチプレスをこよなく愛し普段からベンチプレスを行っている人でも加齢とともに若いときのような見事なブリッジが出来なくなっていることに気がつきます。無理してブリッジをすると腰を痛めます。要注意です。お相撲さんでもそうですが、体の柔軟な力士は怪我をしにくいのです。他のスポーツでも同様です。一般人においても体が固くなると転倒して怪我をする、高齢者では寝たきりのリスクが増えるのですね。ああ、筋肉貯金を使い果たした今…早く痛みがとれて筋トレがしたい！　一時帰宅して体力回復、増強を計るという目論見が水泡と化した今、さらなる入院生活の延長で正直へこんでいます。今まで皆勤賞だったリハビリのキャンセルも増えています。今日は、命綱である気管孔の狭窄傾向が見られるための対策として気管孔にチューブを挿入する処理が施さ

れました。これが結構辛い！　痛いし、大嫌いな出血があるし。処置途中、大きく咽こんだとたん気管孔から大噴火が！　血液混じりの痰が2・5メートル上の天井で華を咲かせたのでした。ベッドの上で私はグロッキー2！

話は、変わりますが、先日、ボディビルの友人、小野寺正道さんが「顔を見に来ましたよ！」と亀田総合病院までお見舞いに来てくださいました。小野寺さんは東京大学出身の筋トレマニアで同じく東大の元ミスター日本、石井直方教授の後輩でもあり、トレーニング関係を柱に展示会、イベント、カンファレンス及びセミナーの主催・企画・運営などで幅広く活躍されています。

マッスル北村氏の十三回忌に初めて私の妹分、恵理ちゃんと三人でお茶をしたのがお付き合いの始まりでした。入院前にお会いしたのは、確か東京ビッグサイトでのスポルテック会場でしたね。

また、小野寺さんは亀田総合病院のリハビリ科M部長とお知り合いとのこと「縁は異なもの味なもの」ですね！　回復に向けて強力な味方になっていただけそうです！

現役時代の小野寺氏

筋肉貯金

人間の筋肉は普通に生活しているだけでは、二十歳を過ぎるあたりから年々減少し、50歳を過ぎると毎年0・5kgの筋肉が失われていきます。筋肉量（バルク）が多いと体全体の基礎代謝があがるため、体が活性化され余分な脂肪がつきにくくなります。このことは循環器系の成人病の予防になります。高齢者では、つまずき、転倒がしにくくなり、骨折、寝たきり防止に効果が期待できます。最近では１００歳を超えてスポーツをしていたり、元気にお仕事をされている人がいますが例外なく筋肉を動かすスポーツ、生活習慣がその裏にはあります。そのために筋トレはスポーツ選手やボディビルダーだけでなく、一般の方が健康に生活をするうえで重要になります。人間、いくら鍛えていても色々なことが原因で病気になりますし、命には限りがあるのでいつか亡くなります。しかし、トレーニングを生活習慣にして筋肉を維持する「筋肉貯金」をすることで、所謂、健康寿命を伸ばすことが出来ます。同じ生きているなら、寝たきりよりも、私のサイト「ＢＩＧ　ＴＯＥの筋肉物語２」のポリシーである「生きてる限り健康に！」で生きたいものですよね！

今回、癌という、今の日本人の二人に一人が患い、三人に一人が亡くなる病気を私自身が患いましたが、癌と戦う際にも筋肉、体力の重要性を説いておられる医師もおられます。

宮崎善仁会病院の押川勝太郎医師が「がん治療を受けるには筋力と体力が重要だ！　治療の合間に体調がよい時は　筋力をつける運動をするように。筋力や体力がある人は　抗がん剤の副作用も軽く済む。先生がぱっと見だけで手術できるかわかり、見た目で元気な人ほど予後がいい、がんと上手く共存していくためにも運動が大事だ」と語っておられます（２０１８年４月18日　追記）

67　マッスルメモリー（２０１７年11月５日）

この１週間は、退院が延期になり迎えに来ていた家内も病院に５泊した末に一旦帰宅しました。

気管孔の炎症を抑えるための点滴、吸入、ＣＴ検査、血液検査、エコー検査、狭窄傾向のある気管孔を広げるためのチューブ挿入とまさにグロッキー状態。何よりも体力回復期間と定めていた一時退院の目処が未だたたないのが目標を失った船のようで「本当に目的地に着くのだろうか？」「目的地はどこなんだ？」「もしかしたら永遠に目的地に着かないのではないか？」「突然、この航海が終わるのではないか？」などと思うことも。

トレーニングでも、コンテストという目標を、ダイエットという目標を定め、それに向かってただひたすらストイックに突き進む。体に変化が現れる。また、次の目標に向かって突き進む。そして、結果を出す。といったプロセスがあるのですが、いくら進んでも結果が出ない時はへこんでしまいます。今回は、そんな感じでしたね。老人さんのおっしゃるとおり、「自身の魂を、亀田病院を信じて絶対にマイナス発想をしない！」というのは分かっているのだけれどＭ６くらい心が揺らぎます。

そんな本日、パワービルダー相川さんが、２度目のお見舞いに来てくださいました。チューブを入れて息苦しさにベッドでグロッキー状態のときでした。またまた、そのでかい体とおおらかな笑顔とマインドに元気をいただきました。

相川さんの言葉。「吉賀さん、ビルダーは筋肉貯金も普通人とは違いますが、貯金が底をついても常人にはない「マッスルメモリー」がありますから大丈夫！」

先日、来てくださった小野寺さんからも東大の石井教授もステージ４の抗がん剤癌治療で一時はげっそり痩せてましたが、そのマッスルメモリーで驚異的な回復をされているという事実を話されてました。「マッスルメモリー」を信じます。そろそろ、グルタミン、アルギニンも入手しようと思います！

心を察した真友からのラインメーッセージが届きました！「あれだけの大手術だったから、骨が無いって事も勿論だし、大胸筋を骨から剥がして、引っ張って、縫い付けて、毛細血管や、腱や、筋肉や、色んな場所が、ダメージ受けてしまっていると思うの（泣）。上手に傷や病気と半永久的に付き合っていく為にデカイハートになってください！　数年後に、入院中はこんなやった～あんなやった～って普通に言っているように」と…。了解しました！　もう、こうなったら2018年の初日の出は亀田総合病院のラウンジかリハビリ室で拝もうというくらい開き直り「マッスルメモリー」！

マッスルメモリー

一度筋肉を鍛えて強くした人の場合、仕事、病気など何らかの理由でトレーニングから遠ざかっても、トレーニングを再開してから数ヶ月程度で、まるで筋肉が強かった時の状態を記憶しているかのように筋力、筋量が戻ります。この現象をマッスルメモリーと言います。

68　自主筋肉再建リハビリスタート（2017年11月7日）

手術の傷の回復過程で筋肉が固まっていくことによる痺れ

一時退院中止が決まって以来、次から次へと日替わりで変わる体調の変化に翻弄されてきた10日間余りでした。昨日もリハビリ前にネブライザーによる気管支拡張剤吸入を行ったのですが、いざ、リハビリに入ろうとすると安静時脈拍が110を超えているという事態発生でリハビリでの有酸素運動を急遽中止。人によっては安静時脈拍が100という方も居られることは私もフィットネスクラブで指導をしていた頃、会員さんで最高血圧、最低血圧、脈拍がすべて三桁という方が居られたので知ってはいたのですが、自分自身にとっては今までそんなことはなかったので一

大事！

その後、腕の痺れ感、体のだるさ、息苦しさも出るという状況でした。そして、血圧、体温、血中酸素を計測しても数値的には正常値。原因がわからないので1日安静にすることに（大手術直後からも私の体って、熱が出ることもなく、血圧、血中酸素値も常に優等生なのですね。今日も、心臓がバクバクしているのに正常値でした）。そして、夜になって再び同じ吸入を行うと再び脈拍が１００を超えて同じ症状が！　どうやら吸入剤が、私の体に合ってなかったようです。ドクターと相談の結果、吸入剤を元に戻してもらいましたが、「腕と胸のだるさ、痺れは、大手術によって骨を切除し、大胸筋を剥がして、引っ張って、縫い付けた傷の回復過程で筋肉が固まっていくが、それによって神経が圧迫を受けているために起こっていると考えられる。これを回避するには、筋肉が固まってしまわないようにストレッチによるリハビリを続けなければならない！」というアドバイスをいただきました。早速、自分なりに胸と肩の柔軟性回復と今後も続く癌との戦いへの体力を再建するためのリハビリプランを立てました。今週末には、延期になっている一時退院も実現させるつもりです。自分の足で歩きます！　早速、自主筋肉再建リハビリスタートです！

69　今度こそ！　一時退院と自主リハビリ！（２０１7年11月8日）

今日の夕方に主治医のN医師から正式に11月12日一時退院の話がありました。９月12日の大手術から丁度2ヶ月！　季節は、夏から初冬に変わっています。退院しても10日〜2週間で放射線治療のための「2ラウンド」再入院となるのですが、一歩前進です！「明日を生きるため！」に頑張りマッスル！　昨日から始めた自主リハビリトレーニング計画です。

《自主トレ目的》

手術で切除した骨、剥がして、縫合した大胸筋の回復過程における筋肉の硬化を少しでもやわらげ、鎖骨下に通る神経を圧迫するのを防ぎ、少しでも機能を回復させる。そして、将来の筋トレ再開に備える！

《場所》

パワービルダー相川さん曰く「椅子、テーブル、カーフレイズする段もあるし、リハビリの宝庫じゃないですか！」と言わしめた亀田総合病院のラウンジおよびベッドの上。

《トレーニング種目》

（胸）手術からの柔軟性、機能の可能な限りの回復
①椅子に座ってのシーテッドチェストプレスストレッチ
②シーテッドフライストレッチ
③アップライトロウストレッチ
④フロアフライ
（肩）手術で骨を切除した体の可能な限りの機能回復
①椅子に座ってのシーテッドサイドレイズ（僧帽筋・肩周りの緊張を解く）
②シュラッグストレッチ（僧帽筋・肩周りの緊張を解く）
③「中川さん直伝のトライ体幹理論」の姿勢を作る肩回し（鎖骨、胸骨、肋骨のない体の姿勢を保ち、可能な限りの機能回復を計る）。
（脚）
①ヒンズースクワット（気管孔という稀な呼吸器の機能アップ・下半身全体の強化）
②ワンレッグカーフレイズ（第2の心臓ふくらはぎ強化）
（腕）
①バイセップス&トライセップスアイソメトリックス（手術で肩、胸が使えないのでアイソメトリックス・徒手スロートレーニングから始める）
（腹）
①クランチ（手術以来2ヶ月に及ぶ入院生活と大量の薬で緩んだ腹の回復！）
（ストレッチ）
①基本ストレッチ5種目（全身の柔軟性の回復）

70　一時退院の決断と嬉しいサプライズお見舞い！（2017年11月10日）

今週末日曜日には、寒波が押し寄せてくるという予報が出ていますね。延期になった一時退院の再度延期は二度目の入院を経ての正式退院が年内で切りがつかないことを意味していますし、現在、悩まされている気管孔の傷の完治（N医師の話では2ヶ月以内）、首の付け根から胸（大胸筋上部）にかけてのプロテクターを貼り付けたような違和感、腫れ、痛み、ツッパリ感の改善、それに伴う両腕の痺れの改善（T医師の話では、傷が治るプロセスで生じる組織の硬化が原因と思われ、傷の治癒と平行しての地道なストレッチで徐々に改善していくしかなく、半年、1年のスパンで見ることが必要）には、まだまだ、永い時間を要します。つまり、それを待っていたのではいつまで経っても退院出来ないことになります。病院というところに永く居ると行動の範囲も限られていて、気持ちも滅入るし、体力も落ちていき、「病人らしく」なってしまうと思うのです。それに病院はいろいろな病原菌が集まる場所なので思っている以上に「安全地帯」ではないようです。入院したときは、「夏の終わり」でしたが退院予定の明後日12日は「この冬一番の寒波」が日本列島に訪れると予想されており、現在の体調も万全ではないので「不安」がないと言えば「嘘」になりますが、「不安は現実に起こりもしていないことに対する妄想」と考えて、自身の魂と生命力を信じて、一歩前進することを決めました。

そんな今日、前触れなしで、八王子の多摩ジムからチームBIG　TOEのチャンプ、MISUくんと、杉山さんが「サプライズお見舞い」に来てくださいました。途中、採血やリハビリが入り、バタバタしていましたが嬉しかったですよ！　ありがとうね！　早く元気になって、年始には多摩ジムに顔を出したいものです！

71　明日、一時退院します！　皆、ありがとうね！（2017年11月11日）

病院のベッドで一人で最後の晩餐。いよいよ、明日は一時退院の日です。

一時退院が延期になって2週間。気管孔は一応の落ち着きを取り戻したものの、そのためのチューブ挿入、経過観察、気管支拡張吸入剤が合わなかったと思われる動悸、体の痺れ、手術で切除した骨、剥がして縫合した大胸筋の回復過程における筋肉の硬化による神経の圧迫が原因と思われる両手の痺れ、首から胸にかけての引きつりと痛み。次々と押し寄せてくる症状に翻弄された2週間でした。手術による痛みとか回復というのは、よく言われるように「日にち薬」と思っていたのが、大きな間違いでした。今回の経験で分かったのは、大きな外科手術の場合、筋肉も神経も切って縫っているのでそんな単純なものではなく、「一進一退」、「三歩進んで二歩下がる」、「一難去ってまた一難」だと言うことでした。納得がいく安心な状況を待っていたら一生退院出来ないでしょうし、自宅で過ごすことによって元気回復を期待しています。

入院、手術から2ヶ月。このブログを読んでくださっている皆さん、コメントを書き込み勇気をくださった皆さん、お見舞いに来てくださった皆さん、ありがとうございます。これからも「未来を生きるため！」に気合い入れていきマッスルので宜しくお願い致します！　さあ、明日の今頃は自宅での夕食です！　ビールも飲みたいけど奥さんからお許しがでるだろうか…。

72　ギリギリの男（2017年11月22日）

ご無沙汰です。生きています。ブログを読んでくださる皆さんは、私が一時退院で再入院に向けて家庭で英気を養っていると思われているかもしれません。しかし、事実は…ブログ更新どころではなかったのです。この嵐のような、ドラマのような三途の川を3度見て、救急車に3度乗ってきた恐怖の10日間をザックリと振りかえってみたいと思います。

2017年11月12日（日）待ちに待った一時退院の日

◎午前6時、2ヶ月にわたる第一期入院最後の御来光を見る。「美しい！」

◎午前9時、退院にあたり気になることを担当医T医師に確認。「これで安心して帰れるぞ！」

①首の付け根から胸の腫れとツッパリ感が今週は強い、加えて腕の痺れ、体のだるさ、腹の膨満感について。

↓手術による傷が癒える過程で筋肉、組織が硬くなってくるため。

↓対策としてはストレッチで筋肉をやわらかくする。

「よし！　これは得意分野！　家に帰ったらストレッチしよう！」

↓腕の痺れは、硬くなった大胸筋が鎖骨下を走る神経を圧迫していることが原因と思われる。

↓対策としてストレッチ。

「よし！これも得意分野！　家に帰ったらストレッチしよう！」
※血液検査の結果、甲状腺ホルモンの不足ではない模様。カルシウムも足りている。
②退院時の薬確認
③ネブライザー確認
加湿が目的のため家庭用ネブライザー購入しました。
④術後よりもここ数日のほうが、リハビリでも疲れを感じ、以前は、歩くことは苦にならなかったが今は息が上がる。
↓入院、手術から2ヶ月も経過すると、病院内では実生活と比べると運動量が少なく、筋肉がかなり落ちてくる。それを肺機能と心臓で補っているから。

↓運動をして筋肉をつけるしかない。

「よし、家に帰ったらトレしよう！」
⑤気管孔の回復は順調と思う。「これで安心！！」
◎午前11時退院。妻と安房鴨川駅よりわかしお号で東京まで。その後、有楽町線で帰宅。
　途中、わかしお号車中で2回痰取り作業実施。有楽町線では止む無く東池袋で途中下車して駅のホームで痰取り。「これから一生痰取りに振り回されるのでしょうか？　ツライなあ」
◎帰宅後、家庭用ネブライザーで加湿するも気管孔周辺に痰が付着して息苦しい。深夜まで痰と格闘して入り口付近を中心に掃除。自宅では環境が戻って眠れると思ったのは大きな間違いだった。

2017年11月13日（月）（一時帰宅1日目）
（救急搬送 Part1）

◎朝から息苦しさがある。ドクターが「これ以上小さくはならないだろう」と言った気管孔が1日で小さくなっている気がする。「やばいよ！」

◎帰宅後は、近所、駅前を散策して、筋トレをして、駅前のラーメンを食べに行く予定だったのだが、息苦しく断念。「明日からやろう！」と意気込む。

◎夜9時、シャワーを浴び、髪をすすいでいると気管孔に水が流れ込んだのか突然激しく咳き込み、慌てて風呂を出る。その後、呼吸が激しく苦しい状態が1時間近く続く。娘が帰宅。救急車を呼ぶ。そのまま、呼吸器内科のある埼玉病院へ。

（国立病院機構埼玉病院）H医師

・採血…問題無し。

・CT…問題無し。

亀田総合病院の画像と撮影画像を比較。↓肺に空気が入らなくなると画像に白く映るが問題なし。

CK（筋肉に含まれる酵素）少し低いだけで問題無し。

Dダイマー（息苦しい時の可能性）、肺血栓…問題無し。

シャワーでの水…画像にも映ってないし、入ったとしても少量。

血中酸素　97％…酸素はいきわたっている。90％以上問題ない。

気管孔…亀田総合病院に相談してほしい。現時点で緊急の処置をする状況ではない。

深夜にタクシーで帰宅。

２０１７年11月14日（火）（一時帰宅2日目）

（三途の川を見た Part 1）

◎この日も朝から起きると座っていても息苦しさがある。

◎予定では、買い物に出て、ラーメン銀次郎を食べる予定。トレーニングもストレッチ、バイク、ヒンズースクワットの予定だったが、その気にならず、家内と駅までの往復のみを試みる。それでも帰宅後、息があがりなかなか平常に戻らずしんどい。

◎夜7時ごろ、突然、痰があがる感覚がきて、鏡の前に走る。痰で気管孔が詰まって息ができない。ピンセットで取ろうと試みるが、穴が完全に詰まって息が出来ない。必死で咳をして痰を出す。気管孔入り口で詰まっている痰を必死にピンセットで除去する。二度目に気管孔の穴より10㎜を超える血の混じった大きな痰が飛び出した。死ぬかと思った。一時帰宅後も、一難去って、また一難だ。

2017年11月15日（水）（一時帰宅3日目）

◎昨夜、気管の奥に潜んでいたと思われる大きな痰の塊が出たので、まだ、何かが居る感じはあるものの、昨日までより空気の流れは良い感じ。昨日より良い1日であってほしいものだ。

◎朝起床後と昼前に加湿のためネブラーザーを各20分。

午後より頻繁に痰が出だす。午後3時ごろ、買い物と運動を兼ねて家内と家を出るが、出かけてすぐに痰が出てきたため慌てて帰宅、痰を取る。

◎午後4時20分。気管孔の呼吸音がボーボーと大きくなり息苦しいが、目で確認できる範囲には痰は見えない。こういうのがやっかい！出てくれればいいのだが…。

※12日（日）の一時退院以来、痰が原因と思われるアクシデントが続き不安である。

※17日（金）午後の亀田京橋クリニックのN医師、K医師による外来まで、大事が無ければいいのだが…。

午後5時30分

気管孔のボーボー感は治まらず、息苦しさが増したためネブライザー20分かける。痰の塊5㎜程度が2個出るが、音は治まらず。奥にエイリアンが潜んでいる感じ。

午後6時55分

ボーボー音が5時30分のネブライザー以降も続いて、息苦しさを感じるため、再度、ネブライザーを試みるが、空気が胸に溜まるような息苦しさがあり3分で中止。

※ネブライザーが使えないとなると打つ手がないので、やばい！

※万が一の場合に備え、念のため、家内に亀田総合病院T医師へTELしてもらう。

↓（緊急対応）地元病院の緊急外来で酸素確認、肺炎を起こしていないか確認、ネブライザーも病院仕様のものがある。

※結局、何が出来るか自身で考える。

→①深呼吸して安静にして様子をみる。
→②夕方のネブライザーから5時間経過しているので再度トライする。
②ネブライザーに深呼吸しながら20分再トライ。→痰はでて、やや改善するがボーボー音は収まらず。

2017年11月16日（木）（一時帰宅4日目）

（救急搬送Part2 & 三途の川を見た　Part2）

午前6時起床　体温36・8度
午前6時17分　ネブライザー（1回目）痰は出るが、ボーボー音はおさまらず。
食事中も息苦しくて食欲がない。
※今日は親友里君が来る日。体調の良い時間とかが読めないので、自宅まで来てもらうことに。
それに合わせネブライザーをかける（午前9時55分）
午前10時　ネブライザー（20分）
里さん来る（午前10時20分〜午後2時）息苦しい中でも楽しいひと時を過ごす。
午後2時55分　ネブライザー（20分）…あまり痰は出ず、すっきりしない。
午後5時…気分転換に近所を歩く。
午後6時ごろ…帰宅後、2度目の救急搬送！　息苦しく体温を測ると37・4度の微熱（通常36度前後）。しばらく横になる。安静にするも呼吸が荒くなり息苦しい。15日（水）、鴨川のドクターTからいただいたアドバイスを思いだし、大事をとって救急車を呼ぶ。
午後7時
国立病院機構埼玉病院で検査（呼吸器内科　O医師）
・そけい部より動脈採血…特に動脈酸素もその他問題無し。
・胸部レントゲン…右肺上部に少し白い影が認められるが平常時との比較ができないが、特に緊急の問題無しと診断。
・レントゲン、動脈採血の結果をいただき午後11時帰宅。
帰宅後、2度目の三途の川を見る！　タクシーで帰宅後午後11時過ぎ、痰が上がってきたが、大きく気管孔で詰まった状態で息がで

親友、里さんとピザをいただくが、一切れしか食べられず

きない。火曜日に引き続き必死で咳をして入り口で詰まる痰をピンセットを突っ込んで何とか除去する。

まだ、残っている感があり呼吸が苦しいので、ネブライザー10分間。再び痰をとる。呼吸は、だいぶましにはなったが、まだ奥には残っている感じ。痰を必死で出して、咳をたくさんしたため胸が痛い。


2017年11月17日(金)(一時帰宅5日目・緊急搬送・再入院)

午前6時起床　体温36・6度
起床後、すぐにネブライザーをかけるも痰はほとんど出ず、息苦しさが続いている。午後2時より亀田京橋クリニックでのN医師、K医師の外来のため京橋まで無事行けるかすら不安。胸も痛いし疲労困憊。

気管孔が小さくなっている気がする(小さい綿棒の頭くらい)。

だから、奥の目で見えないところに潜んでいる痰が急に飛び出してきたとき入り口で詰まって窒息状態になる。これでは、外出もできないし、自宅にいてもいつ来るかと不安です。

午後2時、亀田京橋クリニックにN医師、K医師の外来のため電車で何とかたどり着くもクリニックに着くや否や息苦しくなりK、N両医師から緊急処置を受ける。気管孔の急激な狭窄で緊急事態だった! 麻酔もなく気管孔を物理的に広げチューブを挿入、気管孔周囲の皮膚を縫いチューブを縫い付ける荒療治に。たまらん痛み! 処理中、目をつぶってこらえていたが医師の「チューブが入らない」「指を突っ込め!」との鬼気迫った声が耳に残る。そして救急車で亀田総合病院鴨川に搬送され、ICUに。しばらく集中治療室で治療に。

K医師によれば「間にあって良かった。ギリギリでしたね」「あなたは回復力が強くて急速に体が傷を治そうとするんだろうね」とも。

主治医N医師は『なんでこんなに急速に小さくなったんだ』と。

2017年11月18日(土)

ICUからHCUに移る。

2017年11月19日(日)

Kタワー717に移る。気管孔の孔については金曜に京橋クリニックで緊急挿入したチューブで様子を見て私の気管孔に合うチューブを試行錯誤して今後の対応をするようです。放射線は21日から並行して進めるようです。亀田総合病院の医師を信じて命を託すしかないですね。まだ、広げて縫った傷が疼きます。

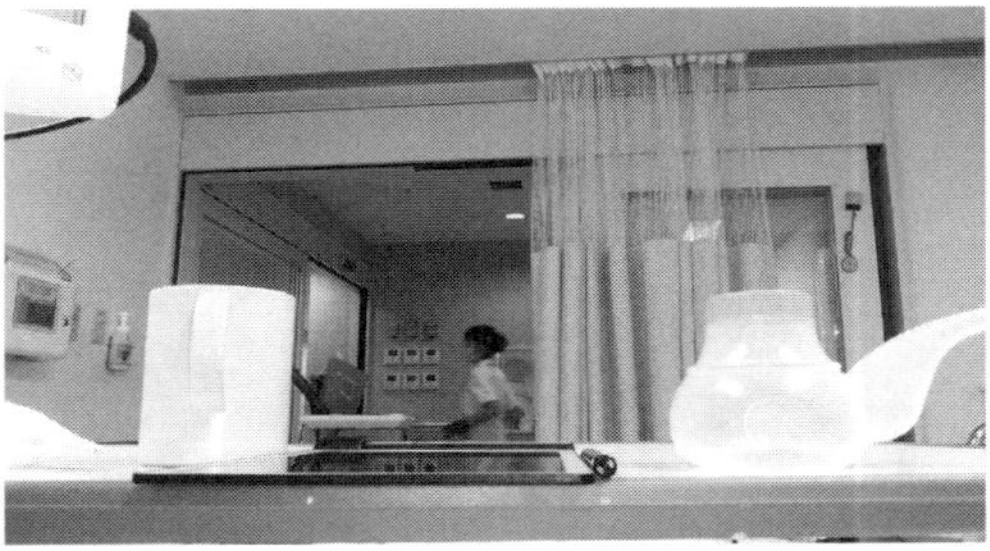

２０１７年11月21日（火）

放射線治療の専門医からの治療法、合併症などの説明、放射線をあてるためのマスク作り、マーキングが行われました。その後、N医師によるより太く柔らかい新しいチューブへの交換が行われました。京橋クリニックの時のようにチューブを気管孔の肉に縫い付けられるのかとビビりましたが、テープでの固定だったので一安心！　しかし、そのわずか1時間後に咳をしたとたんチューブが気管孔から飛び出しドクターにＳＯＳ！

駆けつけてくれたT医師に見事に縫い付けられてしまいました。麻酔をしてくれたけどイタイ！そして看護師さんによる抗生剤の注射、点滴！血と痛みと注射、放射線が大嫌いな私にはストレスフルな1日でした。気管孔が心音に合わせてズキズキ疼きます。

そして、今日です。先週からの嵐のような、ドラマのような1週間で疲労困憊、自宅で体力をつけるどころかスッカリ消耗しちゃいました。放射線治療も始まりました。初放射線の感想は…日焼けの後のように体が火照った感じでだるいかな。

乗りかけた船。もう、こうなればとことん現代医学と自分の生命力を信じて日々を生きるしかありません。

それにしても、手術も出来る「ギリギリ」の線と言われ、今回の窒息騒動も「ギリギリ」と言われ…まさに「ギリギリの男」です。俺って、運があるのか、無いのか⁉　どんな運命を背負っているのだろうか。

73　ケセラセラ！　今、自分は何をするべきか？（２０１７年11月25日）

放射線治療のリスク

私を窒息寸前に追い込み、三途の川を一週間に三度も見せてくれた気管孔は、私の場合、前例が少ないためドクターも試行錯誤。あまりにも早い孔の狭窄はドクターも想定外だったようで問題解決には時間がかかりそうです。ピアスを抜くと穴がふさがっていくのと同じ原理なのでしょう。大胸筋が自らに開いた穴を治そうとしていくようです。「俺の大胸筋！　そんなことをしたら酸素が取れなくなり、君も死ぬのだよ！　分かっているのか？」

一方、平行して放射線治療が本格的に始まりました。私の患っている腺様嚢胞癌は放射線も効かないのだけれど、スーパードクターにより完全切除された断端部に残った根の根絶には効果があると言うのです。ただでさえ、再発しやすく、転移しやすい癌です。可能性の根を摘み取るためにドクターを信じてやることにしました。放射線といえば、気になるのが、そのリスクと合併症です。まず、起こるのが照射部の皮膚炎（火傷）。そして、私の場合、喉から胸と照射範囲が広いため食道炎のリスクが高いようです。放射線専門医によると軽いものから食べることが出来なくなる重いものまで含めると90％の患者に起こるそうです。食べられなくなると2週間ほど放治が休止となり治療期間が延びます。主治医のN医師から「緑色の不味い粘膜を守る薬（アルロイド）を出しておきますから」ということで飲み始めました。加えて薬剤師さんに確認をとってグルタミン、アルギニン、ビタミンC、総合ビタミン、ブロリコ、umoも始めてみます。これで、食べることが出来なくなると生きてる楽しみないし…。あと、治療後には、放射線肺炎が起こるリスクもあるようです。

日々かわる症状、一進一退の状況は、完成形が見えないからきついですね。「一体どうなるんだろうか？」と。しかし、起こってもいない先のことを考えても仕方ありません。「今、自分は何をするべきか？」を考えました。今元気でいる人も来年はわからないし、明日さえわからない。それに10年、20年、30年すれば相当数逝ってるわけです。10年ってたった3650日、30年でも10000日ちょっとなんですよ。少し早いか遅いだけなんですね。親友まありんが言ってた『最悪死ぬだけ』と言う言葉は開き直るのに一番的を得ています。『最悪死ぬだけ』と言う言葉を胆に命じて開き直り前を向いて生きます！放射線治療に対峙して具体的に今やることは、まずアルロイド飲みます。グルタミン、アルギニン、ビタミンC、総合ビタミン、ブロリコ、umoで追い討ちをかけます。素人の単純発想ですが、火傷は冷やすに限る！　ローソンで買い込んだ水も盛んに飲みます。大好きなアイスクリームを楽しみます。ピンチを数々切り抜けてきたけど、安息の地はいまだなし。なるようにしかならない。気持ちは開き直ってケセラセラです。昨日、すっかり落ちた体力を少しでも取り戻そうと廊下を歩いていたら息苦しくなり気分が悪くなったのですが、「三途の川を見てきたし死んでもかまわん！それ以上はない！」と思って歩きました。そして、大量に買い込んだペットボトルを使ってのカールを100回やりました。

リハビリストレッチとリハビリ筋トレも再開です！！

74　一番元気なKタワーの主（2017年11月26日）

今回の手術。正直、「未来を生きるために！」自分で決めたこととはいえ、想像以上に一進一退。回復の目処がたたない、生きるために痰に翻弄されている毎日に心が折れそうになります。「もう、いいや！」と思うこともあります。しかし、当初、スーパードクターK医師から言われた入院4ヶ月にはまだ半分。T医師の言う回復の目処がたつという6ヶ月には、まだ4ヶ月あります。つまり、主治医N医師の「手術の完成形」を見るにはまだ道半ばということ。完成形を見るまでは頑張りたいと思います。土曜日の午前はドクターの回診もなく暇で、昼からは放射線治療、放射線診察、CT、リハビリと多忙でした。放射線専門医による診察では食道、喉の副作用は2、3週間目位から出てくるそうです。「異変があればすぐに相談してください、痛み止などの薬を出しますから」とのことでした。放射線治療が終わった後から食べられなくなったり、放射線肺炎になる場合もあるそうです。私の場合は首回りのリンパ節、喉への照射が多いから要注意です。今から緑色の不味い薬アルロイド、グルタミン、そして水をしっかりのんどきます。そんな中、娘が御見舞いに来てくれました。顔を見せてくれるだけでも嬉しいですね！　病院のラウンジで会う顔もどんどん変わり、さっき運動のために歩こうと病室を出たら両隣の部屋が退院して空き部屋に！　今や「Kタワーの主」になりつつあります。こうなったらしぶとく居すわって「一番元気なKタワーの主」になってやろう！　家族と家で新年を迎えることが出来ないのは残念だけれど、亀田総合病院のKタワーの病室、ラウンジは御来光を拝むには最高の場所です！「新年の御来光もKタワーのラウンジで見てやる！」そう開き直ったのでした。

ふくらはぎの筋肉を強調するKタワーの主

75　あなたの大事な大胸筋（2017年11月28日）

傷の治癒とともに起きる組織の硬化

手術で切断、縫合した筋肉組織は傷が治癒するときに硬化してしまうようです。手術が終われば「回復は日にち薬」とよく言いますよね。それが、自ら体験してみるとそうは行かないのですね。日々、痛みが消えていく、傷が治っていくのであればいいのですが、時間の経過とともに今までなかった新たな痛み、症状が出てくるのです。いわゆる気管孔狭窄のような合併症、そして、今まで知らなかった傷の治癒とともに起きる組織の硬化もそのひとつです。

私の場合、手術直後から胸に鉄のプロテクターを張り付けたような違和感がありました。最初は切って縫っているからだろう。そのうちなくなるさと思っていました。やがて、ドクターから、それは、傷の治癒とともに起きる組織の硬化であること、そして、それを改善するには、地道にストレッチしていく必要があることを知りました（実際には、硬化した組織を戻すのは無理。現状維持と思ったほうがよいです（後日、追記））。

そして、私の場合、ビルダーとしてはショックですが、術後にN医師の『あなたの大事な大胸筋は気管孔を守るために骨から外して使っているから血流はありますが、筋肉が伸び縮みしないから固くなるのはしかたありません。左の大胸筋は鍛えられるけど右の大胸筋は鍛えられない。』という言葉で『命と大胸筋を引き換えた。』と言うことを再認識しました。

命が大切なのは分かりますが、ビルダーとしては、大切な大胸筋を失うのもショックでしたね。

主治医N医師は、TVのドクターX「私、失敗しないので」の大門未知子を彷彿とさせるクールで理論的でやはり決め台詞「予定通りです。問題ありません」を持ったスーパードクターなのですが、そのドクターが『あなたの大事な大胸筋』と認識しくださっていたことには何故か少し安堵したのでした。

もう返らない現役時代の大胸筋。今は命を支えてる・・・

76 今を楽しむ！（2017年11月29日）

家族や友人たちの応援をみずからの力に変える。でも、実際に病院というステージで戦うのは自分自身。自分の心が折れてしまっては戦いには勝てないと自分に言い聞かせています。それにはまず不安を振り払って開き直ることが必要！　今の自分に一番ぴったりくるのが『最悪でも死ぬだけ』。人間にはやっぱり死への恐怖があってなかなか開き直れないのだと思うからです。これを克服すれば何も恐くないでしょう。最悪を覚悟すればそれ以上のものはないのですから。

そして、次に考えるのは『自分は今何をすべきか？』を自問自答します。私は若い頃から、窮地に陥った時、不安に苛まれた時にはいつも『自分は今何をすべきか？』と自問自答してきました。そして、病気という現状に直面した今再び『自分は今何をすべきか？』を自問自答して紙に書き出しています。そして、あとはそれを淡々と実行するだけです。

今、起こってもないことを心配しても、考えてもどうなるものでもないことを考えても気が滅入るだけ。現状を受け入れ、開き直って、『自分は今何をすべきか？』だけを考えて、あとは出来るだけ今を楽しみ、良いことだけを考えて、流れに身を任せたいと思っています。なかなか出来ないのですが、それが明るい未来を生きることに繋がると信じて。でも、人間弱いものです。私もすぐに「弱気」が顔を出します、落ち込んだりします。気合を入れるではないですが、今日、病院で、心のけじめをつけるために、中学生時代以来、半世紀ぶりに頭を丸めました。

気分一新、今日からさらに「最悪でも死ぬだけ！」と開き直って「今、自分が何を出来るか」を考えて気張ります。そして、今を楽しむ！…病院での具体的な楽しみ方ですが、私の場合、ラウンジで広い太平洋をながめ、御来光を拝み、若い看護師さんたちとのコミュニケーションを楽しむことです（笑）。

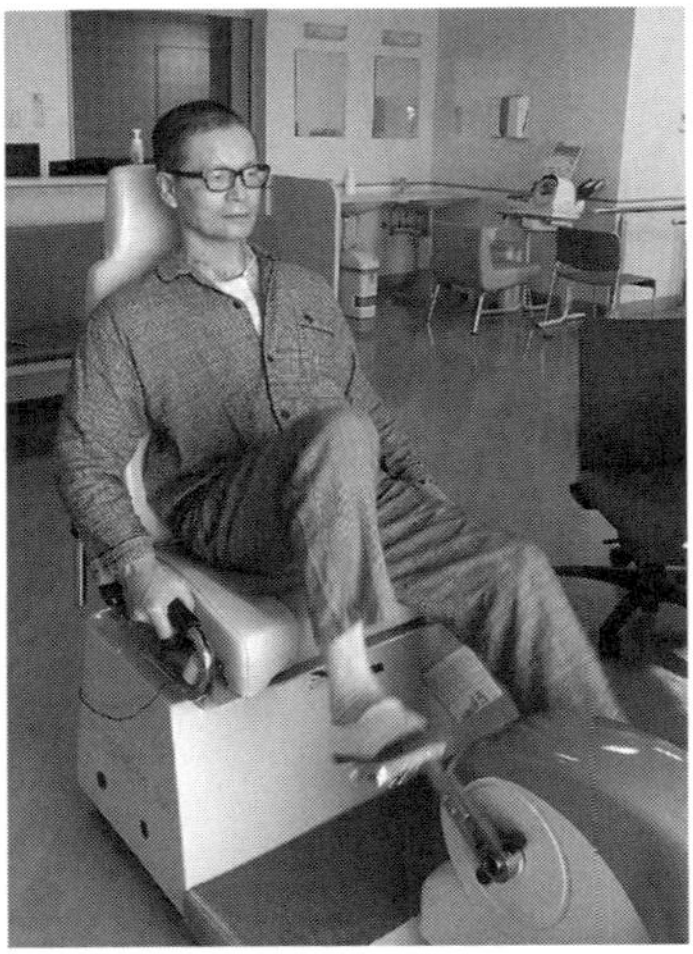

丸めた頭でリカンベントバイクを漕ぐ

（2025年4月現在）

剣道学、筋トレ学を学ぶ 故に書を読む

体育とスポーツ出版社

図書目録

KEN DO JI DAI

月刊 剣道時代

Monthly Bodybuilding Magazine

ボディビルディング

（株）体育とスポーツ出版社

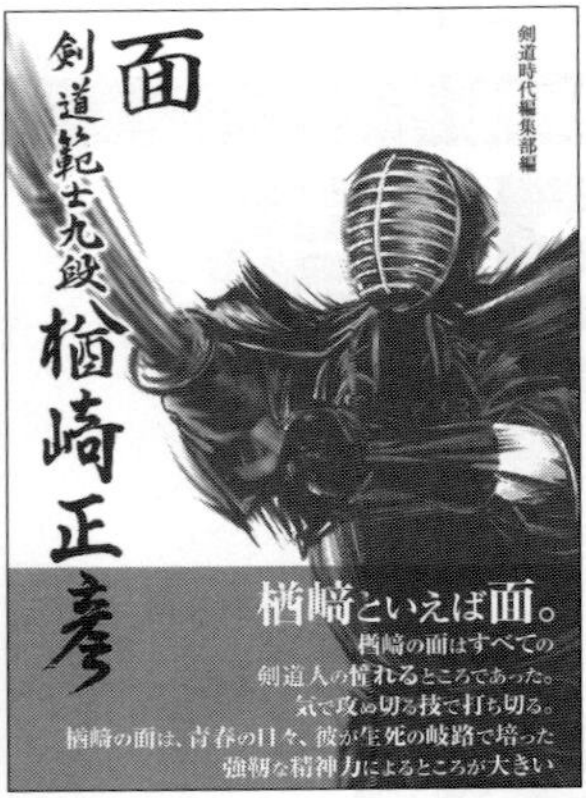

生死の岐路で培われた心を打つ面

面 剣道範士九段楢崎正彦

剣道時代編集部編

A5判並製352頁・定価：2,860円

楢崎正彦範士の面は「楢崎の面」と称され、剣士たちの憧れであり、尊敬の念も込めてそう呼ばれた。人生観、剣道観が凝縮された面ゆえにひとびとの心を打ったのである。その面が生まれた要素のひとつとして戦後、26歳で収監されて約10年にも及ぶ巣鴨プリズンでの獄中生活が大きい。生死の岐路で培った強靭な精神で〝生ききる〞という気持ちを失わなかった。極限な状況にあっても日本人らしく武士道をつらぬいたのだった。楢崎範士がそういう心境になれたのは、巣鴨プリズンで同室となった岡田資中将（大岡昇平『ながい旅』の主人公」との交流が大きかった。楢崎範士の生き方はあなたの剣道観、いや人生観が変わるきっかけにもなるでしょう。とくに楢崎範士を知らない世代が多くなった若い世代に読んでもらいたい。

打たれ上手な人ほど上達がはやい！

剣道は乗って勝つ

岩立三郎 著　B5判並製・定価：1,980円

日本はもとより海外からも多数の剣士が集まる「松風館道場」。その館長岩立三郎範士八段が剣道愛好家に贈る剣道上達のポイント。剣道時代の連載記事と特集記事がまとめられた一冊である。

剣道を愛し、読書を愛する剣道時代の本

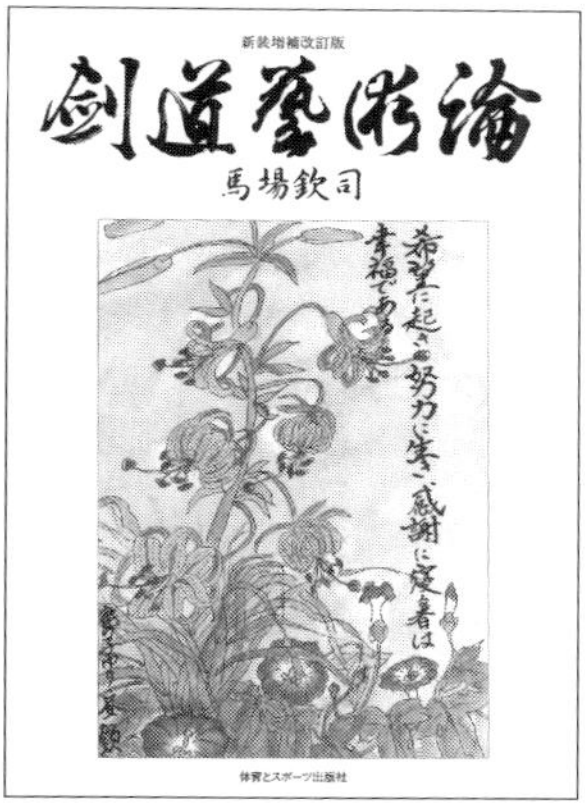

剣道藝術論
（新装増補改訂版）

馬場欽司 著

A5判並製272頁・定価：2,640円

続剣道藝術論
（新装改訂版）

馬場欽司 著

A5判並製336頁・定価：2,860円

剣道は芸術　競技性も備えた伝統文化

あなたは剣道の大黒柱をどこに置いてやっていますか。芸術か、競技性か。その価値観の違いで不老の剣になるかどうかが決まる。

著者は「剣道は芸術」と断言し、「芸術性がある」と表現しない。剣道は芸術の分野にあって、競技性をも備えているという考え方だが、ここのところが最も誤解を生みやすいところであり、おのずと剣道の質も違ってくる。一般人が剣道を芸術として捉えてくれるようになれば、剣道の評価が高まる。一般人にもぜひ読んでもらいたい。

あなたの人生、剣道を導き支えてくれる本との出合い

礼法・作法なくして剣道なし

剣道の礼法と作法

馬場武典 著

B5判・定価：2,200円

30年前、剣道が礼法・作法による「人づくり」から離れていく風潮を憂い、『剣道礼法と作法』を著した著者が、さらに形骸化する剣道の礼法・作法を嘆き、"礼法・作法なくして剣道なし"と再び剣道の礼法と作法を取り上げ、真摯に剣道人に訴える

初太刀一本 千本の価値

神の心 剣の心（新装増補改訂版）

森島健男述　乃木神社尚武館道場編

四六判・定価：2,530円

本書は平成10年発行。森島範士（令和3年8月逝去）の剣道哲学の集大成の一冊である。森島範士が剣道人に伝えたかったことと剣道への想いが切々と語られている。復刊にあたり、「日本伝剣道の極意　乗る」「私の好きな言葉」、そして乃木神社尚武館道場の梯正治、坂口竹末両師範の追悼文を加えた新装増補改訂版である。

理に適う剣道を求めて

修養としての剣道

角正武 著

四六判・定価：1,760円

理に適うものを求めることこそが剣道と、生涯修行を旨とする剣道に、如何に取り組むのかをひも解いた書。健全な心身を養い、豊かな人格を磨いて充実した人生に寄与する修養としての道を分かりやすく解説した書

剣道を愛し、読書を愛する剣道時代の本

★ロングセラー本

剣道の極意と左足

小林三留 著

B5判・定価：1,760円

左足が剣道の根幹だ。まずは足腰を鍛え、剣道の土台づくりをすることが大切だ。著者小林三留範士八段が半世紀以上をかけて体得した剣道極意を凝縮した一冊!!

生涯剣道へのいざない 剣道の魅力

山神真一 著

四六判・定価：2,200円

剣道の魅力を様々な視座から追究することを通して、生涯剣道を考える機会をいただき、剣道を改めて見つめ直すことができたことは、私にとって望外な幸せでした。（中略）論を進めるにつれて、生涯剣道にも『守破離』に代表されるプロセスがあることに気づかされました（あとがきより）

剣道昇段審査対策21講

亀井徹 著

B5判・定価：1,760円

著者が剣道家として、選手権者として永年培ってきた経験をもとに、仕事で忙しい市民剣士向けにまとめた昇段審査対策を分かり易く解説。著者は、熊本県警察時代から警察官の指導だけでなく、市民剣士の指導にも携わって来た。剣道は、武術性・競技性・芸術性が必要であるという信念のもとに、強く美しい剣道を実践している。

あなたの人生観・剣道観を変える一冊の本との出合い

読者の感想

「剣の道の楽しさ、おもしろさは人生の後半にあることを教えてもらいました」（50代男性）

「著者の人柄がよく出ており、こうして八段になれたことがわかりました」（40代男性）

「著者の心のつぶやきが漫画を読んでいるみたいで笑いましたが、その裏にはためになることが多く書かれた本だと思います」（60代男性）

「おもしろおかしく書いてありますが、剣道八段に受かる大変さや素晴らしさが分りました」（40代女性）

「剣道をとおした人間ドラマであり、剣道を人生に置き換えると身近なものに感じられました」（50代女性）

「人間味あふれるエピソードの数々。諦めなければ私でも八段になれるかもしれないという希望を抱きました」（60代男性）

〜八段までの笑いあり涙なしの合格不合格体験記〜

奇跡の合格
剣道八段への軌跡

池澤清豪 著　四六判並製288頁・定価：2,200円

39歳三段リバ剣、65歳八段挑戦、69歳9回目で合格。永遠の若大将を自負する整形外科医が、自ら綴る笑いあり涙なしの合格不合格体験記。

諦めず継続すれば力となって桜咲く。

大いに笑い、感銘、発見することでやる気が生まれる、元気が出てくる、勇気がもらえる。

剣の道を輝かせたいあなたに贈る。おもしろくためになる痛快剣道エッセイ！

「改めて読み直すと沢山の合格のヒントを書いているのに気付きました」（本文より）

この本を読めばあなたも奇跡を起こす!?

あなたの人生、剣道を導き支えてくれる本との出合い

良書復刊（オンデマンド版）

あなたは知っているか。師範室で語られた長老の佳話の数々

師範室閑話（新装版）

上牧宏 著　四六判248頁・定価：2,750円

「師範室閑話」は剣道時代に昭和61年8月号から昭和63年12月号にわたって連載。連載中から大いに評判を呼んだ。平成3年、連載当時のタイトルと内容を見直して再構成して単行本として発刊。刊行時、追加収録「桜田余聞」は筆者が歴史探訪中に偶然得た資料による。戦闘の生々しい活写は現代剣道家にとっても参考になるだろう。

【収録項目】

一、全剣連誕生秘話　戦後、剣道は禁止されたが、その暗黒時代を乗り越え、復活に情熱を傾ける人々がいた
二、浮木　一刀流の極意「浮木」とはどんな技か……
三、かすみ　上段に対抗し得る「かすみ」について説く
四、機会と間合　七段、八段の段審査における落とし穴を解明
五、妙義道場 郷土訪問秘話　妙義道場一行が郷里・上州（群馬県）を訪問。道中、持田盛二範士の清廉な人柄を物語るエピソードが……
六、審査員の目　ある地方で老九段が稽古後、静かな口調で話す
七、斎村先生と持田先生の教え　警視庁にも中には癖のある剣士がいた。そこで斎村、持田の両範士はどう指導したか
八、古老の剣談　修道学院（高野佐三郎）と有信館（中山博道）の門閥解消に努力した人
九、ある故人の話を思い出して　荒天の日の尚道館道場。晩年の斎村五郎範士と小野十生範士が余人を交えず剣を合わす
十、小川範士回顧談　剣と禅の大家、小川忠太郎範士は二十代の前半、三十歳で死んでもいいとして、捨て身の修行をする
十一、桜田余聞　桜田門外で井伊大老を襲ったのは、元水戸藩士十七名と元薩摩藩士十一名。其の攻防を活写し、逸話も紹介

五七五七七調で理解しやすい

剣道稽古歌集 道しるべ

上原茂男 著　A5判176頁・定価：2,750円

本書は剣道時代1987年3月号から2年間にわたって連載されたものをまとめて平成元年に発刊。文武両道、芸術にも通じた上原茂男氏（剣道教士七段）が、岡田道場（館長岡田茂正範士）での修錬の過程で得た教訓を31文字にまとめた短歌約三百首を27項目に分け、その教訓の意味が歌とともに説明されている。含蓄深い道歌と分かりやすい説明文が、各々の剣道観を高めてくれると思います。歌を口ずさめばおのずと身体にしみこんでいくことでしょう。

◆剣道に虚実は非ず常に実　実の中にも虚も有りにけり

面を打つなら面、小手を打つなら小手を攻めるべきで、面を攻めているのは見せかけで、実は小手を打つという虚から実への移りは剣道にはいらない。剣道は実から実でなければならず、面で決めようとして面を打って失敗したら、相手の体勢を見て小手なり胴へいくのである。そして小手が決まったとしたら、その前の面が結果的には虚ということになり、小手が実という具合になる。しかし、あくまでも最初から実で打つことで虚が生まれてくることを忘れてはならない。

なんといってもためになる　剣道時代オススメ居合道の本

2022年2月2日付毎日新聞朝刊「BOOK WATCHING」で紹介

各界のアスリートも経験

おうちで居合道

末岡志保美 著

A5判オールカラー96頁／実技はすべて動画・英訳つき（QR コード）・定価：1,540円

オンライン講座「おうちで居合道」との併用がおススメ！

「居合道に興味があるのですが、道場へ通う時間がなかなか取れなくて……」

「それならおうちで学んでみませんか」

「えっ、道場に通わなくても学べるんですか」

「はい、この本を教材にすればおうちで本格的に学べます。オンライン講座『おうちで居合道』で構築した基礎鍛錬や体さばきなど自主稽古法が豊富に紹介してあります。居合道の新しい学び方が盛りだくさん。実技はすべて動画・英訳つきです」

「なるほど。だからおうちでもできるんですね。できそうな気がしますが、刀はどうするのですか」

「ポリプロピレン製の刀だと数千円程度で買えます。これだと年配の方、お子さんでも安心して行なえます」

「安全でしかもおうち時間を有効に使えそうですね。なにかワクワクしてきました。剣道にも役立ちそうですね」

「はい、きっと剣道にも活かせるでしょう。前述した『おうちで居合道のオンライン講座』もあり、本と併用して学べますよ」

検索「おうちで居合道」（http://ouchideiaido.com/）

なんといってもためになる　剣道時代オススメ居合道の本

こどもの居合道

末岡志保美 著

A5判オールカラー96頁・定価：1,540円

現代に生きる子供たちの力を育む

「こども向けのクラスを開講しませんか」

最初は、大人向けの指導と同じように難しい言葉を使ってしまったり、ひたすら型の稽古をさせてしまったりして、学びに来ている子たちを混乱させてしまった部分もありましたが（笑）。（中略）それらの指導を通じ、多くの子供たちと触れ合う中で、一つの強い疑問が生まれました。〝この子たちが生きていく上で、本当に必要なものはなんだろう？〟（中略）（私は）居合道に出会い日々の稽古を重ねる中で、少しずつ変化をしていきました。悩んだ時に、考えるための基準値というものが出来たのです。（著者「はじめに」より）

姿勢、体幹、集中力、コミュニケーションスキル…。現代を生きる子供たちにとって必要な力を育む伝統武道＝居合道。本書では、それらの力の源となる〝軸〟を身につけることをテーマに、イラストや図解を多く用いながら、子供たちに居合道を分かりやすく楽しく伝えていく。軸の体づくり、実技などは動画つき（QR コード）で解説しており、子供たちだけでなく、親子で一緒に楽しみながら取り組むこともできる、これまでになかった一冊。

なんといってもためになる　剣道時代オススメ居合道の本

☆居合道教本のロングセラー

居合道 その理合と神髄

檀崎友彰 著　四六判並製・定価：3,850円

斯界の最高権威の檀崎友彰居合道範士九段が精魂込めて書き上げた名著を復刻。初伝大森流から中伝長谷川英信流、早抜きの部、奥居合の部など居合道教本の決定版である。

居合道で女子力アップ 凛々しく美しく強く

女子の居合道プログラム

新陰流協会 監修　A5判96頁・定価：1,518円

現代の世相を反映し、女性も強くなることへの関心が高まっている。ぜひ皆さんも新陰流居合道を学び、強く凛々しく美しくなる女子力向上に努めよう。本書が心身両面の強さを身につける道として居合道を学んでいくきっかけとなることを望んでいる。動画（QR コード）で所作・実技が学べる。

剣道人のバイブル 小川忠太郎関連良書

剣禅悟達の小川範士が説く珠玉の講話集

剣道講話（新装版）

小川忠太郎 著　A5判548頁・定価：4,950円

剣と禅の大家であり剣道界の精神的支柱として崇拝された小川範士初めての本格的な著書。3部構成。第一部「剣道講話」で剣道の理念を、第二部「不動智神妙録」で沢庵の名著を、第三部「剣と道」で論語・孟子等の大事な問題をそれぞれ解説。剣道の普遍性を改めて認識できる。★ロングセラー本

持田盛二範士十段―小川忠太郎範士九段

百回稽古（新装版）

小川忠太郎 著　A5判446頁・定価：4,180円

「昭和の剣聖」持田先生や当時の仲間との稽古の内容を小川範士は克明に記録し、絶えざる反省と発憤の糧とした。今その日記を読むと、一打一突に工夫・思索を深めていった修行の過程をたどることができる。

現代に生きる糧　小川忠太郎の遺した魂

刀耕清話

杉山融 著　A5判344頁・定価：2,750円

剣道を通じて人生を豊かなものにしたい人にオススメ。社会人としての私たちにとって大事なことは、剣道の修行を通して、しなやかでしっかりとした自己の確立をしていくこと、すなわち、事に臨んでも揺るがない本体の養成を平素から心掛けていくことにあると思います。（著者「まえがき」より）

剣道およびその他武道関連図書

剣技向上のために
剣道上達の秘訣
中野八十二範士指導
A5判・1,923円

本書は剣技向上をめざす剣士のために、剣道の技術に関するあらゆる要素を洗い出し、その一つ一つについてこの分野における斯界の第一人者である中野範士（九段）に具体的かつ詳細に解説して頂いた。
昭和60年発刊。重版を重ねるロングセラー。

現代剣道の源流「一刀流」のすべてを詳述
一刀流極意（新装版）
笹森順造著 A5判・4,730円

今日、古流の伝書類は各流ともほとんど散逸してしまったが、奇跡的にも日本最大の流派ともいうべき一刀流の極意書が完全な形で残されており、それらをもとに著者が精魂込めて書き上げた決定版である。

正しい剣道の学び方
剣道の手順（オンデマンド版）
佐久間三郎著 B5判・3,520円

「技術編」と「無くて七癖」に分かれ、技術編ではそれぞれのランクに応じた実技を解説。「無くて七癖」ではユニークな発想で、剣道におけるたくさんの癖を列挙し、上達を妨げる諸症状の一つ一つに適切な診断を下す。

剣禅悟達の小川範士が説く珠玉の講話集
剣道講話（新装版）
小川忠太郎著 A5判・4,950円

剣と禅の大家であり剣道界の精神的支柱として崇拝された小川範士初めての本格的な著書。「剣道講話」で剣道の理念を、「不動智神妙録」で沢庵の名著を、「剣と道」で論語・孟子等の大事な問題を解説。

持田盛二範士十段－小川忠太郎範士九段
百回稽古（新装版）
小川忠太郎著 A5判・4,180円

「昭和の剣聖」持田先生や当時の仲間との稽古の内容を小川範士は毎日克明に記録し、絶えざる反省と発憤の糧とした。今その日誌を読むと、一打一突に工夫・思索を深めていった修行の過程をたどることができる。

現代に生きる糧　小川忠太郎の遺した魂
刀耕清話
杉山 融著　A5判・2,750円

剣道を通じて人生を豊かなものに。小川忠太郎範士九段が遺した崇高なこころを解説。充実した人生の実現に向けた道標となる一冊。

生涯剣道への道しるべ
剣道年代別稽古法（オンデマンド版）
角　正武著　四六判・3,300円

教育剣道を求め続けている著者が、各年代別に留意した稽古法を解説。心身一元的に技を追求する剣道永遠の「文化の薫り」を汲み取る剣道人必携の一冊。

人生訓の数々
剣道いろは論語（オンデマンド版）
井上正孝著　A5判・4,950円

斯界の現役最長老である井上範士が、いろは歌留多の形で先人の金言・格言を解説したもので、剣道家はもちろん剣道に関心を持つ一般大衆にも分かり易く、剣道への理解を深める上で大いに参考になるであろう。

人生に生きる
五輪の書（新装版）
井上正孝著　A5判・1,980円

本書は剣道界きっての論客である井上正孝範士が初めて剣道家のために書き下ろした剣道と人生に生きる「五輪書」の解説書である。

1世紀を超える道場の教えとは
東京修道館剣道教本
中村福義著　B5判・1,780円

私設道場100年以上の歴史を持つ東京修道館。三代にわたり剣道を通して剛健なる青少年育成に努めて多くの優秀な人材を輩出した。その教育方針を三代目中村福義氏が剣道時代誌上で発表したものをまとめた一冊。

昇段審査・剣道指導にもこの一冊！
剣道の法則
堀籠敬蔵著
四六判上製・2,750円

剣を学ぶ　道を学ぶ
それぞれの段位にふさわしい教養を身に付けてほしいものである。お互いがそれぞれの技倆に応じた理論を身に付けることこそ、剣道人として大事なことではないだろうか。　著者「はじめに」より

風が生まれる　光があふれる
天馬よ 剣道宮崎正裕
堂本昭彦著 A5判上製・2,090円

全日本選手権大会６回優勝、うち連覇２回。全国警察官大会６回優勝。世界剣道選手権大会優勝。平成の剣道界に新しい風と光をもたらした宮崎正裕とその同時代に活躍した剣士たちの青春と試合の軌跡をさわやかに描いた剣道実録小説。

剣道およびその他武道関連図書

昇段審査を目指す人必読
剣道 審査員の目 1.2.3
「剣道時代」編集部編
四六判上製・各巻2,200円(第3巻は並製)

剣道範士75人が明かす高段位審査の着眼点と修行の心得とは—。剣道の理想の姿を求める人たちへの指針ともなるシリーズ。あなたはここを見られている！
意外な点に気づかされ、自分の剣道を見つめ直すことも合格へとつながる道となるだろう。

剣道昇段審査合格の秘密
剣道時代編集部編 **(新装版)**
A5判・2,750円

合格率1パーセント。日本最難関の試験に合格した人達はどんな稽古を実践したのか。八段合格者88人の体験記にその秘密があった。

全日本剣道連盟「杖道」写真解説書
改訂 杖道入門
米野光太郎監修、松井健二編著
B5判・3,666円

平成15年に改訂された全剣連杖道解説書に基づいた最新版。豊富な連続写真を元に懇切丁寧な解説付。杖道愛好者必携の書。全国稽古場ガイド付

古流へのいざないとしての
杖道打太刀入門
松井健二著 A5判・2,750円

杖道の打太刀の解説を通して、太刀遣いの基本や古流との相違点を易しく説いた入門書。武道家なら知っておきたい基本極意が満載。

水南老人講話 宮本武蔵
堂本昭彦・石神卓馬著
A5判上製・3,080円

あの武術教員養成所で多くの俊秀を育てた水南楠正位がとくに剣道家のために講義した宮本武蔵。大日本武徳会の明治もあわせて収録した。

小森園正雄剣道口述録 冷暖自知 改題
剣道は面一本(新装版)
大矢 稔編著 A5判・2,200円

「剣道は面一本！その答えは自分で出すものである」元国際武道大学武道学科主任教授小森園範士九段が口述された剣道の妙諦を忠実に記録。

生涯剣道はいがっぺよ
百歳までの剣道
岡村忠典著 四六判上製・2,640円

剣道大好き人間がすすめる生涯剣道のクスリ。「向上しつつ生涯剣道」を続けるための稽古法や呼吸法など従来にはなかった画期的な本。

生涯剣道をもとめて
石原忠美・岡村忠典の剣道歓談
石原忠美・岡村忠典著
四六判上製・2,640円

90歳現役剣士が生涯をかけて体得した剣道の精髄を聞き手名手の岡村氏が引出す。以前に刊行した「円相の風光」を改題、増補改訂版。

生涯錬磨 剣道稽古日誌
倉澤照彦著 A5判上製・3,080円

50歳で剣道八段合格。自分の修行はこれからだと覚悟を固めた著者53歳～64歳の12年間の稽古反省抄。今は亡き伝説の名剣士も多数登場。

ゼロからわかる木刀による
剣道基本技稽古法(DVD付)
太田忠徳解説 B5判・2,200円

剣道級位審査で導入にされた「木刀による剣道基本技稽古法」。本と動画で指導上のポイントから学び方まで制定に携わった太田範士がわかりやすく解説。DVD付

居合道審査員の目
「剣道時代」編集部編
四六判上製・2,200円

居合道審査員は審査でどこを見て何を求めているか。15人の八段審査員が明かした審査上の着眼点と重要項目。よくわかる昇段への道。

剣道およびその他武道関連図書

剣道時代ブックレット②
悠久剣の道を尋ねて
堀籠敬蔵著　四六判・838円

京都武専に学び、剣道範士九段の著者が剣道生活八十年の総まとめとして日本伝剣道の歩みをまとめた魂の叫び。若き指導者に望むもの。

剣道はこんなに深い
快剣撥雲　豊穣の剣道
(オンデマンド版)
作道正夫著　A5判・2,750円

剣道もわれわれ人間と同様この時代、この社会に生きている。
日常にひそむ剣道の文化性、教育性、社会性を透視し、その意義を問いなおす。
思索する剣道家作道正夫の剣道理論が初めて一冊の本になった。大阪発作道流剣道論。

剣道極意授けます
剣道時代編集部編
B5判・2,475円

10名の剣道八段範士（小林三留、岩立三郎、矢野博志、太田忠徳、小林英雄、有馬光男、渡邊哲也、角正武、忍足功、小坂達明）たちがそっと授ける剣道の極意。教科書や教本には絶対に載っていない剣道の極意をあなたにそっと授けます。

末野栄二の剣道秘訣
末野栄二著 B5判・2,750円

全日本選手権優勝、全剣連設立50周年記念優勝等ながく剣道界で活躍する著者が、自身の優勝体験をもとに伝授する剣道上達の秘訣が凝縮された力作

本番で差が付く
剣道のメンタル強化法
矢野宏光著 四六判・1,760円

実戦で揺るがない心をつくるためのアドバイス。スポーツ心理学者が初めて紐解く、本番（試合・審査）で強くなりたい人のための剣道メンタル強化法。

社会人のための考える剣道
祝 要司著 四六判・1,760円

稽古時間が少ない。トレーニングが出来ない。道場へ行けない。もんもんと地稽古だけ続けている社会人剣士に捧げる待望の一冊。

強くなるための
剣道コンディショニング&トレーニング
齋藤実編著 B5判・2,750円

剣道の試合に勝つ、審査に受かるには準備が必要だ。トレーニング、食事、水分摂取の方法を新進の研究者たちはわかりやすく紹介する。

名手直伝
剣道上達講座1・2・3
剣道時代編集部編
B5判・1,2巻2,475円 3巻1,760円

16人の剣道名手（八段範士）が公開する剣道上達の秘訣。中級者以上はここから基本と応用を見極め、さらなる上達に必須の書。有馬光男、千葉仁、藤原崇郎、忍足功、船津普治、石田利也、東良美、香田郁秀、二子石貴資、谷勝彦ほか

剣道は乗って勝つ
岩立三郎著 B5判・1,980円

日本はもとより海外からも多数の剣士が集まる「松風館道場」。その館長岩立範士八段が剣道愛好家に贈る剣道上達のためのポイント。

剣道特訓これで進化(上)・(下)
剣道時代編集部編
B5判・各巻1,760円

昇段をめざす市民剣士のための稽古読本。多数の剣道カリスマ講師陣たちがいろいろな視点から剣道上達のために役立つ特訓を行なう。

仕事で忙しい人のための
剣道トレーニング(DVD付き)
齋藤　実著 B5判・2,970円

少しの工夫で一回の稽古を充実させる。自宅で出来る簡単トレーニングを中心に剣道上達に役立つストレッチ等の方法を紹介。

全日本剣道選手権者の稽古
剣道時代編集部編
B5判・1,980円

全日本選手権大会優勝をはじめ各種大会で栄冠を手にした４名の剣士たち（高鍋進・寺本将司・原田悟・近本巧）が実践する稽古法を完全収録。

剣道およびその他武道関連図書

勝って打つ剣道

古川和男著

B5判126頁・1,760円

隙があれば打つ。隙がなければ崩して打つ。強くて美しい剣道で定評のある古川和男範士が、勝って打つ剣道を指導する、珠玉の一冊。一足一刀の間合から一拍子で打つ剣道を求めよう

正しく美しい剣道を求める

優美な剣道 出ばな一閃

谷勝彦著

B5判132頁・1,760円

正しく美しい剣道を求めてきた谷勝彦範士。目指した山の頂を一つ超えると、見える景色もまた変わる。常に新たな発見・体験があると信じて挑戦を続けることが剣道だ。これまでの自分の修行から得たものをまとめたのが本書である。本書での二つの大きなテーマは根本的・本質的に別々のものではなく共通点や関連性があるという。

剣道昇段への道筋(上)・(下)

剣道時代編集部編

A5判・各巻2,475円

2007年～2012年の日本最難関の試験である剣道八段審査の合格者の生の体験記から審査合格の法則を学べ！

脳を活性化させる剣道

湯村正仁著

四六判・1,430円

正しい剣道が脳を活性化。免疫力・学力向上・老化予防も高める。その正しい剣道を姿勢、呼吸、心の観点から医師で剣道範士八段の筆者が紐解いて詳解する。

年齢とともに伸びていく剣道

林　邦夫著

A5判・2,200円

質的転換を心がければ、剣道は何歳になっても強くなれる。年齢を重ねてもなお最高のパフォーマンスを発揮するための方法を紐解く。

詩集 剣道みちすがら

国見修二著

A5判・1,375円

剣道を愛する詩人・国見修二が詩のテーマにはならないと思われていた剣道をテーマに綴った四十篇の詩。これは正に剣道の指南書だ！

剣道 強豪高校の稽古

剣道時代編集部編

B5判・2,200円

九州学院、水戸葵陵、明豊、本庄第一、高千穂、奈良大付属、島原の7校の稽古が事細かく写真と共に紹介されている。

剣道 強豪大学の稽古

剣道時代編集部編

B5判・1,760円

学生日本一に輝いた国士舘大学、筑波大学、鹿屋体育大学、大阪体育大学の4校の稽古を連続写真であますところなく紹介。映像を見るならDVDも発売中（定価・4,950円）

オススメ図書

あの王貞治、高倉健も学んだ羽賀剣道の気攻めと手の内

昭和の鬼才 羽賀準一の剣道

卯木照邦著

B5判並製・1,760円

羽賀準一の剣道は気迫・気位で脳髄・内臓を圧迫することだった。年を重ねても気を高めることができると考えていた。著者は学生時代から羽賀準一に師事し、現在一剣会羽賀道場三代目会長として羽賀精神の継承に努めている。

特製函入り　永久保存版

徳江正之写真集 「剣道・伝説の京都大会（昭和）」

（オンデマンド版）

A4判・7,700円

初の京都大会写真集。剣道を愛した写真家徳江正之が寡黙に撮り続けた京都大会の記録。なつかしい昭和のあの風景この人物、伝説の立合がいまよみがえる。

208ページ　（2017年４月発行）

コーチングこんなときどうする？

高畑好秀著

A5判・1,760円

『いまどきの選手』があなたの指導を待っている。困った状況を解決する30の指導法を具体的な事例で実際の打開策を提示、解説する。　（2017年11月発行）

剣道「先師からの伝言」（上）・（下）

矢野博志著

B5判・各巻1,430円

60年の長きにわたって修行を続ける矢野博志範士八段が、先師から習得した心技体をあきらかにし、その貴重な伝言をいま語り継ぐ。　（2017年11月発行）

剣道 心の鍛え方

矢野宏光著

四六判・1,760円

大好評の『剣道のメンタル強化法』に次ぐ、著者の剣道メンタル強化法第２弾。パフォーマンス発揮のための心理的課題の改善に向けた具体的な取組方法をアドバイスする。　（2018年４月発行）

オススメ図書

心を打つ剣道

石渡康二著
A5判・2,750円
自分らしい「心を打つ剣道」すなわち勝敗や強弱ではなく真・善・美を共感する剣道に近づくための、七つの知恵を紹介する。　（2018年７月発行）

心に響け剣の声

村嶋恒徳著
A5判・3,300円
組織で働く人は利益をめざすため顧客と対峙して戦略・戦術に従って、機を見て打ち込んでいく。剣道の本当の修錬の姿は、正にビジネスにおけるマーケティングの理想と同じであり、道の中で利益を出すことを理想とする、この剣道の考え方を働くリーダーのために著者が書き下ろした魂の作品。　（2025年1月発行）

二人の武人が現代人に伝える真理

柳生十兵衛と千葉真一

小山将生著（新陰流協会代表師範）
A5判・1,540円
新陰流を通じて千葉真一氏と親しく交流していた著者が、なぜ千葉氏が柳生十兵衛を敬愛していた理由を説き明かす。

剣道修錬の着眼点

濱﨑満著
B5判・1,760円
剣道は生涯剣道といわれるように終わりがない。生涯にわたり追求すべき素晴らしい伝統文化としての剣道。その剣道修錬の着眼点とは。　（2018年11月発行）

筋トレが救った癌との命がけの戦い

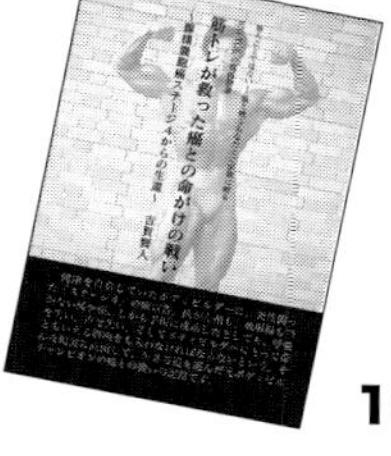

吉賀賢人著
A5判・1,980円
ボディビルダーに突然襲った癌の宣告。抗がん剤も放射線も効かない稀少癌。その元ボディビルチャンピオン『吉賀賢人』の癌との戦いの記録。
（2019年１月発行）

武道名著復刻シリーズ（オンデマンド版）

剣法至極詳伝
木下壽徳著
大正２年発行／四六判・3,080円

東京帝国大学剣道師範をつとめた木下翁の著になる近代剣道史上の名著を復刻。初歩から奥義に至る次第を五七調の歌に託し、道歌の一つ一つに解説がつけられている。

剣道秘要
宮本武蔵著　三橋鑑一郎註
明治42年発行／四六判・2,750円

2003年大河ドラマ関連本。武蔵が体得した勝負の理論を試合や稽古に生かしたい人、武蔵研究の材料を求めている人など、武蔵と「五輪書」に興味を持つ人におすすめしたい良書。

二刀流を語る
吉田精顕著
昭和16年発行／四六判・3,080円

武蔵の二刀流を真正面から取り上げた異色の書。二刀の持ち方から構え方、打ち方、受け方、身体の動作などの技術面はもちろん、心理面に至るまで解説された二刀流指南書。

日本剣道と西洋剣技
中山博道・善道共著
昭和12年発行／四六判・3,520円

剣道に関する書物は多数発行されているが、西洋剣技と比較対照した著述は、恐らく本書が唯一のものと言える。剣道の概要について外国人が読むことを考慮して平易に書かれている。

剣道手引草
中山博道著
大正12年発行／四六判・1,980円

剣道・居合道・杖道合わせて三道範士だった著者の門下からは多数の俊才が巣立ち、我が国剣道界に一大剣脈を形成した。その教えについて平易に解説した手引書。

剣道の発達
下川 潮著
大正14年発行／四六判・4,620円

下川氏ははじめ二天一流を学び、その後無刀流を学ぶかたわら西洋史を修め、京都帝大に入り武道史を研究した結果、本書を卒論として著作した。後世への遺著として本書が発行された。

剣道指南
小澤愛次郎著
昭和３年発行／四六判・3,300円

初版が発売されるや爆発的な評判となり、版を重ねること20数版という剣道の書物では空前のベストセラーとなった。附録に近世の剣士34人の小伝及び逸話が収録されている。

皇国剣道史
小澤愛次郎著
昭和19年発行／四六判・3,300円

剣道の歴史について詳述した書物は意外に少なく、古今を問わず技術書が圧倒的に多い。その点、神代から現代までの各時代における剣道界の動きを説いた本書は一読の価値あり。

剣道修行
亀山文之輔著
昭和７年発行／四六判・3,300円

昭和７年発行の名著を復刻。教育の現場で剣道指導に携わってきた著者が剣道修得の方法をわかりやすく解説している。

剣道神髄と指導法詳説
谷田左一著　高野茂義校閲
昭和10年発行／四六判・5,280円

668頁にも及ぶ大書であり、剣道に関するいろいろな項目を広範囲にとらえ編纂されている不朽の名著をオンデマンド復刻した。今なお評価の高い一冊である。

武道名著復刻シリーズ（オンデマンド版）

剣道講話
堀田捨次郎著
昭和10年発行／四六判・3,630円

昭和４年に天覧試合に出場したのを記念して執筆、編纂したもの。著者は数多くの剣道書を残しているが、本書はその決定版ともいえる一冊である。

剣道新手引
堀田捨次郎著
昭和12年発行／四六判・2,860円

昭和12年初版、13年に再版発行した名著を復刻。警視庁武道師範の著者が学校・警察・社会体育等の場で教育的に剣道を指導する人たちに贈る手引書。

千葉周作遺稿
千葉榮一郎編
昭和17年発行／四六判・3,630円

昭和17年発行の名著を復刻。
剣法秘訣」「北辰一刀流兵法目録」などを収録したロングセラー。

剣道極意
堀田捨次郎著
大正７年発行／四六判・3,740円

剣道の根本理念、わざと心の関係、修養の指針などを理論的に述べ、剣道の妙締をわかりやすく説明している。大正中期の発行だが、文章も平易で漢字は全てふりがな付きで、中・高校生でも読むことができる。

剣道時代ライブラリー
居合道　－その理合と神髄－
檀崎友彰著
昭和63年発行／四六判・3,850円

斯界の最高権威が精魂込めて書き上げた名著を復刻。初伝大森流から中伝長谷川英信流、早抜の部、奥居合の部など居合道教本の決定版。

剣道時代ライブラリー
剣道の学び方
佐藤忠三著
昭和54年発行／四六判・2,420円

32歳で武道専門学校教授、のちに剣道範士九段となった著者が、何のために剣道を学ぶのか、初心者でもわかるように解説した名著を復刻。

剣道時代ライブラリー
私の剣道修行　第一巻・第二巻
「剣道時代」編集部編
第一巻　昭和60年発行／四六判・5,280円
第二巻　昭和61年発行／四六判・7,150円

我が国剣道界最高峰の先生方48名が語る修行談。各先生方のそれぞれ異なった血の滲むような修行のお話が適切なアドバイスになるだろう。先生方のお話を出来るだけ生のかたちで収録したため、一人ひとりに語りかけるような感じになっている。

剣道時代ライブラリー
帝国剣道教本
小川金之助著
昭和７年発行／四六判・3,080円

武専教授・小川金之助範士十段の良書を復刻!!
昭和６年４月、剣道が中等学校の必須科目となった。本書は、その中等学校の生徒に教えるために作られた教科書であり、良書として当時広く読まれていた。

スポーツ関連およびその他オススメ図書

スポーツで知る、人を動かす言葉
スポーツと言葉
西田善夫著 B6判・1,047円
元 NHK スポーツアナウンサーの著者が高校野球の名監督・木内幸男氏を中心にイチロー、有森裕子らの名選手の言葉と会話術に迫る。（2003年12月発行）

対談・現代社会に「侍」を活かす小池一夫術
不滅の侍伝説『子連れ狼』
小池一夫・多田容子共著 四六判・1,650円
名作『子連れ狼』で描かれる「侍の魅力」について、原作者小池一夫氏が女流時代小説家多田容子氏と対談。侍ブームの今、注目の書。（2004年8月発行）

殺陣武術指導**林邦史朗**
特別対談／役者・緒形拳 × 殺陣師・林邦史朗
男二人お互いの人生に感ずる意気
林邦史朗著 四六判上製・1,760円
大河ドラマ殺陣師として知られる林邦史朗氏が殺陣の見所や作り方を紹介。さらに終章で殺陣が持つ魅力を役者緒形拳氏とともに語っていく。（2004年12月発行）

北京へ向けた０からのスタート
井上康生が負けた日
柳川悠二著 四六判・1,320円
日本中が驚いたアテネ五輪での「本命」、柔道井上康生の敗北理由を彼の父であり師でもある井上明氏への密着取材から導いていく。（2004年12月発行）

座頭鯨と海の仲間たち 宮城清写真集
宮城 清著 B5判・1,980円
沖縄慶良間の海に展開するザトウクジラを撮り続けて20年。慶良間の海で育ったカメラマン宮城清が集大成として上梓する渾身の一冊。（2005年12月発行）

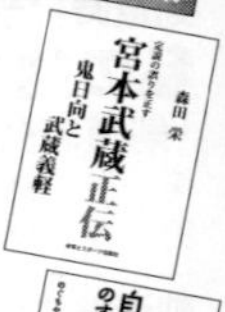

定説の誤りを正す
宮本武蔵正伝
森田　栄著 A5判・3,850円
今までいくつの武蔵伝が出版されてきたであろう。著者があらゆる方面の資料を分析した結果解明された本当の武蔵正伝。（2014年10月発行）

自転車旅のすすめ
のぐちやすお著 A5判・1,760円
サイクリングの魅力にとりつかれ、年少時の虚弱体質を克服。１９８１年以来、世界中を計４３万キロ走破。その著者がすすめる自転車旅。（2016年７月発行）

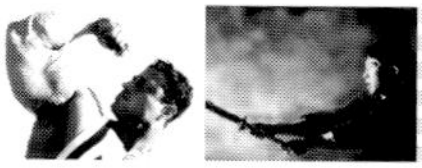

スポーツ関連およびその他オススメ図書

勝負を決する！ スポーツ心理の法則

高畑好秀著 四六判・1,760円

心を強く鍛え、選手をその気にさせる18のメンタルトレーニングを「なぜ、それが必要なのか」というところから説き起こして解説。（2012年1月発行）

もっとその気にさせるコーチング術

高畑好秀著 四六判・1,760円

選手と指導者のためのスポーツ心理学活用法。選手の実力を引出す32の実戦的方法。具体例、実践アドバイス、図解で選手が変わる！（2012年9月発行）

スポーツ傷害とリハビリテーション

小山 郁著 四六判・1,980円

スポーツで起こりやすい外傷・障害についてわかりやすく解説。重症度と時間経過に応じた実戦的なリハビリプログラム40。（2013年12月発行）

チーム力を高める36の練習法

高畑好秀著 A5判・1,760円

本番で全員が実力を出しきるための組織づくり。チーム力アップに必要なユニークな実践練習メニューを紹介。楽しみながらスキルアップ。（2014年4月発行）

やってはいけないコーチング

高畑好秀著 四六判・1,760円

ダメなコーチにならないための33の教えをわかりやすくレクチャー。好評の「もっとその気にさせるコーチング術」に続く著者第３弾。（2015年3月発行）

女子選手のコーチング

八ッ橋賀子著 A5判・1,760円

今や目を見張る各スポーツ界における女子選手の活躍。経験から養った「女子選手の力を100％引き出すためのコーチング術」を伝授。（2015年7月発行）

野球こんなときどうする？

高畑好秀著 A5判・1,760円

野球の試合や練習中に直面しそうなピンチの場面を30シーン取り上げて、その対処法と練習法を教えます。自分でできるメンタル調整法。（2016年1月発行）

選手に寄り添うコーチング

八ッ橋賀子著 A5判・1,760円

著者、八ッ橋賀子のコーチング第二弾！　メンタルトレーナーの著者が、いまどきの選手をその気にさせ、良い結果を得るために必要な選手に寄り添うコーチング術を伝授する。（2017年３月発行）

ボディビルディングおよびウエイトトレーニング関連図書

ポイント整理で学ぶ実践・指導のマニュアル
競技スポーツのためのウエイトトレーニング
有賀誠司著　B5判・3,300円

ウエイトトレーニングが競技力向上や傷害事故の予防に必須であるという認知度が上がってきている中、指導者に問われる基礎項目はもちろん、各部位別のトレーニングのテクニックを約600点におよぶ写真付きで詳しく解説している。

ボディビルダー必読、究極の筋肉を作り上げる
ボディビルハンドブック
クリス・アセート著 A5判・1,980円

ボディビルダーにとってトレーニングと栄養学についての知識は必須のものであるが、その正しい知識を身に付け是非ともその努力に見合った最大限の効果をこの一冊から得てほしい。又ストレングスの向上をめざすトレーニーにもお勧めである。

すぐに役立つ健康と体力づくりのための
栄養学ハンドブック
クリス・アセート著 A5判・1,980円

我々の身体は日々の食事からつくられている。そして、その身体を正常に機能させるにはさまざまな栄養素が必要である。その一方で、最近は栄養の摂りすぎ又バランスのくずれが大きな問題となっている。では、どのようなものをどのくらい食べればよいか、本書が答えてくれる。

トレーニングの歴史がこの一冊でわかる
私のウェイトトレーニング50年
窪田 登著 A5判上製函入・8,905円

ウエイトトレーニングの先駆者である窪田登氏が自ら歩んできた道程を書き綴った自叙伝に加え、ウエイトトレーニングの歴史、そこに名を残す力技師たちなどが紹介されている。ウエイトトレーニング愛好者なら必ず手元に置いておきたい一冊。

パワーリフティングの初歩から高度テクまで
パワーリフティング入門
吉田　進著　B5判・1,620円

スクワット、ベンチプレス、デッドリフトの挙上重量のトータルを競うパワーリフティング。強くなるためには、ただ重いものを挙げれば良いというものではない。そこには科学的で合理的なアプローチが存在する。その方法が基礎から学べる一冊。

トップビルダーの鮮烈写真集
BODYBUILDERS
岡部充撮影　直販限定本(書店からは不可)
A4判上製・特価2,989円(カバーに少し汚れ)

80年代から90年代にかけて活躍した海外のトップビルダーたちが勢ぞろいした贅沢な写真集。リー・ヘイニー、ショーン・レイ、ビンス・テイラー、ティエリー・パステル、ロン・ラブ、ミロス・シャシブ、リッチ・ギャスパリ、フレックス・ウィラー他

スポーツマンのための
サプルメントバイブル(新装版)
吉見正美著　B5判・2,090円

日本でも最近スポーツ選手を中心に大いに注目されるようになったサプルメント。それは通常の食事からは摂りきれない各種の栄養を補う栄養補助食品のこと。本書は種類およびその使用方法から適切な摂取量などにわたり、すぐに役立つ情報が満載。

初心者でも一人で学べる
部位別ウエイトトレーニング
小沼敏雄監修　B5判・1,650円
(85、87 ～ 99年日本ボディビル選手権チャンピオン)

ウエイトトレーニングを始めたい、でもスポーツジムへ行くのは嫌だし身近に教えてくれる人もいない。この本は各筋肉部位別にエクササイズを紹介し、基本動作から呼吸法、注意点等を分かりやすく解説しているので、これからウエイトトレーニングを始めたい人にも是非おすすめしたい一冊。

ボディビルディングおよび ウエイトトレーニング関連図書

理論と実践で100%成功するダイエット
ダイエットは科学だ
クリス・アセート著
A5判1,430円

この本を読み切る事は少々困難かもしれない。しかし、ダイエット法はすでに学問であり科学である。そのノウハウを修得しなければ成功はあり得ない。だが、一度そのノウハウを身に付けてしまえばあなたは永遠に理想のボディを手に入れることができる。

日本ボディビル連盟創立50周年記念
日本ボディビル連盟50年の歩み
50年史編纂委員会編集
A4判・2,750円

敗戦の混乱の中、ボディビルによって明るく力強い日本の復興を夢みた男たちの活動が、JBBFの原点だった。以来数々の試練を乗り越えて日本オリンピック委員会に正式加盟するに至る激動の歴史を、各種の大会の歴史とともに網羅した、資料価値の高いビルダー必携の記念誌。

スポーツトレーナーが指導している
これが正しい筋力トレーニングだ！
21世紀筋力トレーニングアカデミー著
B5判・1,572円

経験豊富なスポーツトレーナーが、科学的データを駆使して解説する筋力トレーニングの指導書。競技能力を高めたいアスリート必見！「特筆すべきは、トレーニングの基礎理論と具体的方法が研究者の視線ではなく、現場指導の視線で捉えられている」（推薦文・石井直方氏）

筋力トレーニング法100年史
窪田 登著　B6判・1,100円

80年代発刊の名書に大幅に加筆、訂正を加え復刻させた待望の一冊。ウェイトトレーニングの変遷を写真とともに分かりやすく解説。

スポーツトレーナー必読！
競技スポーツ別 ウェイトトレーニングマニュアル
有賀誠司著　B5判・1,650円

筋力トレーニングのパフォーマンス向上の為に競技スポーツ別に解説する他、走る・投げる・打つ等の動作別にもくわしく解説している。

続・パワーリフティング入門
吉田 進著　B5判・2,090円

現在発売中の『パワーリフティング入門』の続編。中味をさらにステップアップさせた内容となり、より強くなりたい方必読の一冊。

ベンチプレス 基礎から実践
東坂康司著　B5判・2,860円

ベンチプレスの基本事項ならびに実際にトレーニングを行う上での重要ポイントを分かりやすく具体的に解説。ベンチプレス本初の出版。

ベンチプレス フォームと補助種目
東坂康司著　B5判・1,980円

大好評のシリーズ第１巻「基礎から実践」に引続いて、個別フォームの方法やベンチプレス強化の上でも効果のある補助種目を詳細に解説。

究極のトレーニングバイブル
小川 淳著　B5判・1,650円

肉体と精神　究極のメンタルトレーニングであるヘビーデューティマインドこそ、ウエイトトレーニングに悩む多くの競技者の一助になる一冊である。

アスリートのための 分子栄養学
星 真理著　B5判・2,343円

人それぞれで必要な栄養量は大きく違うはずである。本書では、分子栄養学的に見た栄養と体の働きの深い関わりを分かりやすく解説。

(株)体育とスポーツ出版社

〒135-0016　東京都江東区東陽2-2-20 3F

[営業・広告部]
TEL 03-6660-3131　FAX 03-6660-3132
Eメール　eigyobu-taiiku-sports@thinkgroup.co.jp
郵便振替口座番号　00100−7−25587　体育とスポーツ出版社

[剣道時代編集部]
〒101-0065　東京都千代田区西神田2-4-6宮川ビル2F
TEL 03-6265-6554　FAX 03-6265-6553

[ボディビルディング編集部]
〒179-0071　東京都練馬区旭町3-24-16-102
TEL 03-5904-5583　FAX 03-5904-5584

77　12月は俳句でもひねって…（２０１７年11月30日）

今夜、気管孔に入れて皮膚に縫い付けてあるチューブの糸3本のうち2本が切れて、残る1本でなんとか抜け落ちず頑張っている状況になりました。ドクターは明日にならないとこないので大きな咳をしないようにしなければ、深夜に咳の勢いでロケットのように気管孔から打ち上げられてしまうでしょう。しかし、病気のトラブルというのはどうして診療が終わった夜にやってくるのでしょうね。

そんななか、ボディビルビキニ競技の女王丸ちゃんが鴨川までサプライズ御見舞いにきてくださいました。まさにミラクルドリームな夜でした。丸ちゃんは血糖値を管理して1型糖尿病と戦いながらアスリートとして活躍している凄い女性です。今回の2度目の入院は突然の京橋クリニックからの救急搬送だったもので、本も日めくりも何も持って来ていなかったのですね。それを察していたのか夏井いつきせんせ〜！　の俳句本と「水木しげる名言日めくり」を持ってきてくださいました。

明日からは２０１７年最後の月。Ｋタワーのラウンジで太平洋を眺めながら俳句を読み、丸ちゃんパワーで放射線を乗り切り、来るべき２０１８年に備えようと思います。丸ちゃん、パワーを本当にありがとう！　鎌田編集長にも宜しくお伝えくださいね！

突然の丸ちゃんの訪問に顔がほころぶ！

78　12月の病院はクリスマスモード（２０１７年12月３日）

12月に入りここ亀田総合病院のロビーにも各階のラウンジにも患者さんのためにクリスマスツリーが飾られ、すっかりクリスマスモードに！

昨日、12月2日は母が生きていれば89歳の誕生日。クリスマスモードに変身したラウンジで亡き母に思いを馳せたのでした。命がけの大手術を乗り越えられたのも、3度の窒息寸前から生還できたのもきっと母が「まだ来るのは早い！」と追い返してくれたのでしょう。母の歳までまだ27年あります。まだまだ、生きたいと思います。

この日は、ラウンジでは、患者さんを集めての病院のスタッフさんたちによるクリスマスミニコンサートも行われました。ありがとうございます！　そして、今夜はスーパームーン！

79　「ホオポノポノ」って…（2017年12月4日）

入院中の私にtuさんという方から「ホオポノポノ」という有難いメールをいただきました。

「お辛いときに即、心の平安が訪れる言霊を考えました。イメージとともに何度か心から呟いてみてください。

大変なら心のなかで思うだけでも良いとおもいます」

「私は、完全にリラックスしています。今、ここだけに存在しています」

お辛いときほど「今だけ」に集中頂き、時間の幻想から苦しみを産み出さぬようお伝えする次第です。

「愛しています」、自分を愛しきることが全ての苦しみから逃れる唯一の手段です。

「ホオポノポノ」

wikipediaで調べてみると…「ハワイに伝わる癒しの方法」のようです。

1　ホオポノポノ
心の平安に絶大な効果があります。実感していただけると思います。

4つのことばを繰り返すだけです。
・ありがとう
・ごめんなさい
・許して下さい
・愛しています

2　アファメーション=宣言
これは、自分自身に対して成功を宣言すること。叶えたいことや願い事などを、「私はできる」と宣言することだそうです。

アファメーションの基本ルール
①過去形、もしくは現在進行形で言う。
②「私は」と主語をつける。
③「嬉しい」、「幸せ」などの感情をつける。
④声に出して唱える。
⑤単語は全てポジティブなものにする。

　今まで、「愛する」というのは、他の人や動物、植物など自分以外のものを愛することと思っていました。いやいや、そうでもないな。ビルダーは本来ナルシスト。誰よりも自分を愛してるはずですね。でもそれは、絶好調な理想な体を持った自分だったのかもしれません。

生まれ変わったこれからは、
・ありがとう
・ごめんなさい
・許して下さい
・愛しています
を繰り返し言って、ありのままの自分、そして家族、友達を愛したいと思います。tuさん、素敵なメールをありがとうございました！！

80　放射線治療ing（２０１７年12月07日）

放射線治療の副作用

　放射線治療が続いています。目的は癌の再発防止です。当然のことながら、ドクターから「放射線治療についての説明と合併症などのリスク」について説明があり、合意のサインをします。

私の場合、照射部位が首、喉から胸にかけてのため、起こりうる主な合併症として、照射部位の皮膚炎（火傷です）、食道炎（これも食道の粘膜の火傷です）、放射線肺炎のリスクについて、照射部位から気管孔からの痰、血痰が増えること、また、合併症は治療終了後、半年から1年は起こる可能性があることなどの説明がありました。

軽いものから重いものまで、9割の患者に起こるという食道炎になって食事が喉を通らなくなると治療は中断されて先延ばしになるとのことでした。

放射線治療では、まず、CT撮影をしながら体にマーキング（緑色の線）がされ、顔と肩を固定するためのマスクが作られます。照射は、外科医と放射線専門医により患者の症状に応じた照射部位と照射回数が計画され、それに従って実施されるのです。

そして、いよいよ、照射の開始です。実際に治療として放射線が照射されるのは、2分程度ですが、正確な照射のための体の位置決めがあるので20分程度でしょうか。私の場合、治療回数は25回（約5週間）と決められました。

（照射部位）輪状軟骨～気管分岐部リンパ節領域＋ブースト（腫瘍床）
（予防域）照射回数20回、1回照射線量　2グレイ、総照射線量　40グレイ
（ブースト）照射回数5回、1回照射線量　2グレイ、総照射線量　10グレイ
※ブースト照射…腫瘍の存在した部分の周囲のみに放射線を追加すること。

放射線治療自体は、痛くも痒くもないのですが、私の感想では、照射後、体が火照った感じ（私の場合、気管孔があるので気管孔からの呼気が熱く感じました）、気だるいといった感じでした。そして、2週目の終わり頃から、体調に変化が！　私がまず感じたのは、私の手術箇所である胸と首、喉の筋肉（大胸筋、胸鎖乳突筋など）の硬化と突っ張り感がさらに増してきたことです。筋肉の硬化については説明を受けた記憶がないので主治医N医師に訊ねたところ、「放射線をあてると筋肉や筋が固くなります。首が上に上げられなくなる人もいます。放射線の影響と言うのは半年、1年くらい出ます」との回答が。放射線の専門医H医師にも訊いてみましたが、「放射線治療による筋肉の硬化は個人差があるが起こる。一旦、硬化した筋肉は元に戻らないと思ったほうがいい。首が上がらないくらいカチカチになる人もいるが10人に1人くらい。筋肉の硬化は治療中だけでなく治療終了後半年、1年に渡って出るので、少しでも硬化

を防ぐには、まめにストレッチするしかない」とのことでした。

命にかかわることではないということなのかもしれませんが、元ビルダーのはしくれである私にとって筋肉は大事なもの。正直な感想を言えば、「もっと早く言ってよ！」でした。

首から胸にかけての皮膚が赤くなってひりひりして来ました。診療科目に今日から皮膚科が追加されました。水や食べ物の飲み込みがやや不自然になっている気がします。治療半ばのプロセスとは言え、時間の経過とともに痛いところが増えています。放射線まだ3分の2残っているのに…。筋肉が石になってしまいそうです。しかし、放射線は途中でやめると効果がないって言うし、どうせ何時かは逝く命。命を預けた乗りかけた船。最後までやるしかないと思います。素人には予測出来ない様々な症状が次々と襲って来ます。正直、元ビルダーとしては心折れまくりです。が、しかし、「命を取り、生まれ変わった体で奇跡を起こす」と決意したことです。

あと、14回。完走目指します！　食道炎にも負けません！　食事も完食続けます！

81　乾燥が命取り（2017年12月9日）

一時退院中に3度三途の川を見たと以前書きました。「二度あることは三度ある」と言いますが、まさか四度目があるとは！

昨日、午後7時30分ごろ、病院の廊下で咳をした途端、急に縫い付けたチューブの奥で固まった痰が詰まって死にそうになりました。ちょうど若い看護師くんが居たので来てもらったのですが、新人さん故、困惑している様子。でも、こっちは息ができないので必死です。もがきながらナースコールを押し続けました。

すぐにS看護師さんが飛んで来て、K看護師さんがT医師に連絡してくれました。すぐにT医師が、内視鏡カメラを持って来てくださり、気管孔に挿入、縫い付けた糸を切ってチューブを外して血痰を除去。呼吸ができるようになりました。「助かったあ！」またもやギリギリの男を演じてしまいました。実は、「チューブを縫い付けてるからドクターが居ない時に詰まったらどうなるの？」と想像したことがあったのだけれど、まさか現実になってしまうとは。T医師が居てくれてよかった！　昨日から呼吸音が「ボーボー」と言ってるから何かあると思っていたのですが、「火の無いところに煙は立たない」を証明してしまったのでした。どうやら、放射線で気管

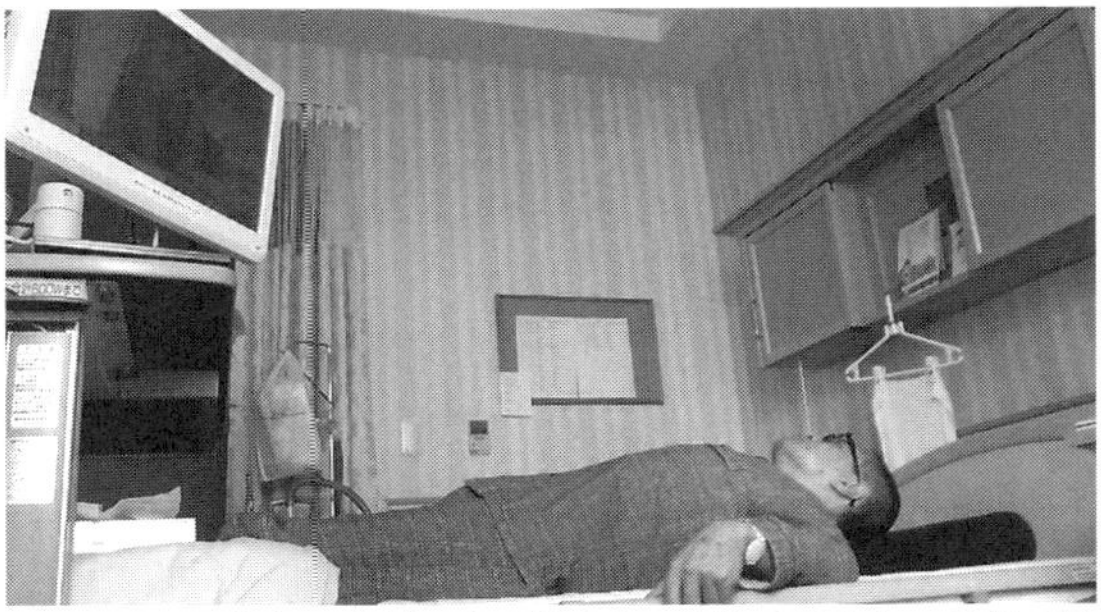

ストレッチポールで硬くなった胸のストレッチをする

孔が火傷している状態であるために血痰が増え乾燥して固まったものがチューブにこびりついて呼気を止めてしまったようです。放射線治療が終わり、傷が癒えるまで油断は出来ません。

まさか乾燥が命取りになるとは健康な時には思いもしないことでした。四度あることは五度ある!? それは勘弁してください！

82 放射線あと8回！（2017年12月13日）

放射線治療いよいよ折り返し点を通過して、残すところあと2週間8回になりました。3週目に入ったあたりから、いろいろと放射線の副作用と思われる事象がでてきています。放射線治療が進むにつれ、病院から出る薬が増えていきます。放射線食道炎対策として、食道、胃の粘膜を保護するというお薬アルロイド。放射線皮膚炎に対してのワセリン、ステロイドが配合された軟膏。気管などの火傷、爛れからの出血を防ぐという飲み薬、カルバゾクロムスルホン酸ナトリクム錠、トラネキサム酸錠、アドレナリン系、ステロイド系吸入剤などです。昨夜というか、今朝というか午前2時頃に突然咳が出だし、3㎝位の大きな乾燥した血痰が飛び出してきました（詰まらなくて良かった！）その後、看護師さんを呼んで、ネブライザーを20分かけ、湿気を含んだ血痰を吸引していただきました。2日程、血痰が出ないので、出血を防ぐ薬が効いているのかとも思ったのですが、そうではなかったようです。夜が明けて、K医師の指示で気管孔にカメラを入れると気管の壁が放射線でただれて真っ赤。これでは血痰もでますよね。『放射線が終わって3週間くらいで炎症がおさまってくるからそれまでは剥がれてきた瘡蓋や血痰が詰まる危険があるから入院していたほうがいい』とのことでした。『退院後、関西に帰ると聞いてますが、春までは空気も乾燥して一番危険な時期だから近くにいるほうがいい。』とも。限られた病院、ドクターでないと対応が困難。それだけ症例の少ない難しい手術だったことを再認識しました。食道をカメラで見てもらうと『白くなってきている所が放射線による炎症です。』とのこと。確かに唾を飲み込むと喉が痛い！ 人間、食べられなくなったら終わりと思っています。あと、8日、乗り切って完食します！ そして、23日以降は、回復あるのみと信じて、硬化した筋肉をほぐすためストレッチに勤め、1日1日を積み重ねます。

クリスマス、新年は亀田総合病院のラウンジで看護師さんたちと迎えることになるでしょう。初日の出を見るには最高のロケーションです。そして、退院後は…。リゾート生活!? 関西凱旋は、まだまだ先のこと

になりそうですが、1日1日を楽しみながら日々を重ねたいと思います！

83 笑顔と元気をたくさんいただきました！（2017年12月15日）

まさかの五度目がありました。今日、午前、皮膚科外来待合室で待っていると急に咳が出て、痰が詰まり息が出来ない！ 窒息寸前！ 急遽、隣接する耳鼻科の看護師さんに吸引してもらうという事態に！ その後、Kタワーの A看護師に車椅子で迎えに来てもらうというはめになっちゃいました。ああ、苦しかった。病室に戻り、ネブライザーして、思いきり咳したら、大きな血痰が出ました。この状態は放射線が終わり気管壁の火傷が癒えるまで続くのでしょう。それまで油断はできませんね。くわばら、くわばら！

しかし、良いこともありましたよ！ 午後には、遠路はるばる愛知県から、愛弟子のH君が奥さん、娘さんと会いに来てくれました。彼と知り合ったのは3年前、生真面目な性格で着実に結果を出して来ています。素晴らしい一家に笑顔と元気をたくさんいただきました！ 早く治って、彼の成長を彼の家族を見守りたいと思います。

手術前最後の多摩ジム、Hくんのスクワットを指導する。

84 コミュニケーションツール電気式人工喉頭（2017年12月17日）

声を出す仕組みと電気式人工喉頭

私の場合、気管癌ということで気管切開、喉頭部、甲状腺摘出のため、声を失いました。となるとコミュニケーションの手段は、筆談ということになります。この筆談というのも気軽に考えていたのですが、手術後のチューブにつながれた状態では字も書けないため、自分の意思が伝えられず苦しい思いをしました。筆談というのはいちいち紙に書かないといけないという面倒くささもあるのですが、何よりも手が使えて文字が書けるということが前提になっているのです。手が使えるようになってからは、ノートとペン、メッセージ

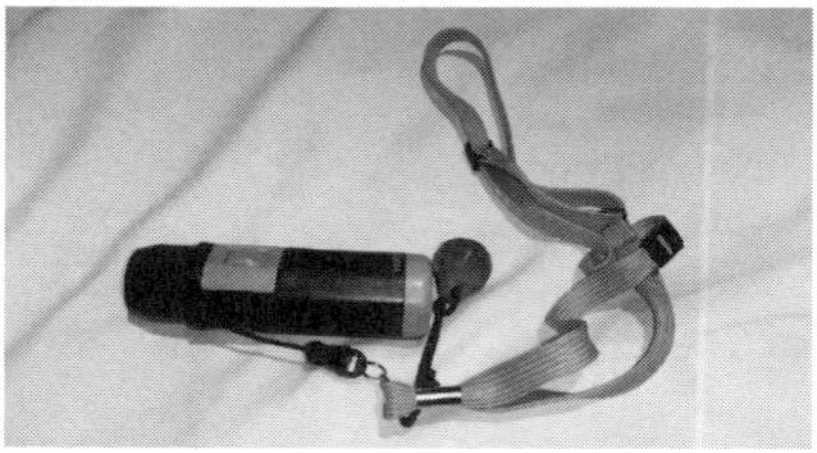

ボードを使ってコミュニケーションをとっていましたが、やはり、遅くなるというか、相槌を打つといったタイムリーなコミュニケーションがとれません。

そんな時、K医師から「電気喉頭というのがあるから使ってみなさい。君は器用そうだからすぐに使えるようになるよ」というお話をいただきました。早速、デモ機を取り寄せていただき購入を決めました。

今まで声は出るのが当り前と思っていたので、人間が声を出す仕組みを考えたことがなかったのですが、その仕組みは「肺から出た息が喉にある声帯を震わせることで「ブー」という振動音を作り、この振動音が声の基となり、口と舌を動かすことで「声」になる」のだそうです。

人工喉頭はこの仕組みを利用し、振動を作る機械を喉に当て、口と舌を上手く動かすことでその振動音を声に変えることが出来るのです。高音、低音、音の大きさを選択することができ、多少の抑揚をつけることは可能ですが、振動音が大きいのとロボットボイスになってしまうという改良の余地を残しているものの、筆談に比べタイムリーなコミュニケーションが可能になり便利です。

私が入手したユアトーンというのは、会話モードの他に歌モードという切り替えスイッチがあり、抑揚操作で歌も歌えるとか。試したところ、五十音の「あいうえお」、「なにぬねの」、「まみむめも」、「やいゆえよ」、「わいうえお」は、簡単にクリアな音が出せます。「かきくけこ」、「さしすせそ」、「たちつてと」は、舌を上手く使うテクニックが必要です。唯一、「はひふへほ」は、どう頑張っても「あいうえお」になってしまうので「ゲス」するしかないですね。しかし、私にとっては便利なコミュニケーションツールです。近々、歌モードでカラオケにも挑戦できる日が来るかもです。

そのほかに、歌手のつんくさんがやっている「食道発声法」がありますが、これはゲップを使って発声をするのですが、習得が難しく数年のトレーニングが必要なようです。次の挑戦課題ですね。

85　この選択は本当に正しかったのか？（放射線）（２０１７年12月19日）

実は、ここ数日、放射線治療を受ける患者として悩んでいました。放射線治療三分の二以上を終えたのですが、数字的にみれば、スクワットなら、「目標１５０キロ10回！　呼吸整えてあと3回！　楽勝！」というところなのでしょうが…放射線はどうもいけません。首・喉から胸にかけての硬化、痛みが日々酷くなっています。唾を飲み込んでも痛みます。特に就寝中、寝起き直後はもう「カッチカチやぞ！」なのです。「本当に放射線治療をすることを決めたのは正しかったのだろうか？」と自問自答する毎日。主治医のN医師に何度か聞いてみたのですが、「正常な反応です。組織が繊維化してきます、まだまだ固くなりますよ」、「放射線治療が終わった後、１年くらいは固くなっていきますからストレッチをやってください」との答えでした。事前に、「食道がやられて食べ物の飲み込みが出来なくなる」、「放射線皮膚炎になる」、「治療後、放射線肺炎になる可能性がある」などは聞いていたのですが、プロのドクターが再発防止のためと薦めるのだからやったほうがいいだろうと判断して始めたのでした。が、しかし、筋肉組織がこんなに固くなるというのは私にとっては重要な話なのですが初耳でした。

放射線の主治医H医師と話したとき、「放射線治療は途中で止めるくらいなら、最初からやらないほうがマシ！　治療効果が少なく、副作用だけが出てしまう」とも聞いていますし、ここまで治療が進んでいたら、今更止めてもすでに手遅れとは思うのですが、あまりの辛さに、疑問を感じて、聞くのは今日が最後と決めてあえて主治医N医師に聞いてみました。『首、喉から胸にかけて石のようで辛いです。放射線治療あと１週間ですが、今、放射線を止めたらだめですか？』と（きっと、ドクターは「こいつ、何回言ったら分かるんだ！」と思っているでしょう）。『筋肉が硬くなるのは、放射線による繊維化です。さらに進行します』『途中で止めるということがどういうことか分かりますよね？　どうしても嫌なら放射線は止めます。しかし、止めることは再発率が高くなることを意味します』と理路整然、クールな答えでした。

「止めたら、痛み、痺れ、だるさが軽減するだろうか？」止めたで、止めたで、「やっておけば良かった」って後悔するのではないだろうか？理解不足なまま、放射線に入ってしまった感は否めませんが、未来を生きる選択として間違いでは無かったと思うしかありません。

ブレずに毎日過酷な痛み、痺れ、だるさ、不安感等と戦っている自分を信じ続ける。命を残す為に最善を尽くす医療に取り組んでくれているドクターを信じ続ける。そして、「頑張ってください」って言葉をかけてくれた方々が念じていることを最大限のパワー、武器に変えなければ！　これは、凹んでいる賢人への真友からの言葉ですがその通りですね！　苦しさに、不安にぶれかけている自分を後押ししてほしかったのだと思います。「ブレずに毎日過酷な痛み、痺れ、だるさ、不安感等と戦っている自分を信じ続ける！」「命を残す為に最善を尽くす医療に取り組んでくれているドクターを信じ続ける！」それしかありませんね！

86　がん細胞をぶっ殺してやりたい！（２０１７年12月21日）

12月20日（水）午前2時半「草木も眠る丑三つ時」尿意をもよおしてトイレに。手を洗う時、何気なく気管孔を見ると肉に縫い付けてあった糸が切れチューブが飛び出しているではあーりませんか。「わっ、チューブが完全に穴から抜けてぶらさがっている！」私の場合、大胸筋に気管孔を作っているのですが、筋肉があるがゆえに孔を塞ごうとする力が強いため安定せず、まだまだチューブを抜けない状況なのですね。早速、ナースコールでＳＯＳ！

看護師さんとH坂医師が来て、チューブ入れて縫ってくださいました。これで縫うのは5回目でしょうか？

正直、縫うのは注射と並んで痛いので嫌いです。ズキズキします。しかし、縫う以外のワンタッチで簡単に脱着できるようなチューブは作れないものでしょうか。T先生宜しくお願い致します！　そんな真夜中、「草木も眠る丑三つ時」、チューブを縫い付けで痛みをこらえているタイミングでボディガーからラインが来ました。「僕からのメッセージソング、僕の好きな竹原ピストルの曲聴いてください。Amazing grace です」「竹原ピストルの Amazing grace をカラオケで歌った時にどうしても吉賀さんに聴いて欲しくて夜中にも関わらず送ってしまいました」「今は一番しんどい時、乗り越えてください。今は忍耐です」「かかってこい！　の精神で乗り越えてください！」「殺せるもんなら殺してみろ！　ボロボロでも生きてやるぞ！」です！

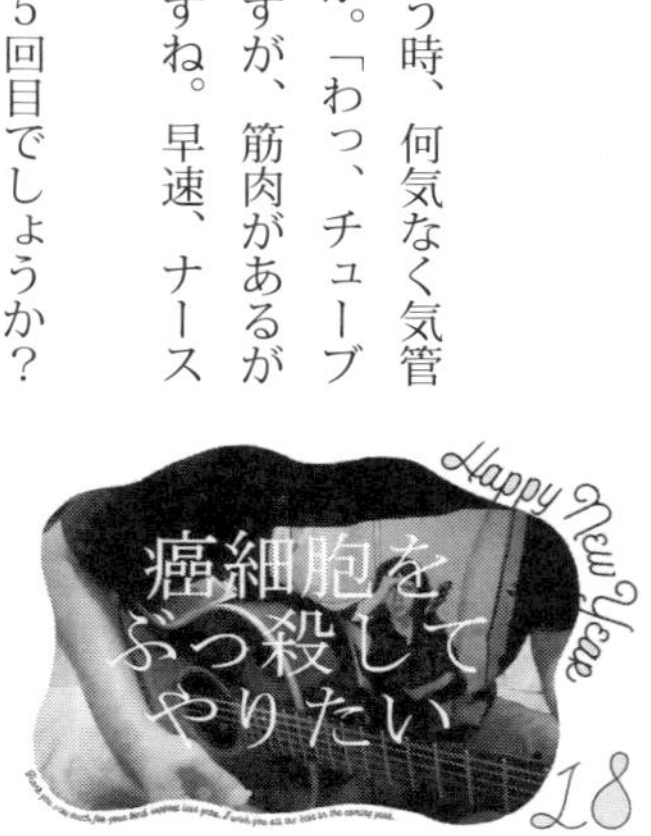

大きな怪我を、手術を乗り越え、たった一度の人生をリング上で、命がけで目いっぱい生きているボディガーの言葉にはいつも後押ししてくれるパワーがあります。勇気をもらえます。

「がん細胞をぶっ殺してやりたい！」

ちょうど、このタイミングでのラインというのに必然性を感じています。私のことを心に置いていてくれている…。それだけでも有難いことです。「がん細胞をぶっ殺します！」

試合中のボディガー

若かりし頃、ステージでのボディガー（左）と私

87　病院のメリークリスマス（２０１７年12月24日）

「メリークリスマス！」

今日は、日中は愛すべき娘と息子がプレゼントを持って見舞いに来てくれました。そして、夜は点滴をしてもらいながら、今夜担当の看護師さんと馬鹿話をしています。なぜ、点滴復活かと言うと…放射線治療は、紆余曲折はありましたが、22日で終わり、食事も喉

の痛みを堪えながら完食し完走したのですが、昨夜は遂に熱が出てしまいました。私は熱が出にくいというか、これだけの大手術をしても平熱でしたし、思い出そうとしてもここ10年、20年熱を出した記憶がないのですね。それが遂に…発熱でダウン。加えて背中が痒いのでちょっと掻くと、放射線火傷になっている皮膚（直接照射している胸ではなく背中です）が、べろっとめくれてしまったのです。それで、急遽、抗生剤の点滴となったわけです。放射線、恐るべしです！　友人が送ってくれたクリスマスソング付のカードを看護師さんと聞くという少し寂しいイヴの夜ですが、来年は2年分楽しみたいと思います。病院のメリークリスマスでした!!

88　放射線治療が終われば…（２０１７年12月28日）

放射線治療が終われば楽になると思っていましたが、大きな間違いでした。治療が終わった22日深夜から微熱が続き、明け方には37・8度に達しました。熱を普段からよく出す人ならどうってことないのでしょうが、20年間熱を出したことがなくて、大手術でも平熱、また平熱が36度と低い自分にとっては一大事でした。放射線による胸と背中の皮膚の火傷、食道炎、喉の痛みは終わってからも酷くなっている気がします。寝ても起きても首、胸カチカチ、喉ヒリヒリです。

N医師が来られたので「背中が痒いのでかくと皮がずるっと剥けました」と言って見せると「そんなの問題ありません」と言って出て行かれました。私にとっては、胸ではなく裏側の背中だったので結構ビックリだったのですが、放射線ってそんなものなんですねえ。恐ろしい！

２０１７年最後の週は、体調最悪につき2日間連続でリハビリキャンセルしてもらいました。22日の最終治療が終わって以来、気管壁が火傷状にただれているためか座って息をするのも苦しいし、胸、首、背中も痛い。体を動かす気にはとてもなれない。25日は人生最悪のクリスマスでした。病室から一歩も出ず、ベッドとソファの間を行ったり来たり引きこもっていました（笑）。組織の硬化による痛みが強いので、今日から新しいお薬が処方されたのですが、説明を聞くとモルヒネの一種らしいです。ドクターと薬剤師の説明によると常習性はなくロキソニン等より安全といいますが、名前でビビッてしまいますよね（放射線治療を受けようという方は、しっかりとドクターに疑問点は聞いて納得済みで受けてくださいね。現代医学でその効果が認められる数少ない治療法であることは間違いないと思いますが、副作用も大きいことを肝に銘じるべきと思います。私の場合、手術で切って縫った組織に放射線を照射しているので余計に組織の硬化が大きいことも付け加えておきます）。

そして気がつけば、今年もあと4日！　年末年始は病院でと覚悟は決めているのですが、N医師の話では、「気管支鏡検査の結果、炎症がまだ強く、今、退院するのは危険なのでゆっくりしてください。年末年始は診てくれるところもないでしょうから」とのこと。もう一人の喉頭部のK医師の今年最後の診察でも「気管は赤く炎症を起こしていて治るのに3週間くらいかかります」と言っておられました。テレビのニュースによれば、森友学園問題の籠池夫妻は拘置所で新年を迎えるそうですが、私たち夫婦は病院で新年を迎えようと思います。長い人生、こんなことがあってもいいのではないでしょうか。笑って話せる日が必ず来ると信じています。今年も残すところあと4日。娑婆にいれば、仕事収め、忘年会、大掃除と慌しくも楽しい時期です。「取り残された」というより、「社会から離脱したような」感が無いと言えば嘘になりますが、これもチャンス！　ならば、客観的な感覚で世間を見るチャンス！　なんとなく世間に流されて、我を失いつつある現代人を観察する良い機会と考えマッスル！

89　何度も自問自答！　この選択は本当に正しかったのか？（手術）（２０１7年12月29日）

あと2日少しで新しい年２０１8年を迎えます。思い返せば、昨年の今頃は例年のごとく、本社で営業会議に出て、大掃除、忘年会を当たり前のようにこなし、これから先もずっと続くものと思っていました。まさか、その数ヶ月後に「ステージ4の癌宣告」を受け、セカンドオピニオン、サードオピニオンと病院をまわり、「このまま手術をしなければ余命３ヶ月」宣告により命をかけた大手術を受けるとは思いもしませんでした。診断を受けるまで、自覚症状などはありませんでした。国民の二人に一人が癌にかかり、三人に一人が癌で死ぬ時代です。今、元気なあなたも人事ではないということなのです。

約4ヵ月前、私は気管切開、気管孔設置、喉頭部、甲状腺全摘出をいう手術を受け、命と引き換えに声、鼻・口からの呼吸機能を失いました。先日、主治医N医師と話す機会があったのですが…、「この手術が出来るのは、外科医が１００人居たら一人くらいしかいません。絵に描いたように上手くいきましたが、この私でさえ、吉賀さんで3人目です。うまくいって良かった。ですからどこの病院ででも受け入れられるものではありません。退院後、関西に帰りたいとの希望のようですが、帰るのは、2~3日ならいいですが、それ以上はお勧めしません。退院後3ヶ月は近くに居てください。放射線の影響もあり何が起こるかわかりませんし、前に経験したように命に関わることですから」改めて、えらい手術をしたんだなあと再認識しました。生きるために通常ない呼吸器を人の手で作るのですから当然といえば当然ですが、笠松さんが言っておられたように「鼻が胸についたと思えばいいじゃないですか！」とは簡単に行かないようです。手術から4ヶ月が経過しました。入院は4ヶ月とは聞いていたので「年内は入院やなあ」とは思っていたものの、年末年始は病院で過ごし、実際の退院はもっと先になりそう。それどころか退院後も最低3ヶ月は病院の近くで住むことになりそうです。

現実は、テレビドラマ「ドクターX」のように「私、失敗しないので」とスーパードクター大門未知子の手により手術は成功して、次のシーンでは社会復帰しているという風に簡単にはいかないのですね。単独の臓器の病変の切除ではそうなのかもしれませんが、私のような前例の少ない手術では、術後の回復のほうがもっともっと大変なのです。ある意味、ドクターも試行錯誤ですから。術後、4ヶ月が経過した今も入院生活をしています。そして、今でさえ「この手術をするという選択は正しかったのだろうか？」と自問自答することがあるのです。

6月末に気管癌という診断を受け、セカンドオピニオン、サードオピニオンと病院を渡り歩き、二人のスーパードクターに出会います。自覚症状はないものの、CT検査によると「気管の3分の2が長さ10㎝の癌で塞がっており、このまま放置しておけば3ヶ月くらいで窒息するだろう、手術をするにしても今がぎりぎりのタイミングでこれ以上進行すると手術も出来ない」とのことでした。当然、手術によって、声を失うこと、口、鼻は飾りとなり、胸に開けた気管孔という穴で呼吸をするようになり、激しい運動や息むことが出来なくなることなどの説明を受けました。3ヵ月後に窒息死するか、手術を受けて重篤な後遺症は残るが生きるかの選択、まさに「生きるか死ぬか」の選択でした。

当然、手術以外の治療法がないものか、渡り歩きました。しかし、私の患っている「腺様嚢胞癌」は効く抗がん剤がない、しかも、出来ているところが気管内でCT画像ではすでに気管壁に浸潤し、気管の軟骨部を破壊してしまっている状況であるため、腺様嚢胞癌に有効と思われる「重粒子線」も使えなかったのです。つまり、癌をやっつけるのに有効な免疫療法、遺伝子療法があったとしても気管壁自体が破壊されてしまっているために気管に穴があいてしまうということから外科的手術以外に生き延びる道はなかったのです。それらのプロセスを経て亀田総合病院で二人のスーパードクターに命をゆだねることを決意したのです。「障害が残ろうとも生まれ変わった体で奇跡を起こそう！」と。そして、今日に至るわけですが、今でも、一進一退、一難去ってまた一難という現実に直面して「この手術をするという選択は本当に正しかったのだろうか？」と自問自答することになるのです。

でも、今、私は家族、親戚、大勢の友人の応援とたくさんの愛に支えられて生きています！　そして、未だに手術以外の有効な選択肢を見つけられずにいます。もし、手術を選ばなかったら「いつ気管が詰まって窒息死するのだろう」という恐怖に怯えながらその日を迎えるのでしょう。もう、死んでいたかもしれません。

今、私は家族、親戚、大勢の友人の愛に支えられて心豊かな人生を生きています！　日々、感謝を感じ、ありがとうという言葉を出さない日はありません。これからも未来に向かって出来ることをして生きたいと思います。２０１８年はきっと良い年になると信じて！

90　術後の痛み、麻酔の効果について（２０１７年12月30日）

外科手術を受けたことがない方のために痛みと麻酔についてお話しましょう。

手術をうけることになったら、まず思うのが痛みについてですよね。手術中は全身麻酔がかけられているわけで痛みは感じません。骨をも切除する大きな手術なので「麻酔から覚めたときにどんな痛みが襲ってくるのか」私もそれを心配していました。「実際はどうなのか？」をまとめてみました。

手術時の麻酔

手術では、寝台のうえに横向きに背中を丸めて寝かされ「さあ、少しだけ頑張りましょうね」という麻酔専門医の声とともに、背骨の中を走っている脊髄という太い神経のまわりに局所麻酔薬チューブを入れて手術部位の痛みをとる硬膜外麻酔が施されます。そして、酸素のマスクを顔にあてる（ここで意識は飛んでしまいます）。点滴から麻酔薬を入れる全身麻酔が行われ意識が完全になくなります。あっという間です。当然のことながら、手術中は、意識がないので痛みは感じません。

術後の痛み　意識が戻ったときどんな痛みが襲ってくるのか…

手術が終われば、ＩＣＵで目覚めます。呼びかけられて目を開けると、周囲に妻、娘、家族、看護師さんの顔が見えます。痛みについては、私自身が恐れていたのは、「術後、麻酔が切れたときにどんな痛みが襲ってくるのだろう」ということでしたが、術後の痛みについても、今は患者自身がボタンを押して鎮痛薬の注入量をふやすことができる硬膜下麻酔を始め、鼻から入れられたチューブから、点滴から痛み止めが注入されており心配したほどではありませんでした（個人差はあるとは思います）。そして、気付くのが鼻からおちんちんに至るまで、体のあちこちがチューブに繋がれ身動きがとれないことです。最も悩まされた痛み。それは身動きがとれない、じっと同じ姿勢で寝ていることからくる背中、腰、尻の痛みでした。

元気な時には、「1日中寝ていたい」と思ったりしたものですが、寝ていること、しかも、体は縫い合わされ、チューブで身動きがとれない状態でじっと寝ていることがどれだけ苦しいか生まれて初めて知りました。これだけは、薬ではどうしょうもないのでしょうか。チューブに繋がれている間、背中痛、腰痛、尻痛に悩まされることになります。実際、想像していた手術の傷の痛みは前述の痛み止めにより、かなり緩和されるのですが、じっと寝ていることによる背中痛、腰痛、尻痛には閉口しました。ナースコールを押すたびに体の位置を変えてくれる看護師さんに感謝です。

このことについては、体の大きなヘビー級のプロレスラー、ボディビルダー、お相撲さんは、自身も介護する人も大変だと思います。体がでかい、重いことによるハンデを知る瞬間です。

HCUを経て一般病棟に移ってからは、おちんちんに入れられた排尿用のチューブが抜かれ、硬膜外麻酔のチューブが抜かれ、水、食事がとれるようになれば鼻から喉、胃袋へ入れられていた投薬用、水分、栄養補給用のチューブが抜かれます。そして、最も鬱陶しい廃液用のドレンチューブが抜かれます。ここまで来れば、後残っているのは、点滴用のチューブくらいでしょう。大方のチューブが抜けると体はかなり自由に動かせるようになり、動けない苦痛、痛みからようやく開放されることになります。

91　新年に繋がるリハビリ　(2017年12月31日)

右大胸筋は骨から剥がされ左大胸筋に縫い付けられ胸鎖関節が無いため胸鎖乳突筋は大胸筋に繋がれている体でのトレーニングは可能か?

いよいよ私と家族にとって波乱万丈の1年だった2017年の最後の日となりました。年始には思いもしなかった人生の展開に翻弄された年でした。「まさか?」「なぜ?」「どうすればいいの?」病院を渡り歩き、ネットで、本で勉強し、知り合いの伝手を頼って、手術以外の治療法を求め歩きました。そして、二人のスーパードクターに出合い、大手術に挑みました。人生どん底でした。そんな中でも愛する家族、友人に恵まれ、愛されていることを実感した年でもありました。

そして今、一進一退の戦い半ばで新しい年を迎えようとしています。今日も手術部組織の硬化、骨の切除による神経圧迫によると思われる両腕の痺れに悩まされました。間もなくそのどん底の年が去り、新しい年が来ます。来るべき2018年は愛する家族、友人に囲まれ

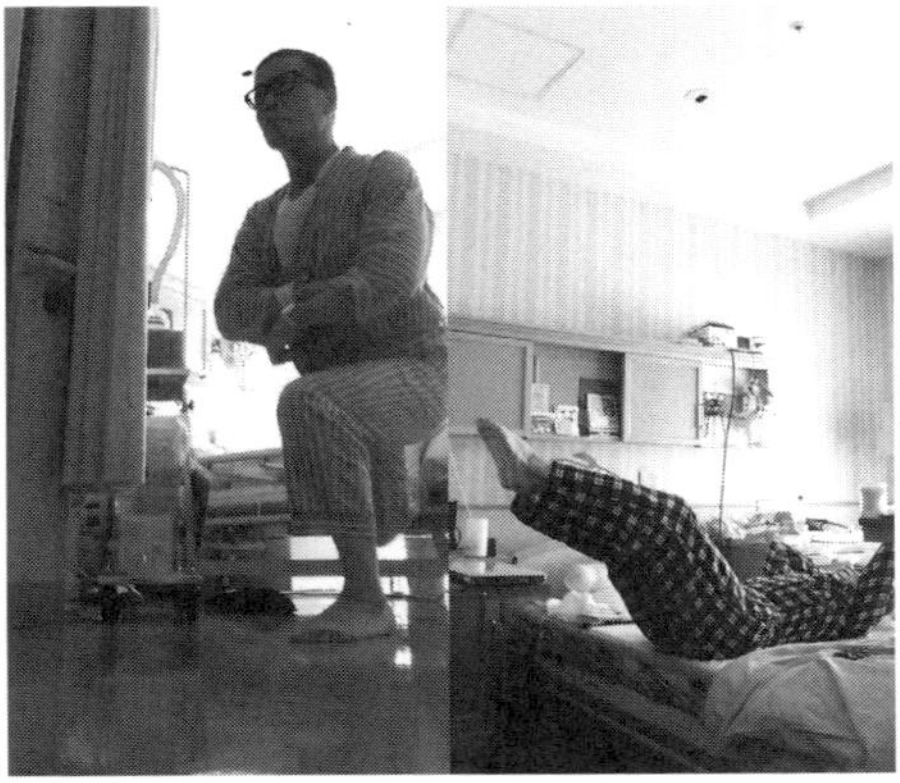

で良いことばかりと信じています。

今週から呼吸器の調子を見ながら自重筋トレを再び始めています。今日、大晦日は、病院は正月で空き部屋が増え静まり返っています。そんな中で今年最後のリハビリをやりました。自ら申し出て、リハビリ室にあるマシンでの筋トレをやりました。鎖骨、胸骨、肋骨4本が切除され、右大胸筋は骨から外され、左大胸筋に縫い付けられていると聞きます。胸鎖関節が無いという状態であるため、胸鎖乳突筋は大胸筋に繋がれているようです。こんな状況で、チェストプレス、ショルダープレス、ラットプルダウンに挑戦してみました。大きな負荷はかけられませんが、想像していたより出来そうです。新年に繋がるリハビリとなりました！　すぐそこまで来ている2018年…これからもどんな予期せぬ症状、合併症が起きるかわかりませんが、生かされていることに感謝しながら、「生まれ変わった体で奇跡を起こします！ボロボロになっても生きてやります！」

皆さん、2018年も宜しくお願いいたします。新年が皆様にとっても良い年でありますように！

92　新年明けましておめでとうございます（2018年1月1日）

新年明けましておめでとうございます。本年も宜しくお願い致します。

本当ならば家内と一緒に亀田総合病院で新年を迎え、ラウンジで初日の出の御来光を拝む予定でしたが、家内も疲れが出たのでしょう。熱を出してしまい病院で一人での年越しとなってしまいました。

昨年末で一応の手術、放射線治療が終わり、今年はもう回復あるのみと思っています。合併症など糞食えです。御来光を拝んだあとは、部屋に来てくださった担当医T医師と今後の治療とリハビリについて話し合い、その後、ボディガーから贈られた魂の「Amazing Grace」「癌細胞をぶち殺してやりたい！」を聴きながら自主トレーニングを行いました。

リハビリこそ我が得意分野です！　命と引き換えに、癌と手術、放射線障害でボロボロになった体で出来ることをやり奇跡を起こしてみせます。そして、その奇跡を、経験を同じ癌で苦しんでおられる方々に伝えたいと思います。

僕は、今、家族と大勢の友人たちに囲まれて生きています。半年後、一年後が楽しみです！

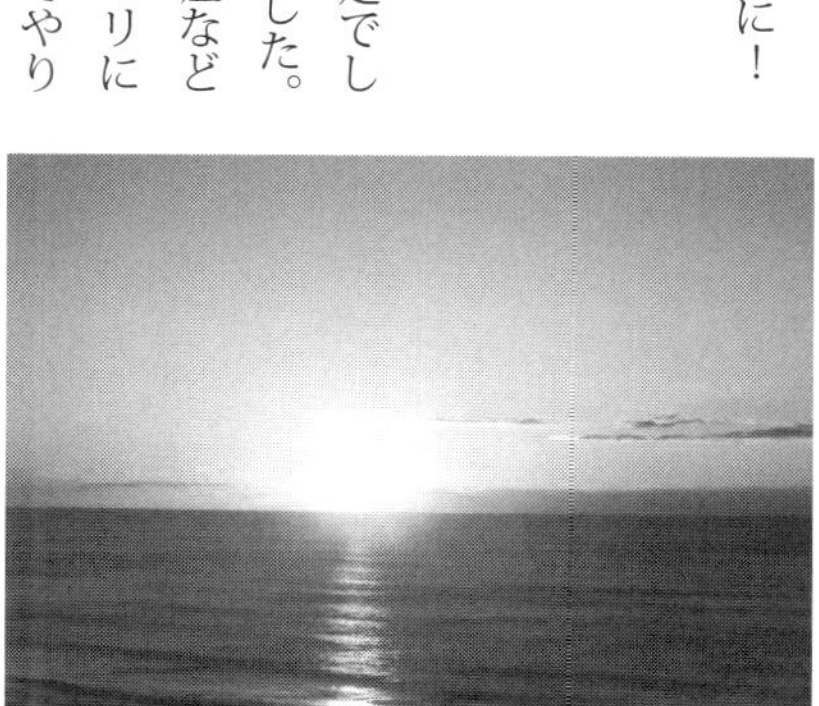

Happy New Year
Thank you very much for your kind support last year.
I wish you all the best in the coming year.
2018

93　やっぱり、筋トレ最高です！（２０１８年1月4日）

家庭で迎えても、病院で迎えても過ぎれば正月も早いものです。今日から仕事始めの方も多いのではないのでしょうか。私にも正月は家でという選択肢もあったのですが、家内が疲れから熱を出し、私自身も放射線の副作用にまだ悩まされている状況下では結果オーライだと思います。

せっかくのお正月が11月の一時退院の時のように、痰に悩まされ、食事は摂れない、酒は飲めない、頼りの家内は熱でダウン、挙句の果てに夫婦で救急車では新年早々、目もあてられませんからね。私は、長年、統計ノートをトレーニングノート、日記帳として使っているのですが、新しいノートを購入、「２０１８年、今、自分は何をするべきか⁉」を念頭に今年の計画をたてました。昨年は、6月にステージ4の気管癌ということで、大きな方向転換を余儀なくされました。そんな極限の中で見えてきた、「誰が、何が本当に大切なのか」をしっかりと考えて、生かされた残りの人生を楽しみ、大切な人々のために出来ることで貢献したいと思います。今日から始まった病院でのリハビリにも筋トレを加えていただきました。切り貼りされた体で健常な頃のようにとはいきませんが、出来ることに挑戦したいと思います。やっぱり、筋トレ最高です！！

トレーニングメニュー

・上体は手術されているので軽い負荷で慎重に！！
・第一の目的は、手術と放射線で硬くなった、繊維化されていく体の柔軟性確保。
・筋トレで下半身を重点的に全身のパワーアップ。

○ストレッチ

（首）…ネックフレクション（胸鎖乳突筋・斜角筋の硬化防止、柔軟性）
（胸）…ストレッチポールで（大胸筋周辺の硬化防止）
・基本ストレッチ

○筋トレ

（脚）
・ベッドを使ってのブルガリアンスクワット　３セット
・ヒンズースクワット　２セット
・エアマシンレッグイクステンション　３セット
・エアマシンシーテッドレッグカール　３セット
（胸）
・エアマシンシーテッドチェストプレス　３セット
（背）
・エアマシンラットプルダウン　３セット
（肩）
・エアマシンショルダープレス　３セット
（腕）
・ペットボトルカール　１セット

欲張りすぎですね。体と会話しながら慎重に続けられることをやります。

94　長いトンネルにようやく出口の光が…（2018年1月8日）

新しい年を迎えることができて1週間が経ちました。手術から4ヶ月、年末に放射線治療も終えてからは2週間。しかしながら、放射線による副作用は想像以上で皮膚の照射部位の首、胸だけでなく、裏面の背中にも及ぶ火傷、食道炎による飲み込み不良、気管内壁の炎症が引き起こす血痰の増加による呼吸困難、加えて、ただでさえ手術での切開、縫合による組織の硬化が強いうえに、放射線による硬化が加わり、首から胸が石になったような硬化、硬化による神経圧迫で起こる両腕の痺れ、手術で切除された鎖骨切断部の痛みと散々な体調です。

『この手術を受けるという選択は間違いではなかったのか？』、『放射線治療は断ったほうが良かったのではないだろうか？』と何度も自問自答をしたのは事実です。とは言うものの、K医師、N医師両スーパードクターの見立てが間違いでないならば、昨年11月頃には逝っていたことを考えると、今、私は、確実に生きていますし、生かされていることに感謝しなければならないのでしょう。幸い、昨日あたりから、放射線治療の副作用による血痰、息苦しさは、峠を越えた気がします。

今後の見通しですが、回復が順調なら、1月末に退院。N医師の「今後数ヶ月は何が起こるかわからないので病院にすぐに行けるところにいるほうがよい」との言葉に従い、退院までに亀田総合病院近くに賃貸住宅を探して、体調の回復と相談しながら、半年から一年を目処に鴨川に滞在したいと思います。そして、3月からインターネット、通信機器を駆使して社会復帰をします。想定外の事態ですがそれも人生！　現実を受け入れます。今まで応援をしてくださった皆さんには心より感謝しています。そして、今後とも引き続き宜しくお願い致します。

これからは、今までの健康な肉体的強者ではなく、肉体的弱者として、与えられた肉体で出来ることをして、心の筋肉を鍛え、今まで食べさせてくれた仕事に、人生を豊かにしてくれた筋トレ、支えてくださった職場の方々、家族、優しく心配してくださった親戚の方々、人生で

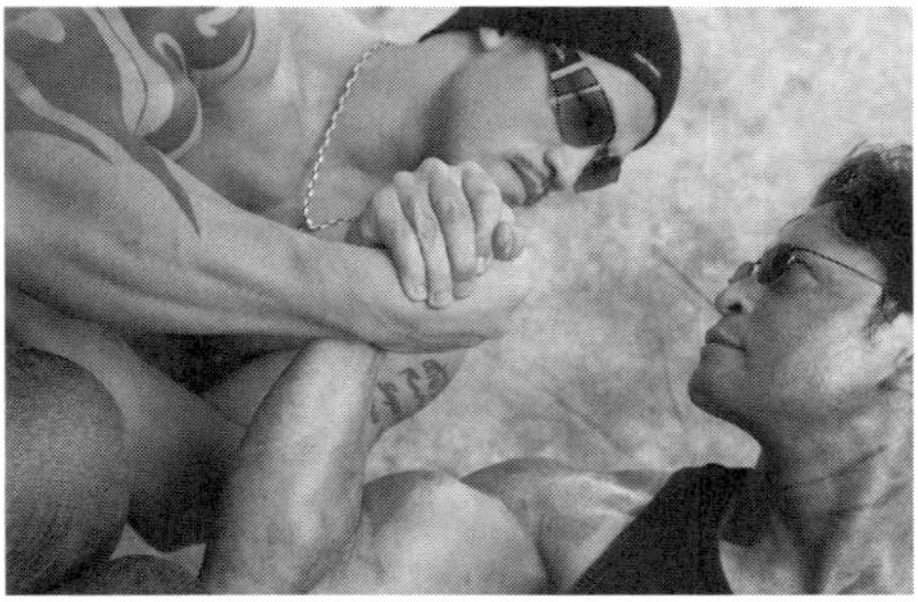

ゼウスとのツーショット。撮影してくださった写我さんに感謝！

奇跡の出合いをして共に歩んできて下さった友人たちに感謝して、ささやかでも何か恩返しが出来ればと思っています。沢山の温かい仲間達に囲まれて、私は本当に幸せ者です！

ゼウスからいただいた「ハンディキャップを物ともしない位に回復して、笑ってる吉賀さんになる様に心より願っております。勝つ心！　一番大切なのは、どんな逆境に立たされても勝つ心を持つ事だ！　勝つ！　勝つ！　勝つ！　できる！　できる！　なれる！　なれる！」という言葉を自分に言い聞かせ頑張ります。長いトンネルにようやく出口の光が見えてきました！！

95　筋トレ仲間からパワーをいただきました！（２０１８年１月12日）

一昨日から、咳が出だすと止まりません。鼻水も出てきました。昨夜は寝ようと横になると咳が連発で出ます。手術前の体であれば、「咳がでて、鼻水。これは風邪だな」とか分かるのですが、手術で気管孔という胸に開いた孔で呼吸をしなければならない、鼻水も自分ですする、吸い込むことが出来ない体では、それがよく分からないのです。以前にも書いたと思いますが、気管切開されて口、鼻と気管が繋がっていないため。喉にいがらっぽさを感じても、咳をして実際に空気が流れるのは胸に開けられた気管孔という穴なのです。これではいくら咳をしてもちっとも気持ちよくありません。そんな変わった咳に悩まされた夜でした。胸で直接、咳をすることになるので胸が痛い！　痛い！　睡眠もとれてないのでぐったりでした。ドクターに聞いてみても「今は空気が乾燥している時期だから、それが原因でしょう」とのこと。咳が止まらないため、リハビリはキャンセル。自主トレーニングもオフとしました。

そんな中、東京から石井さんが遠路はるばる見舞いに来てくださいました。石井さんは、トレーニングに非常に熱心で、多摩スポーツジムで私のパーソナルを数回受けてくださってからの友人です。コンテストを控えているのに怪我が多いので、それを考慮にいれて、その時の石井さんに出来るトレーニングを指導させていただきました。これからどんどん結果を出していこうと気合を入れていました。そのタイミングで私の病気発覚、手術、長期入院。それなのに忘れずに、しかも遠い鴨川まで綺麗な花を持ってお見舞いに来てくださいました。ありがたい。心から感謝いたします。

そして、咳による胸の痛みも忘れて、今後のトレーニングについての話に花を咲かせました。トレーニングという共通項で結ばれた仲間には本当にパワーをもらえますね。石井さん、本当にありがとうございました！

96　リハビリにトライ体幹理論を！（２０１８年１月13日）

気管孔からの気持ちの悪い咳は、峠は越えたもののまだ続いています。そして、今朝は目覚めたときから、手術と放射線治療で硬化、繊維化が進む首から大胸筋にかけての硬化した部分が突き刺さるように痛い。

そんな週末の鴨川の亀田総合病院に大阪高槻市にあるスポーツクラブトライの中川さんが見舞いに来てくださいました。丁度、リハビリの時間であったため、リハビリの様子を撮影していただきました。ありがとうございます。

そしてその後は、当然のごとくトレーニング談義に花が咲きます。言うまでもなく、中川さんはトライ体幹理論の有名トレーナーで多くのトップアスリートを育てておられます。私も４年ほど前にトライの門をたたき、５時間にわたってトライ体幹理論のパーソナルを京都のフィットネスアスリート、ミキティと共に受講しました。

トライ体幹理論

人間の健康、アスリートの競技能力向上に大切な基本は姿勢です。そして、正しい姿勢をベースに、幹に枝葉が伸びて茂るようにあらゆるスポーツの競技能力向上、トレーニング効果の向上、健康増進に応用ができるのです。それ以来、自分自身のトレーニング、チームＢＩＧ　ＴＯＥのメンバーへの指導、日常生活の中での姿勢に至るまで取り入れています。

今回、不幸にも気管癌を患い、両鎖骨、胸骨、肋骨４本を切除、右大胸筋を骨から剥がして引っ張り左大胸筋に縫い付け気管孔をつくるという大手術を受け、大きな後遺症が残る体になった自分ですが、トライ体幹理論が、このようなイレギュラーな体に応用できるものか大きな興味を持っています。上体を支える胸鎖関節が無いので、どうしても肩がすぼみ前かがみの姿勢になってしまいます。肩周りの筋肉はそれをカバーするために常に緊張状態になりかちかちに凝ってしまいます。その対策として、肩甲骨周りの筋肉の収縮、伸展、シュラッグ（肩すぼめ）、そして、トライ体幹理論の姿勢作りを採用しています。

無事、退院の暁には、是非、トライの門を再びたたきたいと思います。その節には、中川さん、宜しくお願いいたします。

咳と痛みでヘロヘロの中、昨日の石井さんに続き、今日は中川さんと大きな大きなパワーをいただいた週末でした。

※中川さんのブログ　https://ameblo.jp/try-senyu/

骨を切除し、大胸筋を骨から剥がした体でどこまで出来るのか！？トライ体幹理論で筋トレに挑む！

97　退院計画！（2018年1月16日）

昨年末から、自ら志願してリハビリに筋トレを追加。新年はもう退院に向けて回復しかないだろう！　空元気です。大手術後4ヶ月が経過、入院生活ですっかり使い果たしてしまった感のある「筋肉貯金」も「リハビリ筋トレで取り戻してやる。筋肉細胞で癌細胞の成長を止めてやる！」と意気込んでいたものの、現実は厳しいようです。

放射線による気管の爛れの回復が自分の想定より思いのほか遅いのです。それでも放射線治療終了後3週間。明らかに指の第一、第二関節ほどもある大きな血痰が姿を消し、出血が減っているのがわかります。医師によると気管支鏡検査も良好のようです。…と、安心もつかの間、今度は今までなかった頻繁に出る咳に悩まされる毎日をおくることになってしまいます。この季節独特の空気の乾燥が原因なのか、巷で流行っている風邪、インフルエンザのたぐいではないだろうか？　と悩んだのですが、鼻水は出るものの熱も出ずだから、空気の乾燥か軽い風邪なのでしょう（ドクターが平然と構えているということは、大きな問題ではないのでしょう）。

しかし、いつまでも入院しているわけには行きません。入院も1、2週間なら疲れをとるのに丁度いいかもしれませんが、私のように4ヶ月を越えるともう心身ともにリアル病人になってしまいます。家庭で、実社会で生活しないといつまでたっても体も回復しない、下手をすれば鬱になってしまう気がするのです。

そこで、1月末には退院をするという計画で動いています。そのためには…

①気管の炎症、食道炎が治ること、

②気管孔が落ち着き、狭窄が起こらない、もしくは交換可能チューブがあること、

③超音波ネブライザーを購入して自分で痰がとれること、

④吸引器まで必要かどうかの判定、

そして、そして、

⑤何よりも命を守るため主治医N医師の勧める「何かが起こったとき、すぐに病院に行ける場所での居住」

（「誰でも出来ない、事例が少ない手術であること、放射線治療後ということで何が起こるか分からないので、退院後も関西には帰らず病院にすぐに来ることが出来るところに居ることをお勧めします」というN医師の勧めです）。

最低限これらをクリアされなければなりません。

①は、時間が解決するでしょう。実際、食道炎はほぼ落ち着いてきています。気管はあと1～2週間でしょうか。

②これが、スーパードクターN医師も予測不能の命にかかわる問題点です。

③オムロンの超音波ネブライザー（10万円）を購入します（昨年11月に購入した家庭用コンプレッサーネブライザー（2万円）では私にはダメでした）。

④吸引器は保険として購入もいいかもしれませんが、不要と思っています。

⑤亀田総合病院に10分以内で駆け込める距離の住居を見つけ、両方の家賃を払う余裕はないので埼玉から引越しします。

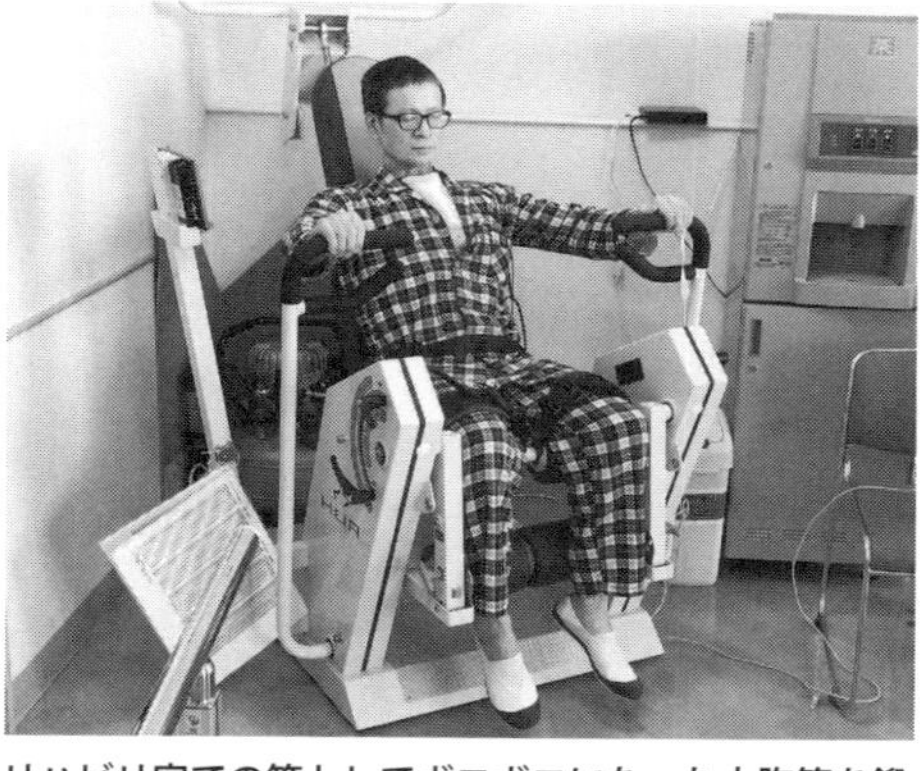

リハビリ室での筋トレでボロボロになった大胸筋を鍛える。女の子よりも軽い負荷ですが

しばらく、体調が落ち着き普通の社会生活が出来るようになるまで、リゾート地鴨川で、でっかい太平洋を見ながら家内とふたりで暮らすのも悪くない！　さあ、作戦は立ちました！　あとは、実行あるのみです。

98　仕事仲間と社会復帰（２０１８年1月17日）

・今日のトレーニング
1月末退院に向けて歩くこと下半身重視のトレーニング
○トレッドミル　20分
○レッグイクステンション　３セット
○シーテッドレッグカール　３セット
○チューブサイドレイズ　３セット
○コンセントレーションカール　３セット
○クロスチューブプレスダウン　３セット
○レッグレイズ　１００回
○ワンレッグカーフレイズ　３セット
○肩の可動域改善のテーブル拭きストレッチ

今日は激しい雨の中、仕事関係の友人たちが鴨川まで来てくださいました。ありがとうございます！　また、赤羽に飲みにいきましょう！

退院後は出来るだけ早く社会復帰したいものです。でも、もう営業の仕事は出来ないなあ…。できることをやろうと思います。宜しくお願いいたします！

肩の可動域改善のテーブル拭きストレッチ

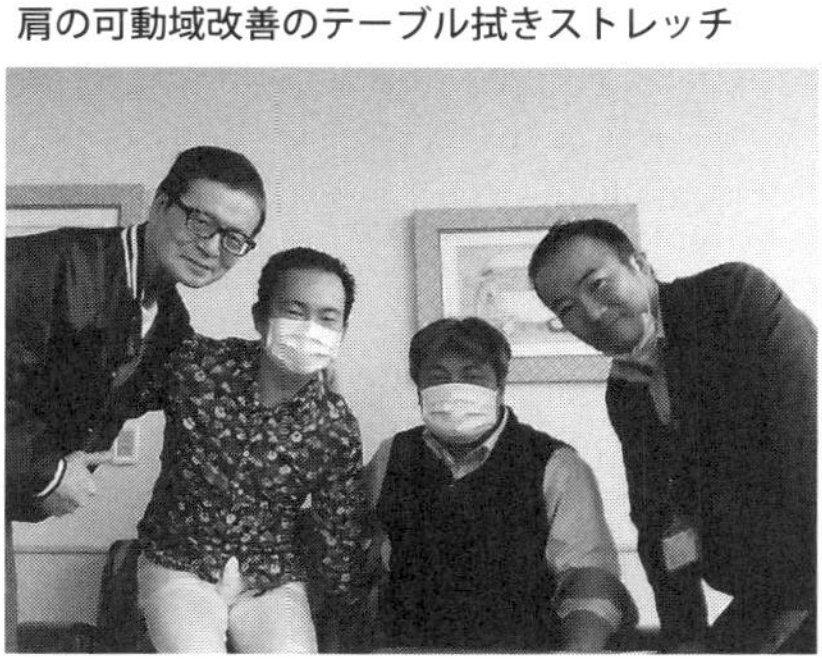

99　組織硬化の痛み（２０１８年1月20日）

医師にはわからない経験して初めて分かる手術による傷の回復過程、放射線治療で起こる組織の硬化と痛み★

以前、外科手術時の痛み、術後の痛みと麻酔、痛み止めについて話しましたが、今日は術後の傷の回復過程に起こる組織の硬化、放射線治療による組織の硬化に伴う痛みについて述べてみたいと思います。硬化には個人差が結構あるようなのですが、ご参考のために。手術以来、必死のパッチでストレッチをしているのですが、胸から首にかけての組織の硬化、ツッパリが酷くなっています。特に寝起きは「かっちかちやぞ！」で最悪です。しかし、これを怠ればもっと酷いことになるのでしょう。主治医N医師の言う「外科手術の傷が治癒するときに組織が硬化します。放射線治療によって数年にわたり組織の繊維化が進行します」ということなのでしょう。しかし、それは命と引き替えとは言え、毎日のことであり本人にしかわからない痛みで、「NO PAIN, NO GAIN!」を信条とする自分にとっても結構辛いものです。

手術による後遺症、合併症や放射線治療で起こりうる副作用についてはもちろん事前にドクターから説明されるのですが、放射線の主治医からも組織硬化、繊維化の事前説明はありませんでした。聞いたのは皮膚炎、食道炎、痰が増える、放射線肺炎くらいです。結構大雑把だと私は思います。個人差もあるし、起こりうることのすべてを網羅できる説明などはないことも分かっていますが、個々に起きたことについての丁寧な説明は必要だと思います。

「固くなります」とドクターは当然のように言いますが、患者にとっては当然ではありません。アスリートの端くれにとっては柔軟性が無くなるのは大きなショックです。ドクターにとって第一の目的は、『癌を切除して再発のリスクを減らすこと』なんですね。それに大抵の場合、ドクター自身、その痛みを身をもって経験したわけではないので、組織が硬化する痛みがどのようなものであるかは当然わかるはずがありません。私も経験して初めて知りました。それは、私の場合、例えていうと、筋肉が石のような、甲羅のような固まりになって、肉に押し付けられて食い込んでいるような、割れた茶碗のぎざぎざを胸におしつけられているような痛みなんです。私の場合、元ボディビルダーということで、

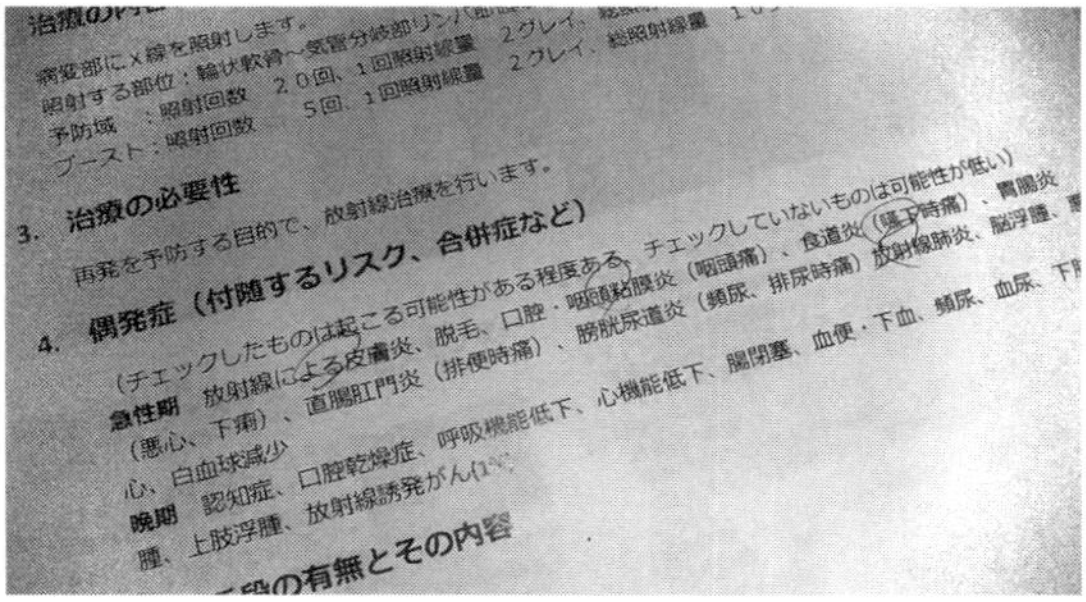
照射する部位：輪状軟骨～気管分岐部リンパ
予防域　：照射回数　２０回、１回照射線量　２グレイ、総照射線量
ブースト：照射回数　　５回、１回照射線量　２グレイ、総照射線量
3.　治療の必要性
再発を予防する目的で、放射線治療を行います。
4.　偶発症（付随するリスク、合併症など）
（チェックしたものは起こる可能性がある程度ある、チェックしていないものは可能性が低い）
急性期　放射線による皮膚炎、脱毛、口腔・咽頭粘膜炎（咽頭痛）、食道炎（嚥下時痛）、胃腸炎
（悪心、下痢）、直腸肛門炎（排便時痛）、膀胱尿道炎（頻尿、排尿時痛）放射線肺炎、脳浮腫、
心、白血球減少
晩期　認知症、口腔乾燥症、呼吸機能低下、心機能低下、腸閉塞、血便・下血、頻尿、血尿、
腫、上肢浮腫、放射線誘発がん
段の有無とその内容

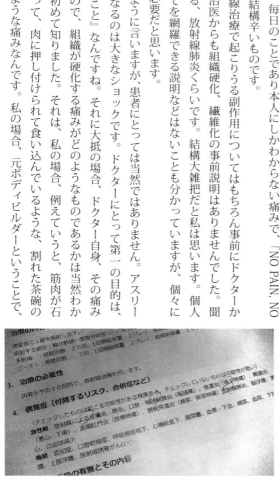

筋肉量が並の人より多いので余計に硬化する固まり（マス）が大きいのできついのかもしれません（だとすると、筋肉が大きい人は筋肉を切断、縫合する手術は不利となります）。それは、到底、簡単に我慢出来る、慣れることが出来るものではありません。首も同じく。胸に気管孔を作るために胸骨、鎖骨、肋骨が切除され胸鎖関節がないのですから、本来、頭骨から胸骨に付着している胸鎖乳突筋は大胸筋に縫い付けられているのですから硬化が起こるのも当然なのかもしれませんが、喉にギザギザのついた猿ぐつわをはめられているような痛みと喉が圧迫されて息が詰まりそうな感覚なのです。これが「まだまだ固くなります」って言われても、「これ以上固くなったらどうなるの？　一生これと付き合わないといけないの？」と思ってしまいます。私のような外科手術、放射線治療を受ける方は、心しておくべきことと思います。経験して初めて分かる手術による傷の回復過程で起こる組織の硬化、放射線治療によって起こる組織の硬化、繊維化による痛みについての私の率直な意見でした。とは言え、もう後の祭りです。出来るだけ早期に退院して、自身の回復力を信じ、手術で命と引き換えに与えられた肉体で出来ることをやり、社会復帰、ジム復帰、トレーナー復帰を目指します！　うん、もう、それしかない！

ダンベルフライ　もうこんなことは一生出来ないでしょうが、出来ることをしっかりやろうと思います

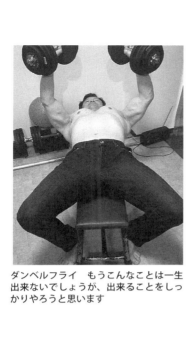

100　楽しく生きてエイエイオー　気管支の腺様嚢胞癌治療中～（２０１８年1月21日）

★気管支内に出来た腺様嚢胞癌

「ＢＩＧ　ＴＯＥの筋肉BLOG」に、か～ささんという子育てをされている女性から書き込みをいただきました。彼女は私と同じ気管支内という厄介なところに、腺様嚢胞癌という厄介な稀少癌を発症されて勇敢に戦っておられます。

私自身、昨年の6月に喉の違和感で病院に行ったことをきっかけに癌宣告されました。防衛医大、国立がんセンター、亀田総合病院とセカンドオピニオン、サードオピニオンと渡り歩きました。

その結果、医師の診断では、重大な後遺症を伴う、しかも危険な外科手術を受けなければ、３ヶ月位で気管の径の3分の2を占めている癌で窒息死するだろうとのこと。しかも、手術をするにもすでにギリギリの段階に来ているため、1週間で命をかけた手術を受けるか、放置して3ヵ月後に逝くかの選択を迫られたのでした。そして手術。

しかし、その後から今日に至るまで、その厄介な気管内に厄介な腺様嚢胞癌を患っている人に出会ったことがありませんでした。

「はじめまして！　私もＢＩＧ　ＴＯＥさんと全く同じ病気の、気管支内に癌が出来た、腺様嚢胞癌に罹患してます。腺様嚢胞癌の仲間はたくさんいますが、私と全く同じ気管支内原発の 腺様嚢胞癌の人には今まで出会った事がありませんでした。ですから、あまりに驚いてコメントしました。よろしければいつかぜひお会いしたいです。大変な手術をされたようですが、その後、体調はいかがですか？

お体に気をつけてお過ごし下さいね。腺様嚢胞癌の仲間達の繋がりの場として、『TEAM ACC』があるのはご存知ですか？　リーダーのはまさんが、同じ腺様嚢胞癌の仲間を見つけるためにと立ち上げて下さりました！　よかったら私の今までの経緯も載せてある腺様嚢胞癌の仲間達の体験記がありますので見てみて下さい！〝決して一人じゃない！〟私は、この言葉にいつも救われています。ＢＩＧ　ＴＯＥさんも仲間ですから。ずっと応援しています！

か～さ２０１８．１．20　22：2：38」

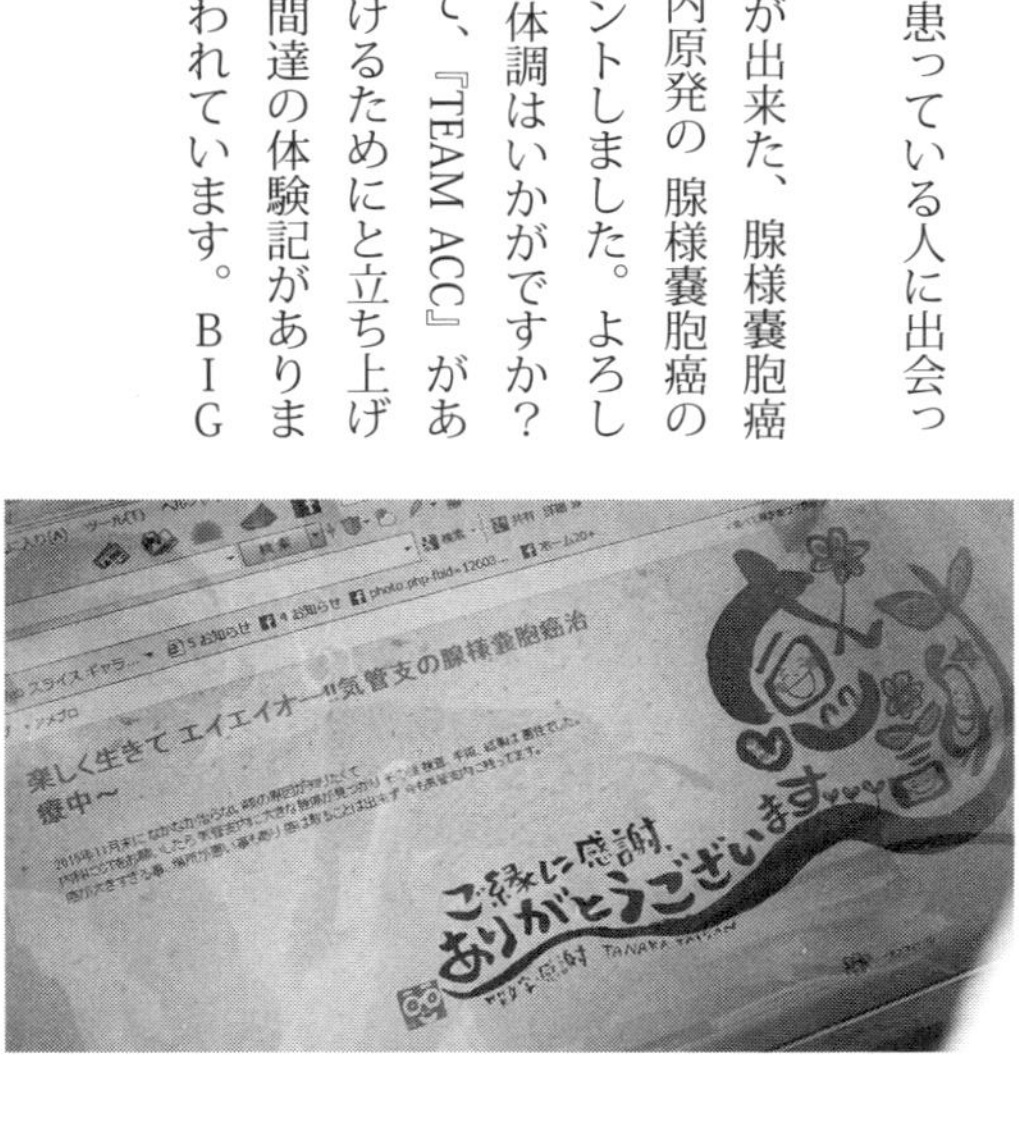

か～ささんは、自ら「楽しく生きてエイエイオー！　気管支の線様脳胞癌治療中～」というブログを開設して、自らの闘病記を強い心を持って公開しておられます。生きることへの強いパワーを感じます。同じ気管内腺様嚢胞癌に罹患しているものとして出会いの必然性を感じます。

「そう、僕たちは一人じゃないんです！」近未来にともに全快し笑顔でお会いしたいものです！

※か～ささんBLOG　https://ameblo.jp/kysua/

※ TEAM ACC　https://team-acc.amebaownd.com/

101　6度目の「三途の川」（２０１８年1月27日）

昨日午後一時すぎに突然気管孔に痰がつまり、息が出来なくなりました。ナースコールの連打！　担当ベテラン看護師Wさんが駆け付け、吸引をかけます。しかし、目で確認できる範囲には何もみえません。「ゆっくり、深呼吸をしてください」と言うけれど、気管に全く空気が通らないから、深呼吸など出来るはずもありません。それでも生きるために必死で咳を試みます。「大丈夫！」、「大きく息吸って！」K看護師、M看護師の声が聞こえます。M先生が飛んで来て、チューブを一旦抜いて、奥に詰まっている痰をとって気道確保。息が出来るように（チューブの出し入れは医療行為になるから看護師はできません）。６度目の「三途の川」を見た瞬間でした。

「今度はあかんかなあ」と思いました。

T医師も来て「やはり、チューブがかかってないところが狭くなってきています。今から麻酔をしてチューブの入れ直しをやります」早速、点滴の針が入れられ薬液が入れられます。間もなく意識がなくなりました。麻酔から覚めました。再び、気管孔にチューブが縫い付けられていました。主治医のN医師は、「必ず落ち着いて良くなります」と言いますが、本当にいつになったら普通に呼吸ができて普通の生活ができるようになるのでしょう。

1月末の退院を目指していたのですが、断念せざるを得ない状況です。しかし、まだまだ！　2月中旬までには退院できるように頼れる担当医（息子のような若者ですが）T医師と作戦を練る週末です。

102　どの道を選んでも後悔はあるのです…（2018年1月29日）

昨年、「この癌には外科手術しかない。手術しなければあと3ヶ月で窒息するだろう。手術するにしても出来るギリギリの線まで来ている」という診断を複数の病院で受けました。そして、2017年9月12日、ここ千葉県鴨川の亀田総合病院で手術。手術前、「入院は約4ヶ月」と聞いていました。「ということは、年内入院ということか…」と覚悟はしていたものの、当初、開けてみて癌が食道に浸潤していたら食道切除、小腸移植と聞いていたのですが、幸いにも食道への浸潤はなく残すことが出来たので「入院期間が短くなるのでは?」と思っていました。しかし、現実は過酷です。丸4ヶ月を越えてもうすぐ足掛け6ヶ月に入ります。しかも、今回の手術の合併症のひとつで命に直結する永久気管孔の狭窄傾向があり完成の目処すらついていないのですね。そうなってくると、主治医のN医師は、「必ず落ち着いてきます」と言いますが、「本当に退院できるのだろうか?」「社会復帰出来るのだろうか?」遂には「この手術をするという選択は正しかったのだろうか?」と思考が後戻りしてくるのです。そこで、女々しくも再考です。

気管に出来た腺様嚢胞癌。進行は遅いが、有効な抗がん剤がない、放射線も効果が見込めない、重粒子線も使えない、気管壁、軟骨部がやられているため遺伝子療法、免疫療法も不可。残る方法は、外科手術のみ。その後、いろいろな方々から「この療法はどうか?」とご意見を頂きましたが、やはり、「この強敵をやっつけて生き延びるには一番やりたくなかった外科手術しかない」という結論を覆すものには出会えていないのです。そして、手術!

再考①…もし手術をしなくてまだ生きていた場合、「もう、手術もできない、いつ、窒息するんだろう」と不安な日々を過ごしつつ手術しなかったことを後悔しているんでしょうね。

再考②…ブログに投稿いただいた「ももさん」のお父さんみたいに自分が癌ということを知らずにいきなり窒息死するのは、家族に伝えたいことを伝達出来なかったという無念の思いが残るのでしょう。

そうなると、やはり再考③…「生き延びる可能性を追及するなら気管に出来た腺様嚢胞癌の場合、外科手術しかない」という選択は人生に悔いを残さないためにも間違ってないのだと思います。なのに、ひとつしか選べないのに、もう後戻りは出来ないのに再考してしまう自分が情けないです。どの道を選んでも振り返ると後悔はあるのです。ここで、線引きです。もう、それなりに元気になって、献身的に尽くしてくれる、愛する妻と鴨川生活を楽しみます。後戻りは出来ない。前進するしかないのです。ただ、「手術をしなかったら窒息。手術をしたのに窒息」だけは避けたいものです。

103 「あんなこともあったねと…」（2018年1月30日）

今日は、二十歳代に大阪のナニワボディビルクラブで出会って以来、私にとって妹のような存在である恵理ちゃんが鴨川に御見舞いに来てくれました。実は、彼女自身、昨年、癌が見つかり手術（早期発見だったため内視鏡手術で全快しました。良かった！）した経験を持っているのです。

そんな妹がくれた言葉です！

「お兄ちゃんはまず何年か経って「あんなこともあったけど、今はこうして普通に元気に生活しているよ！」と言えるようになること。そして、それが同じ病気で苦しんでいる人々に勇気と元気と希望を与えることになるから」そうだよね。今は苦しいけど人生山あり谷あり！「あんなこともあったね」と笑って話せる日がくるよね！　恵理、ありがとう！

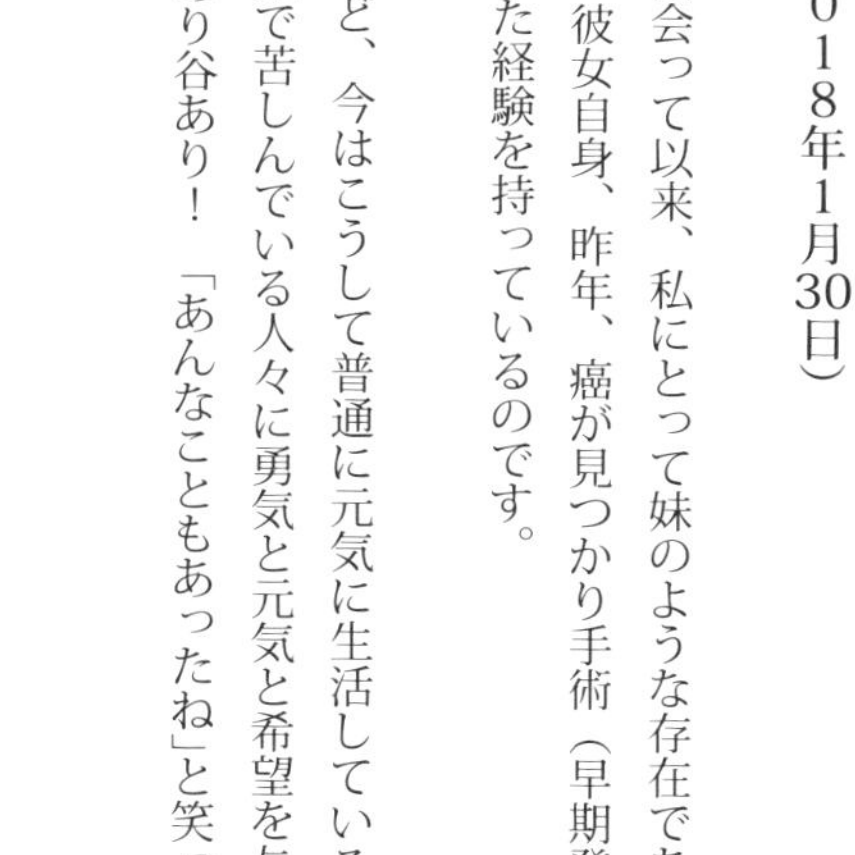

104 今このときを健やかな気持ちで楽しむ！（2018年2月3日）

2月に入りました。亀田総合病院に入院、大手術から5ヶ月、足掛け6ヶ月になります。命綱である気管孔にはまだ狭窄傾向があり、気管孔からチューブが抜けない状況ではあります。手術と放射線治療による筋肉、組織の硬化、繊維化による痛み、組織の硬化、神経圧迫による両腕の痺れは一生付き合っていかなければならないのでしょう。

そんな状況ですが、安心、安全な状況になるのを待っていたらいつまでたっても退院できません。また、主治医から退院しても『退院後、最低3ヶ月は何が起こるかわからないから、すぐに病院に来ることが出来るところに住むことをお薦めします』と言われていることから、妻の理解もあり、ここ鴨川に引っ越すことを決意しました。それに伴い2月12日退院を目標に治療と退院後の何かが起きた場合などのシュミレーションをして、生きるために必要な超音波ネブライザー、吸引機器などの準備を進めています。1月25日の6度

目の三途の川ツアー以来、体調が優れず、リハビリもすべてキャンセルしていたのですが、1日から自主リハビリと自主トレを再開しました。まだ、気管孔が詰まり窒息の可能性はあるのですが、埼玉から4時間に比べればマンションから病院まで徒歩10分。自分の生命力と運命を信じて退院します。6度の生還も自分の運と生命力なのでしょう。

今日は節分、大安です！　昨日から胸の硬化の痛みがキツく咳をするのも辛いです。そんな中、妻が埼玉から駆けつけて来てくれました。「鬼は外、福は内！」痛みが和らいで来ました！

【メールボックスには盟友か〜ささんからの贈り物が！】

○がんが治るのは、その人が恐れを手放したとき。

○「いま」に腰を据え、先行きへの不安を思い描かない。

○「いまこのとき」を十分に満喫しながら、がんについての不確かな状況に向き合える。

○疑いや恐れといった抑圧された感情を手放し、健やかな気持ちで「いま」を楽しむ。

○それによって、身体は安らぎ、治癒力は増していく。

つまり…、「不確かなものに不安、疑い、恐れを描かず、今このときを健やかな気持ちで楽しむ」ということでしょう。これは、私にとってなかなか難しいことですが、大切なこと。退院したら、今を心穏やかに楽しみたいと思います。

105　5ヶ月ぶりのシャワー　（2018年2月8日）

あと1日でピョンチャンオリンピック開幕です。その日に私たちも埼玉から居を移し千葉県鴨川での生活をスタートさせます。そして、翌週の12日には昨年9月11日からの入院生活にピリオドを打ちます。今度は逆戻りなしにしたいものです。

その日に向けて、昨日はシャワーに入る練習をしました。昨年9月12日、私は生きるために、喉頭部、甲状腺全摘出、気管切開、永久気管孔増設という大手術を受け、声を、口、鼻からの呼吸を失いました。それ以外にも枚挙に暇がないくらい、今まで普通に出来ていたことが出来なくなってしまいました。そのひとつとして、風呂に入れないということがあります。もともと、風呂は好きでトレーニングを習慣にしていたため、シャワー、洗髪は毎日欠かさない人間でした。その人間が手術の前日以来、風呂はおろか、シャワーすらしてないのです（下半身シャワーと上半身はタオル拭きです）。

理由は、胸に開けられた永久気管孔から水が入ると溺れ死ぬからです。しかし、せめて、何とかしてシャワーだけでもしたい。そこで担当医のT医師に協力を依頼しました。「何とか立位でシャワーを出来ないでしょうか。例えば、気管孔の上に雨をしのぐ軒をつけるような」

そして、探してくださったのが、これです。呼吸器治療を受けている子供さんが鼻と口につけるライトタッチフェイスマスクという装置のようです。早速、試してみましたが、使えそう。ただ、問題はいかに、骨をとって気管孔を作ったために凹んでいるうえに呼吸、咳をするたびに大きく膨らんだり凹んだり波打つ胸に固定するかです。T医師の構想では、『首と背中にゴム製のバンドをかけて引っ張る。それだけでは胸が凹んだ時に隙間ができ水が流れ込む可能性があるため周囲をパーミロールテープで目張りする』というものでした。膨らみ凹む皮膚と密着する部分がエアー構造になっているのが効を奏しました。結果、ゴム製のバンドはかけなくてもパーミロールだけでしっかり固定できました。5ヶ月ぶりのシャワー。人間らしい生活に一歩前進です。これで、硬化した首、喉、胸に温かいシャワーを浴びせることが出来ます。少しでも機能が改善できると思います。

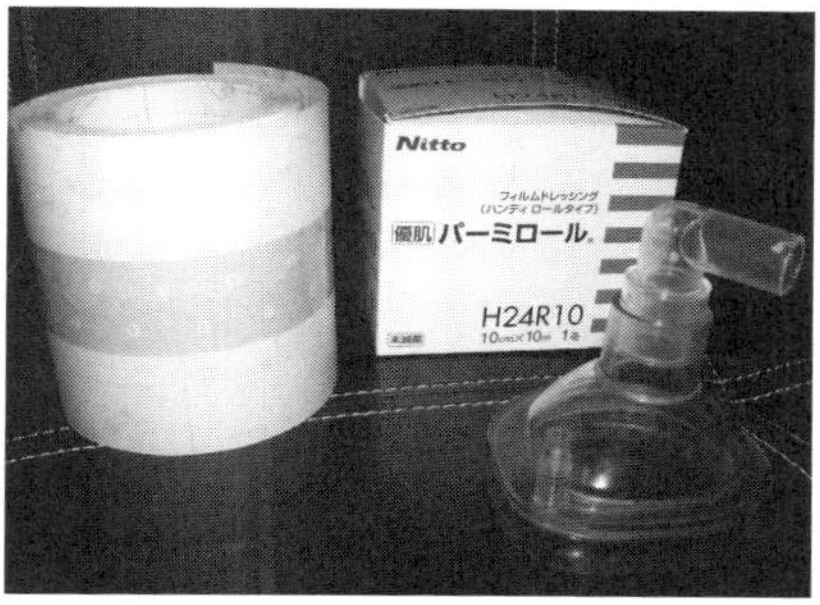

ライトタッチフェイスマスクとパーミロール

気管孔に水が入らないように治具をパーミロールテープでとめます。上から下への水の流れは防げます

106　生きるために失ったもの得たもの（2018年2月9日）

アフラックのCMで歌手のつんくさんが「歌手にとって命である声と引き換えに生きることを選んだ」と語っています。今までのように自ら歌いヒットを飛ばすことは出来ないが、作詞、作曲、プロデュースは出来る、そして、奥さま、お子様を思っての決断だったと思います。

私の場合、レベルは違いますが、生きるために、つんくさん同様声を失うとともに鼻、口による呼吸機能を失い、鎖骨、胸骨、肋骨を失ない、必然的に大胸筋を犠牲にしました。ボディビルダーである自分にとってはつんくさん以上の打撃ではないかと思います。ボディビルダーと言ってもこれからチャンピオンを目指す現役ボディビルダーでないことが救いではあります。生計をたてている営業という仕事も失ないました。今後の生活を考えるとこちらのほうが不安ですね。つんくさんは、ご家族とハワイへ移住されましたが、一般人である私にはそんな経済的余裕はありません。しかし、今後の治療を最優先に考え、亀田総合病院のある、主治医のいるここ鴨川への移住は理解ある妻の勧めで間もなく実現しようとしています。一年前には思いもしなかったことです。昨年11月には、年末には退院して、今頃は関西に帰っているだろうと思っていました。

いいことも悪いことも何が起こるかわからないのが人生。だからおもしろい！　そう思わないとやっていけません。「誰にでも経験できるものではない人生経験を神様が私に与えてくださったのだ」神は乗り越えられない試練は与えないと言います。私なら乗り越えることが出来るということなのでしょうか。正直、こんな試練欲しくないですが…。

私は先日、すべてを抱えてなくなった有賀さつきさんのように強い人間ではありません。弱音ばかり吐いています。しかし、カミングアウトすることで金銭には変えられないハートある家族、大勢のハートで繋がった友人たちに恵まれ強力な応援のエールをいただいています。絆を確認出来ました。退院後も自らの生命力を信じ、ハートフルな人々の応援を力に変えて乗り越えます。そして、家族、ドクター、看護師さん、親戚、友人と大勢の力によって生かされた命を、残りの人生を同じ病気で苦しむ人たち、自らのライフワークであったトレーニングに励む人たちの力になることに使いたいと思います。

LIVE STRONG　エイエイオー！

107　弱者の筋トレ、機能回復、リハビリのための筋トレ（2018年2月11日）

いよいよ明日退院です。全快ですっきりさわやかに退院するのではないのが残念！　鼠けいヘルニアなら1日入院、虫垂炎なら1週間なのだけれど、私のような一品料理の場合は人並はずれた体力でもそうは行かないことを、身をもって体験しました。しかし、自らどこかで線を引かないといつまで経っても退院出来ません。入院費がかさむばかりだし仕事もしなければ生きていけません。そこでリスクはあるものの思い切って退院し、退院後の生活での体力回復を考えて、半年に及ぶ入院生活ですっかり使い尽くした「筋肉貯金」を取り戻すべく治療しつつ鍛え直そうと、「亀田スポーツ医科学センター」の見学に行って来ました。

どちらかと言えば、トレーニングを指導する立場だった人間なので、指導は不要、セルフ12回の回数券を利用しようと思います。手術で、鎖骨、胸骨、肋骨を切除した体なので、上半身は左右のバランスがとり易いマシンを使うことになります。下半身は、レッグプレスマシン、ンッグカールマシン、レッグイクステンションマシンもあります。今の自分には充分な設備です。

五体満足、「健康な体での強者の筋トレ」から、「障害を持つ体での弱者の筋トレ」、「機能回復、リハビリのための筋トレ」をこれからは追及します。この骨のない、気管孔呼吸という体でどこまで出来るのか追求します。そして、障害のある人へのリハビリのための筋トレ、障害のある人の本格的筋トレ、身体的弱者の強くなるための筋トレを広く指導出来たらいいなと思っています。明日の退院が楽しみになってきました！

TRIN STRONG エイエイオー！

１０８　退院して自宅療養に入りました！（２０１８年２月15日）

２月12日月曜日、予定通り退院し自宅療養に入りました。前日から気管孔周辺が赤く腫れ痛むのが気になっていました。担当医のＴ医師が「一応、退院おめでとうございます」と病室まで来てくださいました。胸の赤みをはじめ気になること、退院後の食生活、お酒、今後の定期的なＰＥＴ、ＣＴ、採血などの定期検査の目的、治療についてなど幅広く説明を聞きました。ちょっと憂鬱になるような話もありましたが、「ドンマイ！」です！！

１週間分のお薬をいただき、いざ、退院です！　昨年９月11日入院以来（途中、一時退院がありましたが、出歩くこともできず、救急車ですぐに鴨川に搬送されました）。５か月ぶりの娑婆の空気です。病院にいると、室温も26度くらいで安定しているため、季節の移り変わりがわかりません。夏の終わりに入院し、秋が過ぎ、冬を迎え、年を越しました。巷では、インフルエンザが猛威を振るっているようなので、気管孔即肺という私にとってやばすぎる状況の中での退院ではありました。

そんな中、はるばる八王子から多摩ジムの老人さんが、奥様と鴨川にやってきて、私のために「退院祝い」を催してくださいました。老人さんとは、「親の血をひく兄弟よりも固い契の義兄弟」の盃を交わし、金目鯛、刺身をはじめとする豪華な和食を美味しくいただきました。

昨日、今日と急激な変化に体がびっくりしたのか、胸から首の硬直部と腕の痺れが暴れていますが、命の綱である気管孔は今のところ大丈夫のようです。そして、明日は呼吸器外科外来で退院後初めての気管支鏡の検査があります。問題なければ、亀田スポーツ医科学センターに申し込み、来週からリハビリを兼ねたトレーニングを再開したいと思います。鴨川、良いところです！　人生のひと時を家内とふたりで美しい海と山を眺めながら食事をし、生活をする幸せを満喫したいと思います。

１０９　湯ぶねでの半身浴（２０１８年２月18日）

早いもので、明日で退院から1週間が経ちます。明日は主治医Ｎ医師の外来、ＣＴ、血液検査です。術後の経過確認とともに、再発、転移がないかの確認なのでしょう。退院後の体調は、相変わらず痰に振り回され、筋肉の硬直、繊維化による痛みも強く、入院中と大きな変化はありませんが、以前のように血痰が頻繁に出て詰まるという状況ではなくなっているのと、家族とともに埼玉からの引っ越しの荷物整理という仕事があるので時間が経つのが早く感じます。

家では、シャワーと湯ぶねでの半身浴が出来るようになったので徐々に体調改善が見込めるかもしれません。実際、半身浴をすると首、胸の硬直が一時的ですが和らぐようです。亀田スポーツ医科学センターでのリハビリトレーニングも始まります！

１１０　放射線治療による組織の硬化は一生続く!?（２０１８年２月19日）

主治医Ｎ医師の外来受診、造影剤ＣＴ、血液検査の日でした。検査につきものなのが、注射なのですが、これだけは何回経験しても好きになれません。長い入院生活でほぼ毎週のようにＣＴ検査だの、気管支鏡検査だの、採血だの、点滴だのの都度に血管にぶちこまれる注射。お陰様で血管はだんだん固くなり針が入りにくくなってきます。

そうなってくると若い看護師さんでは、失敗、やり直しが増えてきます。失敗、やり直しは、長い入院生活でただでさえ滅入ってきている心に追い打ちをかけます。「もういいから、出直してきて！」となってしまうのです（笑）。

首、胸、腹にかけてのＣＴ検査の結果は、今のところ、再発、転移は認められないとのこと。ただ、右の肺に放射線治療の副作用である軽い放射線肺炎が認められるとのことでした。血液も特に問題はなさそうです。しかし、まずは今の苦しい状況を脱することなので、「気管孔はいつになれば安定してくるのですか？」との質問を投げかけてみましたが、5月から6月頃ではないかとのこと。早く来い来い6月です！　目標があるほうが人間頑張れますから。胸から首にかけての硬化と痛みについては、「放射線による硬化は一生続く

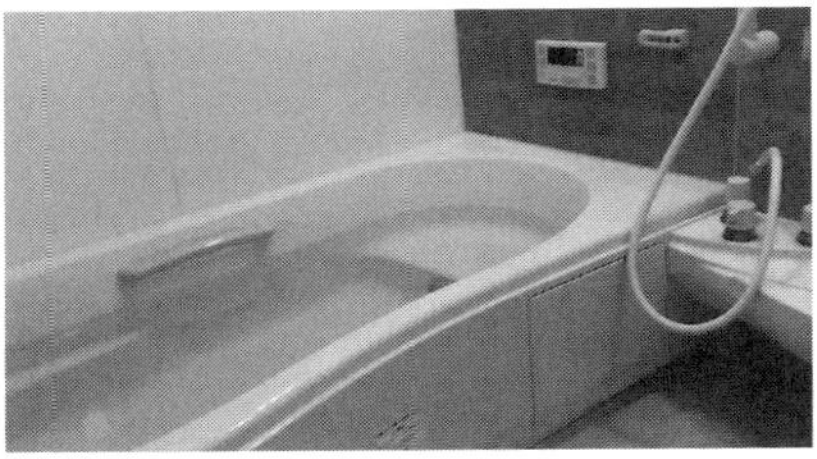

（涙）…、痛みは時間の経過とともに減ってくる」とのことでした。私が何度も聞くからでしょうか？　前に同じ質問をしたときには、「硬化は数年続く」と言われたのが一生に。なにか悲しいです。でも、可能な限りそんな常識？　に抵抗したいと思います！

１１１　古傷が疼くから今日は雨だな（２０１８年２月21日）

「古傷が疼くから今日は雨だな」といったことをよく聞いたものでしたが、今日の私の状況がまさにそれでしょう。「冷えてきたなあ。手術痕がチクチク疼きやがる」

手術痕、放射線痕が固まり疼くは毎日のことなのですが、その日の気候、気温などの環境によってか、痛みに波があります。ここ２日間ほどは、ここ鴨川も冷え込んでいます。ズキズキ、チクチク痛いです。対策として、昨日は長めに半身浴をしました。これで筋肉の硬化、繊維化が急に良くなることはないのでしょうが、血行が良くなるためか、一時的とは言え痛みが緩和されるようです。シャワーを浴びたり、風呂に入るときには気管孔をシャワー用のキャップで防水処理をしなければならないので、結構、面倒くさいのですが、前向きに考えて、今夜も今から入ろうと思います。今日は、固まって疼く体をほぐすために家内と亀田総合病院まで歩き、住み慣れたＫタワーの最上階13階にある「亀楽亭」というレストランに初めて行って食事をしてきました。海の幸たっぷりのどんぶり「まいう！」でした。

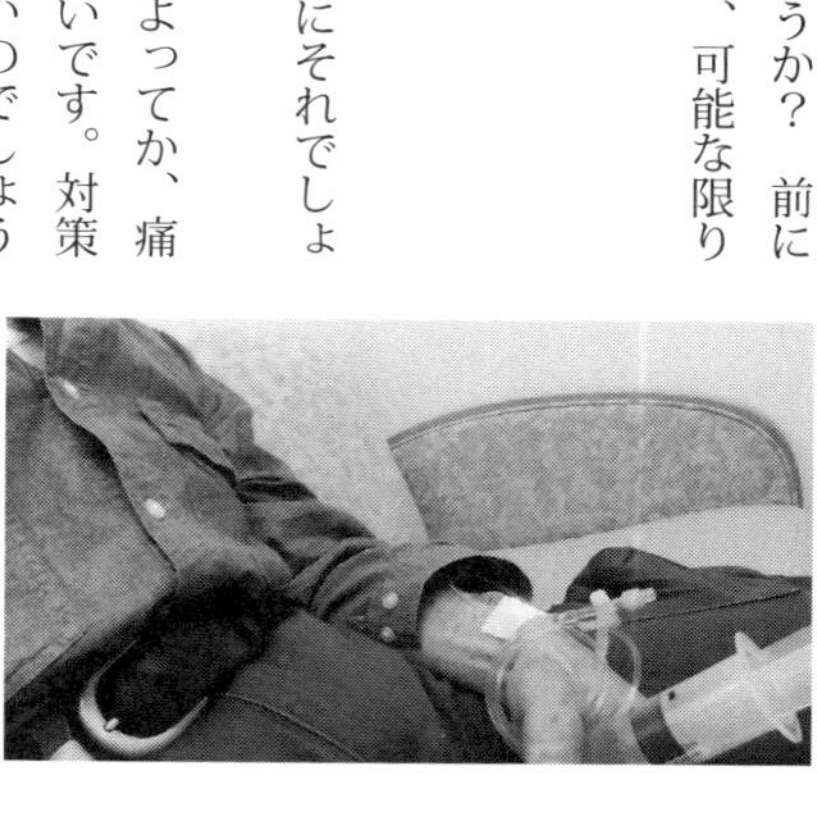

帰りに亀田スポーツ医科学センターに立ち寄り、確認をしたところ、センターでのリハビリトレーニングは、１回目は所謂オリエンテーションのようなものを受けないといけないようなので、早速、予約をとりました。現在、混んでいるので３月１日ということですが、それさえ受ければ、２回目からは回数券で自分の都合のよい時間にマイペースでトレーニングをすることが出来ます。当面は筋トレというよりも硬化防止、痛み緩和のためのストレッチ、血行促進が目標ですから、その日に備えて自宅でのストレッチとマンションの階段の上り下りで体調を整え基礎体力を回復させます。

112　オリンピックが閉幕したが花粉症が始まった！（2018年2月26日）

我が家が埼玉からここ鴨川に移住した日に開幕。12日退院後から自宅療養中の楽しみとして観戦していたピョンチャンオリンピックが閉幕しました。

日本の若いアスリートたち捨てたもんじゃあない、いやいや本当に素晴らしいですね。冬季五輪以外でも、卓球しかり、マラソンしかり。記録やレベルというものは、時の経過とともに破られるもの、伸びていくもの、向上していくものですが、人間には限界があります。例えば、100m走や、ウエイトリフティングのようなフィジカルパワーがものをいう競技では、今以上の伸びしろがあまり期待できないでしょうが、フィギュアスケート、体操、卓球といったような体力+総合的なテクニック+芸術点で競う競技では、人間の限界はどこにあるのだろうと思ってしまいますね。

フィギュアスケートの羽生君、宇野君、スノーボードの平野君、卓球の張本君、スポーツではないけれど将棋の藤井君、かつて、新人類という言葉が流行りましたが、まさに持っているものが違う新人類という気がします。

自身の現実に戻って…、今日は「気管孔の体で花粉症はどうなるのか？　鼻で呼吸しないのだからひょっとしたら無くなるのではないか？」という期待は見事に裏切られました。家内と近所まで食事と買い物に出かけたのですが、目はうるうるして、目頭は痒いし、鼻水は川の流れのごとく垂れ流しでマスクの中はぐしゅぐしゅ、鼻がむず痒いのでくしゃみをすれば、口、鼻からではなく気管孔から思いきり咳き込むように空気が噴き出すので胸が痛い！　さんざんでした。いらいらしてきて家内にはあたるしね。あきまへん。人間出来ていません。去年使っていた花粉症の薬は使うと気管孔にどんな影響があるかわからないしね。まったく困った体になったものです。

まあ、生きてる証拠かな。生きてるだけで丸儲けと行きましょう！

113　大丈夫です！（2018年3月2日）

昨日は、リハビリ筋トレ初日のオリエンテーション日だったのですが、日本を襲った爆弾低気圧の影響で、ここ鴨川も台風のような強風と雨に見舞われました。

午後には雨は上がって太陽が顔を出してきたものの依然として風は台風並み。裏山を見れば杉林が波打っています。花粉症が気管孔に与える多大なる影響を考えると思わず足がすくみ、トレーニング予約をキャンセルしていただきました。

そして、今日は朝から気管支鏡検査です。胸に開いた気管孔という孔からカメラを挿入して気管支内の状況を見ます。幸い、放射線による炎症はほぼ治まっているとのこと。併せて命とりになる気管孔の狭窄を抑えるエアウエイチューブにたまる痰の除去をしていただきました。エアウエイは今まで糸で胸の気管孔周りの肉に縫いつける方法をとっていたのですが、縫うとその周囲が慢性的に赤く腫れて炎症を起こすだけでなく、最近は縫いすぎで皮膚が弱りもはやこれ以上縫えない状況になっていました。そこで今日からチューブをテープでとめ、キャップで押さえる方法へと切り替えられました。これには縫いつけるのに比べると迂闊に咳をするとエアウエイが気管孔から飛び出すというリスクがあります。まあ、しかし、縫う痛みと炎症による痛みがなくなることを考えると一歩前進。自分でチューブの出し入れが苦も無く出来るようになれば、窒息の危機に怯えることもなくなるはず！　間違いなく一歩前進です。

強風を避けるため？　普段はサーファーが陣取っているビーチをこの日は大量のカモメが！まさにヒッチコックの鳥状態でした

そして、花粉症対策に飲み薬フェキソフェナジン錠と点眼薬フルメトロン0・2％を処方していただきました。これで月曜日に延期したトレーニングに安心して向かえます！！ここのところ、手術痕、放射線照射部の硬化の痛みとお友達みたいになっていますが、痛いのは生きている証拠！　自分にとってトレーニングは生きている証明！　大丈夫です！

114　心のどこかで手術前の健常者の体を求めているのでしょうね（2018年3月6日）

昨日、雨の中、亀田クリニック内の「スポーツ医科学センター」に行ってきましたが、朝からの雨で体の硬さに拍車がかかり痛い！

…ということで、かるくマシンを触るだけでした。ラットマシンプルダウン、手術前までは大好きな種目だったのですが、ハンドルを握ろうと腕を上げるだけで右肩が痛い！　ショルダープレス、チェストプレスも右肩が痛くてスタートポジションにさえ入れない！

これは術後、入院中のリハビリでは無かった症状です。筋肉の硬化が進んでいるのかもしれません。

「生きる」ための気管孔を作るために、鎖骨、胸骨、肋骨を切除し、右大胸筋を肋骨からはがしてベースにしているのだから運動に障害が出るのは当然と言えば当然かもしれません。回復に紆余曲折があるのも時間を要するのも当然かもしれません。普通に五十肩になっても、運動で痛めても治るのに半年、1年かかるのですから。しかし、「鎖骨、胸骨、肋骨がないということは、胸鎖乳突筋、斜角筋は一体どこに繋がっているのでしょうか？」これも疑問でしたが、T医師に確認したところ大胸筋に縫合されているとのことでした。一応、可動範囲は狭くなっているものの、ちゃんと首はまわります。外科医って本当にすごいと思います。

やはり、口では「障害覚悟の生きるための選択」と言いながら、心のどこかで手術前の健常者の体を求めているのでしょうね。気持ちを切りかえて、マイナスからの再出発をします。痛みで出来ない種目は割りきってスルー。レッグプレス、レッグイクステンション、レッグカールといった下半身をやります。プルダウンは無理なら、痛みのないローイングといった出来る種目をしっかりやりこみます。それが今後も続く癌との戦いの武器にもなるのですから。あと1か月もすれば暖かくなるでしょう、花粉の季節も去るでしょう。手術前にボディガーと約束したどんな体になってもその体で奇跡を起こします。ゼウスと約束した10年後、20年後に笑って一緒に筋肉の話をしながら食事が出来るように回復します！

115　エアウエイチューブの交換を自分自身でやることになりました（2018年3月7日）

今日は、病院デーでした。朝一番から頭頸部外科のスーパードクターK医師の診察と内視鏡、エコー検査を実施。前回の血液検査の結果、手術で甲状腺を摘出しているため一生服用しなければならない甲状腺ホルモン剤レボチロキシンNa錠50マイクログラムを術後甲状腺ホルモンが減少していたため4錠飲んでいたところを、3錠に減らすことになりました。カルシウムも足りているので服用しなくてもよいとの指示が出ました。エコーでの咽頭部検査、内視鏡での食道、気管孔検査も異常は認められないとのことでした。

ついでに「お酒も晩酌程度なら飲んでもいいですよね」と聞くと「飲酒が原因の病気ではないから適量ならOKですよ」との返事をいただきました。ありがたい！

午後からは、呼吸器外科で、担当医のT医師に気管孔の狭窄が治まり安定するまでのメンテナンス治療についてのアドバイスをしていただきました。私のような気管孔を胸部に作成するという手術は前例が少なく個人差も大きいために確立された道筋、見通しがなくドクターと患者の二人三脚での試行錯誤が大切になってきます。

その結果、気管孔に挿入されたエアウエイチューブの交換を今まではドクター任せだったのを明日から自分自身でやることになりました。その練習もしました。痛いし不安もありますがやるっきゃない！　なせば成る！　です。

加えて、私がもともと持っている花粉症への対応。これも胸部気管孔の患者で花粉症持ちへの対応例がないため、ある程度試行錯誤になるようでした。気管の大部分が切除され、鼻、口で息を吸ったり吐いたり出来ないので鼻水の垂れ流し状態はかなり辛いし、気管孔でのくしゃみも胸が痛くなります。気管孔のベースにしている大胸筋もトレーニングをしたわけでもないのにくしゃみのし過ぎで痛みます。筋肉の痛みは自らの回復力で時間をかけて治すとして、花粉アレルギーによるくしゃみと鼻水は何とか薬でおさえてほしいものです。新たにアレロックOD錠、アタラックス－Pカプセル25㎎の2種類の薬を処方していただきました。

お酒のお許しが出たところで、今一人で一足早い快気祝いをしています！　飲める幸せ。生きている気がします（笑）。

116　チューブ交換うまくいきました！（2018年3月9日）

昨日、今日とT医師の指導通りに自宅でエアウエイチューブの取り換え、洗浄、再挿入を実施しました。9月の術後、ICU、HCUを経て一般病棟に戻ってからもしばらくは自身の手術による傷口、創設された気管孔を見る勇気がなく、初めて目の当たりにした時のショックは、思わず目を伏せ、そのグロテスクさに落ち込まざるを得ませんでした。

そして、来週の12日に手術から半年を迎えます。縫合した傷は、今なおツッパリ感、痛みがあるものの、手術で筋肉を骨から剥がし縫合したために起こる左右非対称のズレは生きるため仕方がないものの、術後に比べると見た目には傷口はだいぶ見れるものになってきました。気管孔は、当初は「えっ、こんなにでかい孔なん！」と思ったものが、11月には狭窄で小さくなり、今は狭窄が落ち着くまでチューブ挿入された状

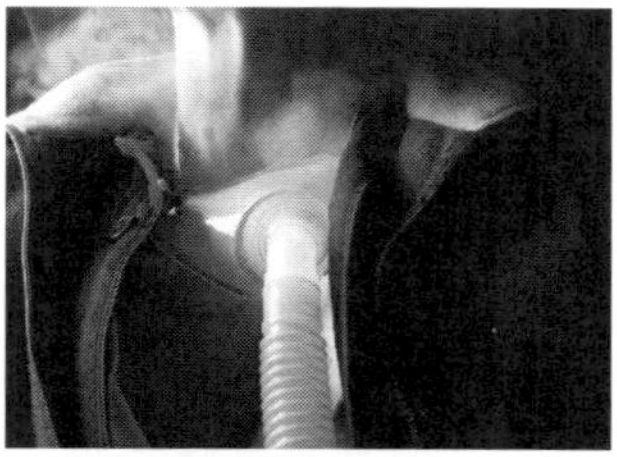

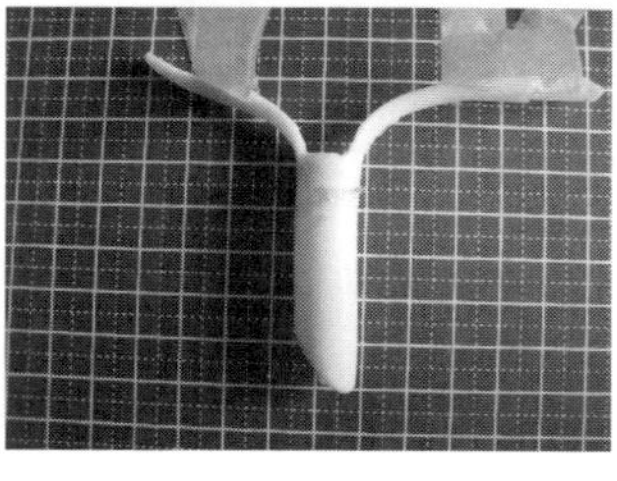

態なのですが、流石に慣れてきました。

まず、ネブライザーをかけて、気管孔を潤し、エアウエイチューブを抜けないように固定しているテープを剥がし、チューブを抜きます。再び入れる時に方向性があるのでそれを確認して、気管孔の痰掃除。その間に家内がチューブを洗浄。気管孔が綺麗になったところで再びキシロカインを塗布して慎重に挿入するのです。自分で言うのもなんですが、ビビリですが、不器用なほうではありません。うまくいきました！

これで、狭窄が落ち着くまでの痰がチューブ内、チューブと気管の境目に詰まって窒息状態になる恐怖感、チューブ管理に対する不安が半減しました。

明日は、亀田スポーツ医科学センターで、術後初めての脚トレでレッグプレスを慎重に試みます。ラットプルダウンは右肩と右胸の痛みを確認しているので、痛みのないプーリーローイングからゆっくり始めます。気候が暖かくなるにつれ痛みが軽減し、トレーニングを始めることで使い切った筋肉貯金も減ってしまった体重も回復してくるでしょう。そう信じます。

117　両親の思い！（2018年3月11日）

昨日は、3年半前に亡くなった最愛の母の月命日。今日は1年半前に母を追うように逝った父の月命日です。そして、311の東北大震災から7年。海に向かって手を合わせました。

母には東北出張中の危篤ということで、翌日の仕事をキャンセルして車を飛ばして東京に戻り、新幹線で神戸に向かうも死に目に会えず。母とはいろいろ電話で今後のことを話していたので伝えたいこともあったはず。さぞ私と会えずに逝ったことは無念だったと思います。父も亡くなる2週間前に見舞いに訪れたときには元気だったので「なんで？」と思わざるを得ない急逝でした。認知症にかかっていたことがせめてもの救いだったかもしれません。

それから1年後、両親より27歳若い私にまさかの「余命3か月宣告」。「お母ちゃん、お父ちゃん、会いたいのはわかるけど、僕に言い残したことがあるのはわかるけど、27年早いで！」その思いが通じたのでしょう。宣告からあと3か月で1年になります。「来るのはまだ早いで。まだまだ、生きてやることがあるやろう！」

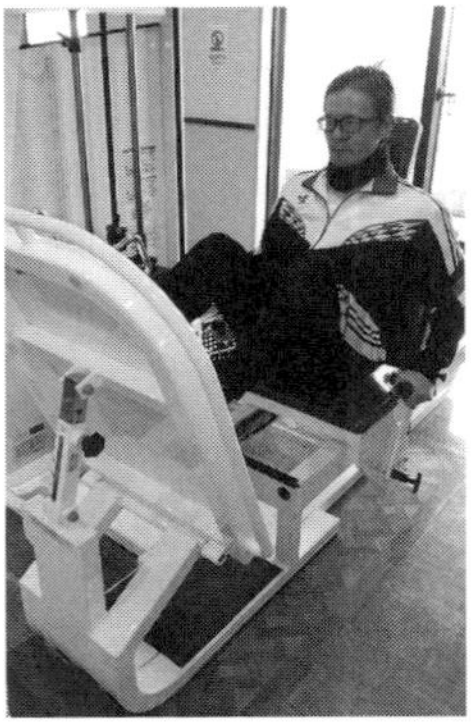

が両親の思いと思います。この1年、人生についていろいろ考えましたが、家族、親戚の愛に包まれ、多くの友達、医療に携わる人々の血のつながりを越えた愛に励まされて、感謝の思いを持って今までの人生で一番幸せな時間を過ごしていることを実感しています。今日は、家内とサーファーが多く集う鴨川の海辺を散歩してきました。大自然の中で生きているという感じがします！

昨日は、これからの人生を生き抜く体力を再建するために「亀田スポーツ医科学センター」に行ってきました。入院中のリハビリでもそうでしたが、調子が気管孔による呼吸の状況に大きく左右されます。呼吸が苦しいと心臓に負担がかかり心拍数が上がります。今日は苦しかったですが、時間の経過が解決してくれるでしょう。焦らずまずは気管孔が安定するまでゆっくり着実に積み上げていきます。一夜明けた今日は、本当に久しぶりに尻と大腿四頭筋に軽い筋肉痛がきています。久しぶりの快感に生きているという感じがします！　声を捨て、運動機能を捨て、障害者になることを受け入れ、「生きるために受けた手術」です。「生きること」が応援してくれる家族、親戚、多くの友人たち、医療関係者の人たち、両親の思いに応えることだと思います。

たまに再発、転移ということが頭をよぎることもありますが、その時はその時です。今を楽しみながら頑張ります！

118　手術から今日でちょうど半年！（2018年3月12日）

あの命を懸けた手術から今日でちょうど半年、退院から1か月です。

想定以上に長引いた入院生活、気管孔構築の合併症である気管孔の狭窄。狭窄と痰詰りによる6度に及ぶ窒息寸前の三途の川見学ツアー。想定していなかった手術痕の回復に伴う硬化と痛み、放射線治療による照射部位の組織の繊維化と痛み。組織硬化に伴う神経圧迫による手の痺れ。冷静に考えれば当たり前なのかもしれないけれど、気管孔構築のための鎖骨、胸骨、第一第二肋骨切除による上半身の運動機能の低下。喉頭部から胸という手術範囲の広さ、骨を切除しているためのイレギュラーな筋肉の縫合、そこへの放射線照射によるものですが、加えて長年にわたって鍛えてきた筋肉量の多さが普通の人よりも硬化部の体積を大きくして禍しているように思います。「気管切開、胸への気管孔構築、喉頭部全摘出」という手術に対する考えが甘かったと言えばそれまでですが、厳しい半年だったように思います。手術をして患部を切除したからと言って、放射線を患部断端部に照射したからと言って、転移、再発を完封出来る保障はないのです。手術をしたことを後悔したこともありました、放射線照射を後悔したこともありましたが、過去に帰ることは出来ません。未来に向かって前進するしかないのです。手術から半年、退院から1か月。今週から気候も暖かくなるようです。4月くらいまでは三寒四温で暖かい日々、寒い日々が交互にやってくるのでしょうが、その先には暖かい春が待っていることは間違いありません。

気管孔もきっと落ち着いて狭窄が起こらなくなりチューブを抜ける日がくる！　胸から首にかけての手術、放射線による硬化、繊維化による痛みも治らないまでも柔らぐ時が来る！　腕の痺れも自然治癒力できっと治る！　転移、再発も１００％するわけじゃない！　いや、しない！　大丈夫！

硬化を食い止めるストレッチ！　生きる体力を作るトレーニング！！バランスのとれた食事！　家族と友人と笑って生きる！　きっと大丈夫！

１１９　お行儀の悪い話。痛みとゲップとおならと鼻水と…（２０１８年3月15日）

手術から半年。季節感のない病棟での生活とは違って外に出ると確実に新芽をつけた木々、道端にひっそりと咲く草花、風、太陽の光の中に、季節の移り変わりを、春の到来が近いことを感じます。花粉対策で完全防備しての海辺の散歩ですが気持ちのいいものです。これで潮の香りが感じることができれば最高なのですが。それが出来ないのは残念!

気管孔の炎症はゆっくりながらも着実に治まってきていますし、チューブの入れ替えも自分でするようになって窒息などの不安材料は激減しました。あとは狭窄が治まりチューブが抜ける日が来ることを待つだけです。そうすればきっと無意識に呼吸が出来るようになるでしょう。今、気管孔の狭窄、チューブに次いで気になること、頭を痛めることと言えば、癌を治すことを目的とした呼吸器外科のドクターにすれば、意に介することもない、とるに足らないことかもしれないことかもしれないのですが、患者にとっては大事な日常的なこと、私の場合では、手術による切開、縫合の傷が癒える際に起きる組織の硬化、放射線治療で起きる照射部位組織の繊維化による体の動きの不自由さ、ツッパリ感、痛み、痺れがまず一番でしょう。なんせ毎日のことですし、手術前のように朝起きた時に「爽やかな朝だなあ！　今日も1日頑張ろう！」という気になれないのですから。目が覚めて、カチカチに固まった体の痛みを感じながら体を起こし、しばらく座って首から胸にかけてのカチカチ感が多少なりとも柔らぐのを待ってから動き出すというのは結構苦痛です。主治医に聞くと「放射線による組織の硬化、繊維化は一生続きます。痛みは時間の経過とともに減ってきます」ということなのですが、

本当にどういう感じで不自由なのか、どんな痛みなのかは、経験していないドクターにはわからないわけで、患者自身にしかわからないわけで、結局、自分自身で解決するというか、折り合いをつけるしかないのですね。

もう一つの頭を痛めることは、ゲップが増えてきたこと。仰向けになって寝ているとき、座って食事をしているとき、立っているとき、時、所かまわず「ゴボゴボ」とまるで排水管のように出てきます。吐きそうになります。飲食中などに無意識のうちに口から空気が胃や腸に流れ込むようです。それが本人の意思とは無関係に口からはゲップとして上がってきます。まるで牛ガエルです。ゲップだけならともかく、下からもおならとして出てくる空気が増えているようです。手術で口から喉、食道、胃、腸、肛門と一本の管状態になり、通常なら、喉から食道の間に気管があり、咳、くしゃみ、欠伸、痰、喉のつまりなどの問題が起きた時に、気管から空気を送り込んで、吐き出したり飲み込んだりして自動調整するのですが、私の場合それが出来ません。また、喉を切開、縫合して喉の周囲が硬くなっているので、食事は良く噛んで食べないと飲み込み辛いのですが、食べたものが喉に詰まったり、停滞すると、当然のことながら、体が吐き出そう、または飲み込もうと気管から空気を送って咳き込んだり反応しますよね。ところが、私の場合、肺から空気を送っても気管孔を通って胸にぽっかりと開いた孔から空気が空しく大気中に吐き出されるだけなのですね。ということで水を飲んだりして流し込むことになります。まったくスッキリ感ありません。「あ〜あ」と言った感じです。

そして、今、最高潮の花粉による鼻水！　鼻と口で空気を吸ったり吐いたり出来ない自分にとっては、パッキンのいかれた水道のような花粉による鼻水垂れ流し状態には閉口します。そして、遂にこんなものをネットで購入しました。アーティスティックスイミング用のノウズクリップです（笑）。

そんな中でも、良いこともあるはず。ありました！　食道と気管が繋がってないので誤嚥しない！　いびきをかかない！　そして、この排水管のようなゲップとおならを家内は嫌がらずに「ジュラシックパークか動物園にいるみたいや！」と言って笑ってくれることが救いです。笑顔が一番です。これが一番の良いことです！

１２０　右肩が上がらない回せない！　痛くて眠れない！（２０１８年3月16日）

空元気やっていますが、実は右肩が上がらない回せないのです。服を着るにも脱ぐにも家内の助けが要る、夜、眠ろうと床についても右肩が疼いて眠れない日々が続いています。そして、昨日の午前、ついに亀田クリニックのスポーツ医学科で治療にはいりました。三方向からレントゲンを撮り、Ku医師の丁寧な診察ののちステロイドを注射していただきました。原因は長年行ってきたトレーニングによる骨端部の摩耗があるうえに、外科手術で腕を支え、肩甲骨とともにバランスをとっている鎖骨、胸骨、肋骨が切除されて、胸鎖関節がないことによる肩甲骨周り、肩関節への負担のようです。

肩周辺、背中、上腕の筋肉が、骨がない分を補おうと常時緊張することでかちかちに凝り固まっています。患部をほぐし、姿勢を矯正するために専門家によるリハビリも受けることになりました。健常な体なら「やり方わかっているからいいですよ」というところですがこの体では専門家の知恵が必要です。Ku医師自身も、このように胸鎖関節がない患者を診たことはそうはないような口ぶりでしたから、この治療も試行錯誤ですね。

そして、スポーツ医学センターでの体力回復トレーニングのために少し前に回数券を購入したのですが、上半身のトレーニングはNGの指示がだされました。午後からは呼吸器外科T医師の気管支鏡検査、こちらは、幸い経過は順調のようです。気管孔の狭窄が治まり、気管支のエアウエイチューブが抜ける日はいつくるのでしょうか？

そして、今日は転移の有無確認の造影剤ＣＴ検査だったのですが、朝から首まわりが紅く顔が火照り、検査一時間前にはしんどくなり遂にキャンセルしました。それでも体温は36度。こんなに顔が火照ってるのに（私の場合、元々、体力があるからなのか、長時間に及ぶ大手術のあとでも、辛くて仕方がないときでも血圧１２０～80、体温36度、酸素量97％と安定した数字が出ますから「嘘をついているのと違う？」と思われそうで嫌なのです）。

そんなわけで退院後初めて昼間からアイスノンしながら横になりました。

121　嬉しいことと悲しいこと（2018年3月17日）

昨日とはうって変わって晴天のここ鴨川に元ボディビルチャンピオン、ストロングマンチャンピオンで現全日本プロレスのトッププレスラーゼウスがやってきました。ゼウスは現在、やはり元ボディビルチャンピオン、ストロングマンチャンピオンのザ・ボディガーと組んでの世界タッグチャンピオン。ふたりともボディビルの逞しき後輩です。そして、かつて、ジャイアント馬場が保持していたPWFヘビー級王座、力道山、ジャイアント馬場が保持していたインターナショナルヘビー級王座、アントニオ猪木、坂口征二が腰に巻いていたユナイテッドナショナルヘビー級王座の統一王座である「三冠ヘビー級王座」を虎視眈々と狙っている今一番マッチョで男気のある強いプロレスラーたちです。

そのゼウスと亀田総合病院の最上階にあるレストラン「亀楽亭」で目の前に広がる太平洋を眺めながらのランチタイムを過ごしました。眼下に広がる太平洋には連日多くのサーファーが集いサーフィンに勤しんでおり、この日も大勢のサーファーで賑わっていたのですが、驚きだったのは、そのゼウスがサーフィンの経験があり詳しいこと。やはり、何をやっても様になる強い男はかっこいい！　肉体だけでなく精神世界にも精通しています。命の源である大海とストロングなゼウスのパワーをいただいた嬉しい1日でした。パワーと勇気をもらって、合併症に負けず、さらなる回復に努めます。そして、早く元気になりゼウスの三冠王座奪取をこの目で見届けたいと思います。

悲しい話です。二十歳の時にボディビルを始めた大阪北新地のナニワボディビルクラブの伊集院先生が亡くなりました。ナニワクラブ、伊集院先生との出会いが、今の私のボディビル人生、今も家族のように付き合っていただいている友人たちとの源です。家内との出会い、家族との出会いにも繋がっています。伊集院先生には感謝の思いでいっぱいです。

娘さんにお聞きした話では、ご病気を患った身でありながら、お亡くなりになる4日前までジムに通っておられたそうです。頭が下がります。今回、私自身が闘病中ということで会いに行くことが出来ませんでしたが、きっと天国で「吉賀くん、あんたまだ若いねんからもっと頑張りや！」と言っておられると思います。

先生のお歳までまだまだです。頑張ります。

122　永遠に続く長い人生というのは幻想（2018年3月19日）

義兄弟、老人さんが、私に贈ってくれた2018年2月15日付毎日新聞の「余禄」記事。「生きることは何かを失っていくこと。失いながら大事なものを感じられるようになること」をテーマに行われた「縁側フォーラム」というイベントについて書かれていました。筋委縮性側索硬化症（ALS）を34歳で患った37歳の男性の言葉「人生は無限だと思っていたが、今はどうやって生き切ろうかと考え、生きている実感を強く求めるようになりました」人工呼吸器をつけて生きるか、死ぬかを自分で決めなければならない苦悩。生きるといっても一人では生きていけない。生きるためには家族にかかってくる介護負担が大きいことも考えなければならない。

私自身、昨年、腺様嚢胞癌という稀少癌を患って、「生きる」か「死ぬ」かの選択を否応なしに迫られ、手術を受けることで「生きる」ことを選んだものの、今なお、「なんとなく無限と思っていた人生」の終焉がいきなり突きつけられた思いの中で生きています。献身的な妻、優しい娘、息子、ハートフルな友人たちに支えられて生きています。

でも、この世に生きとし生けるものの命には限りがあります。永遠に続く長い人生というのは幻想なのです。今、元気でいる若いあなたの人生も、明日、いや、今日終わるかもしれないのです。私には、この男性のように「俺はプラチナチケットを手に入れた。普通に生きていたら体験できないことをさせてやる」と妻には言えませんが、「残りどれだけあるかわからないけど、人生でやり残したことをやり、いつ死んでも悔いを残さないように使う時間を神様からいただいたのだ」と思っています。限りある人生、生かされた人生を生きることの意味を考えて未来を生きたいと思います。

今日は、鴨川に私が亀田総合病院での「生きるための手術」を受けることを後押ししてくれた看護師ハーパーさんが来てくださいました。そして、家内も一緒に3人で手術後初めて病院内のタリーズでコーヒーを飲み

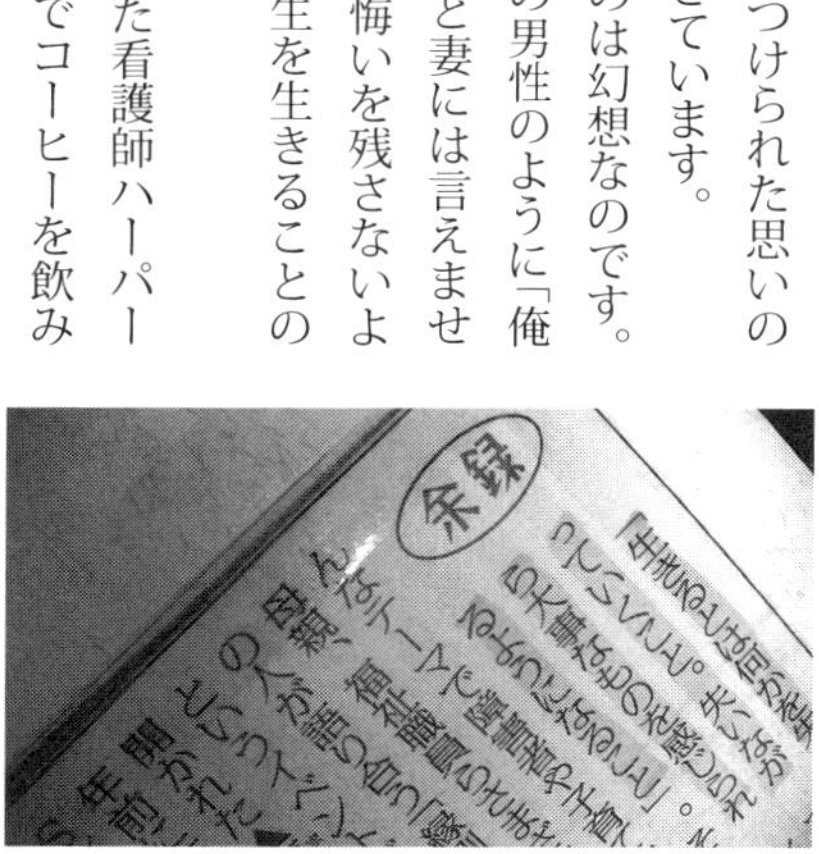

ながら入院中の思い出話や今後の生活について語り合い楽しい時間を過ごしました。鴨川に来るたびに顔を見に来て下さるハーパーさん。有難いことです。

123　今日は手術後初めてのPET検査（2018年3月22日）

今日は、手術後初めてのPET—CT検査でした。目的は、ズバリ、癌の転移、再発の有無の確認です。腺様嚢胞癌（ACC）という癌は、再発、転移がしやすいという特徴を持ったやっかいな癌で、私のように、外科手術で癌自体を切除し、断端部に放射線照射することでその部分の再発率をおさえることはできますが、遠隔転移は防げず、その確率は40%と高いのです。手術とその合併症での死亡が10~20%も確立としては結構高いのですが、術後の遠隔転移の可能性40%はさらに高く恐怖です。しかし、転移、再発もまだ現実に起こっていないこと、そう、「妄想」です。これにビビることは、健康に普通に生活している人が起こってもいない交通事故を心配して外出しないようなもの。

ただ、ショックだったことがひとつ。PET検査の前に体重を測るのですが、退院後、会う人には「ふっくらしてきたね」と言われていたので、体重は増えていると思っていたのに、まさかまさかの体重減！　母が亡くなる前に「体重が8kg落ちた」と言っていたのに並んでしまいました。帰宅後、慌ててラーメンライスを平らげました。原因は手術、長い入院生活での筋肉貯金の枯渇。上半身は右肩が痛くて上がらない回らない状態なのでトレーニングはできませんが、全身の6割の筋肉が集まる下半身を鍛えようと思います。そして、せっかく食道を残せたのだから食べたい時に食べたいものを食べようと思います。来週には、CT検査も控えていますが、ケセラセラで生きたいと思います。

PET（positron emissiontomography 陽電子放出断層撮影）検査とは

放射能を含む放射性薬剤（ブドウ糖代謝の指標となる18F—FDGという薬）を体内に静脈注射で投与し、約1時間安静にして薬剤が全身に行きわたったところでCT撮影して画像化する核医学検査の一種で全身を一度に調べることが出来ます。癌はブドウ糖に反応して活性化するため、通常がんや炎症の病巣が黄色や赤い色となって画像にあらわれるため、腫瘍の大きさ、活性状況、場所の特定、転移状況、再発の診断などに利用されます。

124　山下弘子さん　逝去に思う（2018年3月25日）

アフラックのがん保険のCMに櫻井翔くんと出演していた山下弘子さんが今朝25歳で亡くなったそうです。私が彼女を知ったのは、数年前にテレビ放映されたドキュメンタリー番組でした。立命館大学の学生だった19歳のときに肝細胞がんで余命半年と診断され、複数回にわたる手術、抗がん剤治療、RFA（ラジオ波凝固療法）など、可能性のある数々の治療を模索し、再発と転移をくり返しながらも、本を出版したり（山下弘子さんの著書「人生の目覚まし時計が鳴ったとき」）、がん保険のCMに出たり、講演をするなど生きるために笑顔で前向きに戦っておられました。昨年には結婚もされてその前向きな生き方に勇気付けられた方も多かったはずです。私も彼女の生きる気持ちがもっともっと彼女を生かせてくれるに違いないと思っていました。

彼女が番組の中で語っていた言葉に「がんになった今の方が幸せ」というのがありますが、そんなわけはありません。ならずに済むならならないほうがいいのに決まっているからです。でも、多くの人間は何となく人生は永遠に続いて、なんとなく明日は来るものと思い込んでいます。そして、追い詰められないと人生の貴重な時間をなんとなく生きてしまうのです。多くの人は、「死を宣告され、死に直面すること」で、初めて、「自分が存在し生きることの意味」「人生において幸せって何だろうか？」「ならば今生きている自分は何をすべきか？どう生きるべきなのか？」を自身に残された時間に向き合って、真剣に考えるのだと思います。

山下弘子さんの著書「人生の目覚まし時計が鳴ったとき」

私自身、昨年6月までのほほんと生きていたつもりはありませんが、そのようなことを真剣に考えることはありませんでした。そして、防衛医科大学病院、国立がんセンター中央、亀田京橋クリニックで「ステージ4で余命3か月のがん宣告」を受けて、初めて「自分が存在し生きることの意味」、「人生において幸せって何だろうか？」を本気で考え出し「生きる戦い」を選んだように思います。「ステージ4のがん宣告」そして、手術、半年近くに及ぶ入院で、家族の温かさ、多くの真の友人たちの温かさに触れることが出来ました。戦いはまだ始まったばかりですが、人生いつ終わるやわかりません（これは、私だけでなく、老若男女今生きている人々すべてです）。

今は、限りある人生を「自分の存在の意味があること」「人生で最も大切な家族と親戚と友人たちと笑顔で幸せを感じること」だけを考えて悔いを残さないように生きたいと思います。

今日の山下弘子さんの逝去を知り、さらにその思いを強くしました。彼女は精一杯1日1日を「今日を生きた」のだと思います。この意味で、弘子さんの言った「がんになった今の方が幸せ」という言葉は正解なのでしょう。心よりご冥福をお祈り申しあげます。

癌保険は必要？

山下弘子さんがCM出演していたがん保険。今、しみじみ思います。保険は入っておくべきです。私は20数年前に職場で薦められがん保険にしぶしぶ入りました。それ以来、かれこれ25年以上保険金を支払い続けていますが、ここ数年間、「先進医療でも保険がおりる新型にかけ直ししませんか？」という保険会社のたびたびの誘いに掛け金が倍近くになるし、正直閉口していました。「もう、解約しようか」とさえ思っていました。なぜなら、それまで私の親族縁者の中にがんで亡くなったひとは、ずいぶんと前に伯父がひとり居ただけだったため「うちはがん家系ではない」と信じていたからです。それが、２０１４年いきなり母が末期の大腸がんと診断され3週間で他界。その1年半後に父が肝臓がんで他界するという事態に。その時、「自分も癌で死ぬのかもしれないなあ」とは思ったものの、まさかその1年後にステージ４の気管癌（腺様嚢胞癌）で放置すれば余命３か月の宣告を受けるとは思ってもいませんでした。

「新型の保険にかけ替えておくべきだったなあ」と思いましたが、私の患った腺様嚢胞癌は、抗がん剤、放射線も効かない、免疫療法、遺伝子療法も時間がないし効果が期待できない、重粒子線も出来ないというもので、手術しかなかったので結果的にはかけ替えはしなくてよかったのですが、本当に保険自体を止めなくて良かったと思います。私のような大手術の場合、大部屋というわけにいかないし、家族も泊まれる個室だったのですが、櫻井翔くんのCMのとおり、全額差額ベッド代も出ましたし、がんと診断された時点での一時金も出たので、安心して、手術、入院が出来たのです。

備えあれば憂いなしと言いますが、今は日本人の二人に一人は癌になり、三人に一人は癌で亡くなる時代です。保険会社の回し者ではありませんが、入ってない人は私個人的には是非お勧めしたいですね。

125　スポーツ医学リハビリ受けてきました！（2018年3月26日）

今日は、スポーツ医学での右肩が痛くて眠れない、肩が上がらない回らない、服が脱げない、着られないを改善するためのリハビリを受けてきました。

胸に永久気管孔を作るために鎖骨を、胸骨を、第一、第二肋骨を切除、右大胸筋を骨から剥がし、永久気管孔のベースにして補強するという手術の付けがここにきて出てきた感じです。この手術は、命を救うというのが目的の手術であり、そんなに簡単で甘いものではないということは認識して受けたつもりでしたが、術後の身体機能がここまで落ちてしまうとは思っていなかったというのが正直なところです。命を救っていただいたのだから贅沢な悩みですね。当初の決意のとおり、生きる！　ボロボロになっても生まれ変わった、生かされた体で奇跡を起こします。冷静に考えれば、鎖骨、胸骨、肋骨を切除して胸鎖関節がない、右大胸筋も骨から剥がしているのだから機能障害が起きないほうが不思議です。流石にトレーニングには精通している私でも、このパーツが欠けて、動きを制限されたイレギュラーな体をコントロールすることは並大抵のことではありません。今日は、自分で感じている以上に大胸筋、三角筋、上腕三頭筋、上腕二頭筋、肩甲骨周りがカチカチになっていることを確認しました。こりゃ、ほぐすのも並大抵なことではないぞ！　でも、トレーナーの助けを借りてどこまでやれるか気張りマッスル！

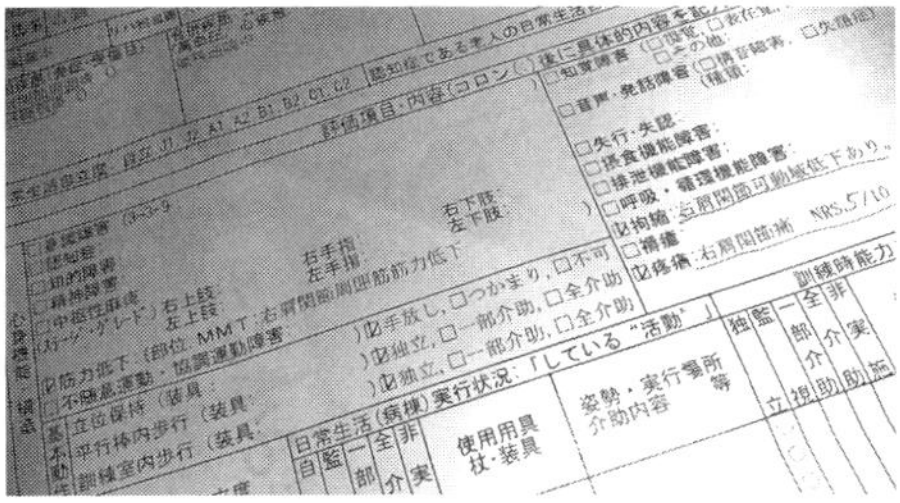

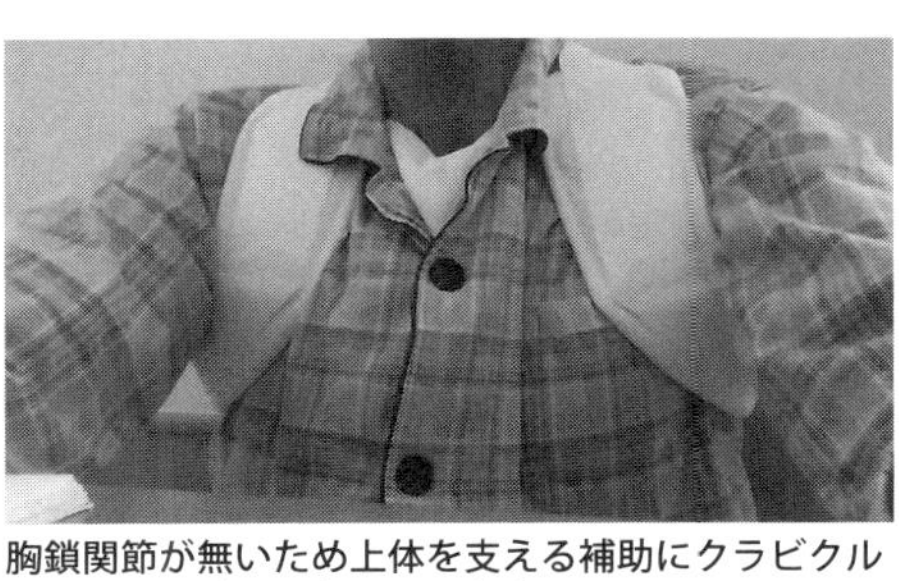

胸鎖関節が無いため上体を支える補助にクラビクルフィックスが役に立っています

126　チューブを抜いて経過観察がやばい！（2018年3月28日）

気管孔の狭窄

27日は、来月から福島へ転勤になる担当医T医師と主治医N医師による外来診療、気管支鏡検査でした。気管支の回復状況問題なし、気管孔周辺の皮膚の赤い腫れは皮膚のただれのようです。気管孔の狭窄に悩まされているのですが、N主治医から「この手術をしてチューブを一生抜けなかった人はいません。手術から半年となるため、明日から試験的にエアウエイチューブを数日間だけ抜いて生活をしてみましょう」という指示がでました。狭窄が回避されれば、今後の生活の体のメンテナンスがグッと楽になるはず！　完全回復には避けては通れない道です。怖さもありますがうまく行けばという期待感もあります。加えて、先週実施したPET検査についても報告がありました。喉から胸にかけての患部には再発の兆候はなし、他の部位にも特に転移の兆候は見られないとのこと。ただ、右肩は、色つきになっており明らかに強い炎症があることがわかりました。これでは夜眠れないはずです。これからは、ここ数日のエアウエイチューブなしの状態で狭窄がどうなるか？　右肩の痛みが取れて日常生活に不自由がないレベルに機能が回復するのか？　首、胸の硬化の進行を日々のリハビリで最小限に抑えること、PET、CTによる定期的な再発、転移の確認検査が課題となります。チューブを抜くことで再び狭窄が進むようであれば、再びエアウエイチューブ挿入ということになりますが、一歩前進することは間違いありません。早く、普通の日常生活ができるように、遠出できるようになりたいものです。

そして、今日は亀田デンタルクリニックにも行ってきました。手術と半年近い入院の影響で10kg近く痩せたせいか、ここのところ食べ物が歯に詰まるし、遂には詰め物が取れたり、歯が欠けたりと続けざまに起こっています。元々、親知らずが4隅にはえているため普通の方より歯の本数が4本多いし差し歯などもないので入院前に住んでいた清瀬の歯医者さんでは、「吉賀さんの年齢で全部自分の歯、しかも、親知らずを入れると人よりも多い。この状態を保ってくださいね」と言われていたのに黄信号ですね。入院まではほとんど健康保険など使うことがなかったのに、今や呼吸器外科、頭頸部外科、スポーツ医学科、皮膚科、歯科と大忙しです。ああ、早く健康になりたい！！病院の帰りには、ヘアーサロンに寄って、再び頭を丸め、帰りに家内と手術以来2回目のタリーズに行ってアップルパイを食べ、アイスコーヒーを飲んできました。いつの間にか、アイスコーヒーの美味しい季節到来ですね。食道が残り、食べることが出来ること、飲めること、介助をしてくれる妻に感謝です！　ここまで書いたところで…

今日夕方にチューブを抜いたのですが、わずか3時間で呼吸が苦しいので見てみると、気管孔が明らかに小さくなってきています。明後日に外来で診察予定ですが、やばいよ！　やばいよ！　緊急外来の電話番号を手元に置いて、まずは今夜を無事に乗り越えなければ！

127　初めての緊急外来（2018年3月29日）

息苦しい不安な一夜が明け、後任の担当医M医師に連絡していただき朝一番で救急外来です。点滴での麻酔であれば、ほとんど眠った状態の間に処置が終わっているのでそれを期待したのですが、主治医N医師が現れ、キシロカインスプレー（所謂、軽い局所麻酔ですね）を噴霧。瞬時の神業でチューブは再び狭窄をおこした気管孔に吸い込まれていきました。痛くないのか？　と言えば、正直痛い！　でも、ためらいなど全くない瞬時の神業を止めることは不可能。アッという間に処置が終わりました。

おまけに「この感じでは、チューブは1年は入れておかないといけませんね」のお言葉。先日の「この手術をしてチューブを一生抜けなかった人はいません。手術から半年となるため、明日から試験的にエアウエイチューブを数日間だけ抜いて生活をしてみましょう」という言葉への期待はもろくも崩れ去りました。しかし、前半の「この手術をしてチューブを一生抜けなかった人はいません」という言葉を信じて1年後に向かって前進したいと思います。

午後からは、スポーツ医学でKu医師による治療です。美人先生です。前回とは違う右肩関節のもっと深い部位にステロイド注射をうっていただきました。そして、右肩周辺部の手術やその後の肩周りのバランスが崩れたことによって硬化した筋肉をほぐすためのリハビリです。今夜こそ、肩の痛みで眠れない、目が覚めるようなことがないことを期待したいと思います。完全回復には、まだまだ何が起こるかわからないし、乗り越えなければならないことが多くありますが、一つ一つ落とし所を見つけながらクリアしていきます！

128　これからは自力再生期間！（2018年3月30日）

今日は、T医師の後任のM医師による初めての気管支鏡検査でした。狭窄した気管孔にチューブを再挿入したための出血以外は、特に異常は認められないようです。ただ、主治医のN医師の「1年くらいチューブは抜けない」宣告がありますから、チューブとはまだまだ長いお付き合いになるようです。まあ、この病気になったら病院とは一生のお付き合いは覚悟しなければなりませんが。

明日で3月も終わります。手術から半年、退院から1か月半です。昨年6月にステージ4宣告を受けて、9月に入院、手術。そして長い長い半年が過ぎました。大きな手術だっただけに術後に次々と襲ってくる予期していなかった痛みや痺れや狭窄による呼吸困難など合併症との戦いは今も続いています。しかし、一応の治療はひと段落したと思います。

これからは、定期的な再発、転移をチェックするCTやPETなどの検査と、気管孔の経過を見る気管支鏡検査。日常的な機能回復のためのリハビリテーションに力を入れることになるでしょう。つまり自力再生の期間に入ると勝手に思っています。時間の経過とともに、まず、命綱である気管孔の狭窄がなくなり人工的に作られた呼吸器で自然に普通に無意識に呼吸が出来るようになること。手術痕、放射線後の組織の硬化、痛みを少しでも緩和すること。治療中の右肩の機能が安定し自分で服が着られる普通の生活ができるようになること。そして、病気に新たな進展がないように努めることです。

そして、愛すべき家族、友人たちと美味しいものを食べ、飲み、日々を楽しむことです。今日の午後は、家内と近所で唯一桜が見ることが出来る神社へ行ってきました。来年はチューブもぬけているはず。その時にはもっと遠出してみたいものです。

129　食べることが出来る幸せを満喫（2018年4月2日）

新年度を迎え、亀田病院でも新しい研修医、亀田医療技術専門学校の新入生の姿が目につきます。今日は、主治医N医師 の外来診察の日でした。外科手術に関わる治療は、想定通りひと段落。狭窄で窒息の恐れがあるため気管孔のエアウエイチューブこそまだ1年

間は抜けないものの、今後は定期的なエアウエイチューブの交換、ＣＴ、ＰＥＴによる再発、転移の有無のチェック、月1～2回程度の診察と頻度が減り、癌切除手術で失った機能回復のためのリハビリと半年近い入院生活ですっかり底をついた感のある筋肉貯金と体力の回復に専念することになります。早速、診察後は、海沿いに一軒だけあるラーメン屋さんにカロリー補給に行ってきました。これだけ体重、筋肉が減れば、食べ過ぎ、カロリーオーバーを気にすることもありません。11月の一時退院では5日間に3度の呼吸困難、救急車による搬送で楽しみにしていたラーメンを食べに行くどころか家の食事さえ取れませんでしたから、今日のラーメンが手術以来、初めてのラーメン屋さんでのラーメンとなります。ずるずるっと行きたいところですが、鼻、口が気管につながっていないために、熱々のラーメンをフーフーと息をかけて冷ますこともできませんし、ズルズルと吸い込むことも出来ないので、レンゲに少しずつ麺を乗せて冷ましてから食べるという超お上品？な食べ方で肉入りラーメンを完食してきました。

「美味かったあ！」たとえゆっくりでも食べることが出来る幸せを８００円のラーメンで満喫してきた今日のＢＩＧ ＴＯＥでした！

１３０ 頭頸部外科Ｋ医師の外来診察（２０１８年４月６日）

４日は、頭頸部外科のスーパードクターのＫ医師の外来診察でした。咽頭部から食道にかけて内視鏡でチェックしていただきました。ここのところ特にゲップが排水管のようにゴボゴボとよく出る（家内はガマガエルを飼っているのか、動物園にいるみたいと言います）ので、それについても伺いましたが、やはり、気管を切除し、咽頭部を全摘しているため胃から上がってくる空気を調節できないので自然任せになるようです。以前にもこのブログで話しましたが、お食事中にゲブッゴボッとやらかしても大目に見てやってくださいね。鼻水も吸えないので、出だすと垂れ流し状態になるのでティッシュが手放せません。これも大目に見てやってください。アーティスティックスイミングのノーズクリップも何種類か購入して試してみてわかったのですが、長時間すると鼻が痛いのと、食事中は空気が自然に抜ける鼻の穴が開通しているほうが飲み食いしやすいようです。併せて、今後のことについても相談しました。自分としては、もう少し気管孔が落ち着き、気管孔に慣れ、気管孔の合併症の発生確率が低くなる秋ごろまでは、鴨川に滞在、その後は、関西に戻ることも選択肢として考えています。その場合、大阪の信頼できる気管孔と咽頭部の対応ができる医師の居る病院を紹介していただくことになりました。まずは、夏を乗り越え、秋に完全復活を目指します。

5日は、美人先生Ku医師の外来診療を受けてきました。右肩痛が、まだ、芳しくないので3本目のステロイド注射を打っていただき、リハビリについての指導を受けてきました。明日は、Hトレーナーによるストレッチ&マッサージのあとマシンを使った下半身トレに取り組みたいと思います。そんなさなか、5月27日（日）に東京国立がん研究センター中央病院19F「マハナダイニング」で腺様嚢胞癌の患者さんとご家族の方々が集うカフェが開催されるそうなので早速申込みしました。カフェ参加を目標にリハビリを加速させることができると思います。リブ　ストロング　エイエイオー！

131　誕生寺（2018年4月10日）

今週は、呼吸器外科、頭頸部外科の診察予約はありません。今週の治療は、痛みという点では今一番悩まされている右肩の痛みの治療とリハビリです。前回のステロイド注射で痛みが緩和されたのはやはり2、3日だけ。昨夜も寝付いて間もなく右肩の痛みで目が覚め朝までリクライニングチェアにもたれ布団をかけてうとうとして夜を明かしました。やはり、注射をして、ストレッチ、マッサージ治療を受けても、手術による大胸筋切断、縫合と本来体に在って腕を、肩甲骨を支えている鎖骨、胸骨、肋骨がないことからくる不自然な姿勢、バランスの崩れから、首の筋群、僧帽筋、三角筋、背筋群、上腕二頭筋、上腕三頭筋が凝り固まり、肩関節に激しい炎症が起きるのでしょう。

そんな中、苦しい時の神頼みではありませんが、体を動かすことによるリハビリ効果も期待して、家内と安房小湊にある日蓮宗の大本山、日蓮聖人の誕生を記念して出身地に建立された誕生寺へお参りに行ってきました。

ネブライザーでしっかりと加湿をしたあと、私にとって退院以来初の遠出でした（たった二駅なのですが、

今の私にとっては遠出です（笑）。平日の静かな誕生寺を散策し、帰りには売店のおばさんたちと談笑。心穏やかでとてもいい気分転換と運動になりました。また、訪れたいと思います。

132　何気ない日常に感謝（2018年4月12日）

誕生寺にお参りに行った10日は母の月命日、昨日は父の月命日、そして、今日は退院から2か月です。

1日4回程度の吸入による気管への加湿と痰取りが命を守るための毎日のお勤めのようになっていますが、お陰様で以前のような痰が気管孔を塞ぎ窒息するような事態はどうやら回避されたようです。筋肉、組織の硬化はもう一生のお付き合いとドクターNから告げられていますから、これ以上固くならないようにストレッチ、リハビリにはげむのみです。右肩の酷い痛みは、現在、亀田クリニックスポーツ医学科で治療中です。今日もドクターKuの診察を受け、注射をしていただきました。そして、理学療法でのリハビリです。注射の効果も2日程度でなかなか改善の兆候が見られず厳しい状況ですが、じっくりと焦らず治してトレーニングが再開できるようにしたいものです（主治医N先生に「こいつ、まだ言っているのか」と言われそうです）。治療後は、家内とKタワー13階で前から食べたいと思っていた抹茶ケーキセットを楽しんできました。何気ない日常に喜びを感じ感謝するこの頃です。2か月後には、父の三回忌が控えています。生んでくれた両親への感謝の気持ちを胸に清澄寺に参拝したいと思います。

両親と幼い頃の私

133　早く復帰したい！（2018年4月13日）

ここ鴨川は晴天に恵まれ早朝からサーファーで賑わっています。サーファーの出没が天候に左右されるように私の体調も天候に左右されているようです。固まった首が少し軽く感じます。今日は、気管孔のチューブの交換のあと、スポーツ医学のトレーニング、リハビリ施設に行ってきました。小学生のように家内の付き添いです（笑）。右肩の具合をみるためにマシンのハンドルを握ってみようとしましたが、まだダメですね。早々に諦めて、障害のない下半身のみ20分程度やってきました。しかし、手術前までは、セット間のインターバルは1分程度が普通だったのが、今は気管孔での呼吸になってすぐに息があがってしまいます。20分と言ってもインターバルの合間にトレーニングをしているといった感じで我ながら情けない！！

でも、大丈夫！　長年培った筋肉は伊達じゃあない！　40年鍛えた筋肉がなかったらもっと悲惨なことになっていたでしょう。肩が治るまでは、人体の筋肉の60～70％を占めている下半身に集中して減ってしまった体重を少しでも戻します。マッスルメモリーを信じて！

仕事も休職期間が認められている半年に迫ってきています。多摩ジムでも仲間の退会、コーチの退職とあったようです。早く復帰したい！　このままでは浦島太郎になってしまいそうです。でも、大丈夫！　必ず復活します！

134　最高の抗がん剤（2018年4月15日）

喉から胸の塊感が強く痛いと思ったら、右肩が痛いと思ったら昨夜から今日にかけて鴨川は台風のような空模様。その曇天の空を鳶と思われる大きな猛禽類が悠々と飛んでいます。

癌の手術で鴨川に来たのも何かの縁。これがなければ、鴨川に住むどころか来ることもなかったのでしょう。昼過ぎから風雨も治まり、太陽が顔をのぞかせています。海は荒れているのでさすがにサーファーの姿は見えません。リビングから美しい海を眺めながら妻と食事をし、シンシアを聴きながらネブライザーを楽しむ。心穏やかに過ごす毎日です。

都会の喧騒の中であわただしく先を急ぎ、立ち止って考える余裕すらない人生から解放され、人に背中を押されることもなく、心を乱されることもなく、時に立ち止り道端に咲く名もない花に思いをはせる。そんな中に今生きています。

学生時代から大好きだったシンシアの歌声は当時を思い起こさせ幸せな気分にしてくれます。私にとって最高の抗がん剤かもしれません。単純ですね（笑）。

135　がん治療を受けるには筋力と体力が重要だ！（2018年4月17日）

今日は早朝から晴れ渡り、前の海ではサーファーが海と戯れています。手術前に一度は経験しておくべきだったですね。今は、気管孔人間ですから、まずウエットスーツを着た時点で窒息、間違えて水に浸かれば即溺死です。先日も話したように天候によって体調が左右されているのも間違いないようです。胸の硬さは「カッチカッチやぞ」ですが、昨日より首の回りが柔らかい感じがします。日によって天候によって大きく変わります。手術から半年、気管孔の調子は、血痰や大きな痰に脅かさることが減り、気管孔での呼吸自体にだいぶ馴染んできた気もします。ただ、手術で気管が短くなって、呼気が口、鼻を通過しないため乾燥した空気がダイレクトに肺に入り気管の乾燥は避けることがむずかしい。ネブライザーで吸入を定期的にしていないと乾燥注意報が出て息苦しくなります。ウルトラマンの3分よりはマシですが…。そんな中、受診の予定がないので家内とバスに乗って手術前日に電車で鴨川に来て以来の安房鴨川駅周辺まで行ってきました。まず、ＭＡＣに飛び込み久しぶりのビッグマック！　マツモトキヨシで口内炎の薬を買い込み、イオンでは迷うことなくリキュール売場へ！　患者失格です！（笑）「食べられるうちに食べたいものを食べて、飲めるうちに飲みたいものを飲む！　今の自分に出来ること、やりたいことを優先的にやる！」と決めているので自分的には全然ＯＫです！

か〜ささんから、メールがありました。「押川先生がセミナーでがん治療を受けるには筋力と体力が重要だ！　治療の合間に体調がよい時は 筋力をつける運動をするように。筋力や体力がある人は 抗がん剤の副作用も軽く済む。先生がぱっと見た目だけで手術できるかわかり、見た目で元気な人ほど予後がいい、がんと上手く共存していくためにも運動が大事だと仰ってました」とのこと。実は私も先週スポーツ医科学のKu医師から「その筋肉があったからこんな大きな手術をしてもその体力を維持できているのでは。普通の体だったらもっとガリガリになっていますよ」とのお言葉をいただきました。

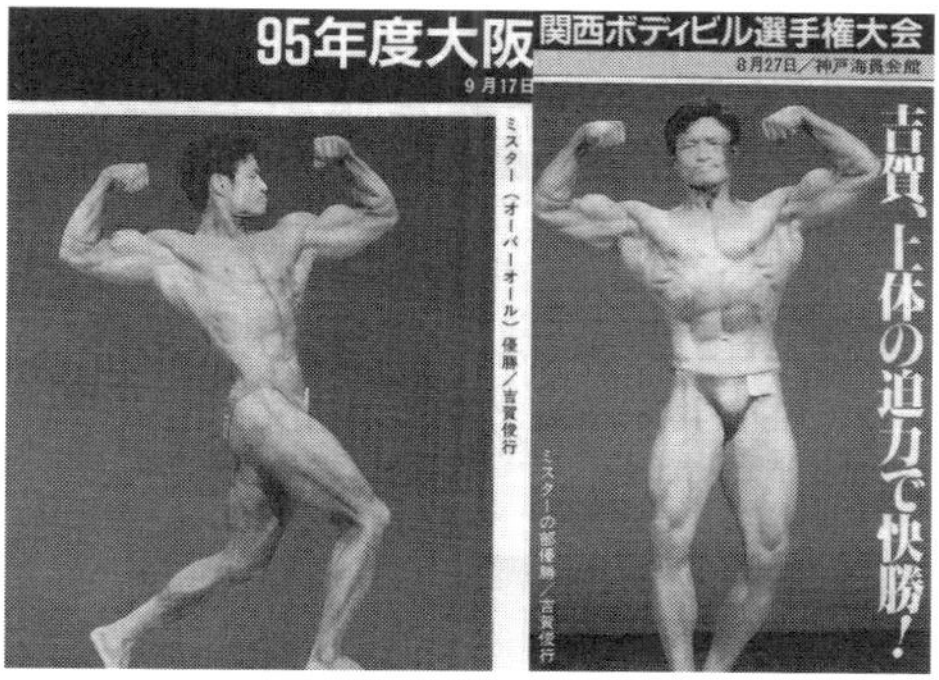

体重も10kg減り、筋肉マンから癌患者への落差が大きいため、自分的には本当に情けない状態なのですが、それでも普通の人より筋肉も残っているし元気なのかもしれません。これも筋トレのおかげ！　ドクターのお墨付きです。

でも、私が患っている癌は転移、再発がしやすい癌ですから油断は大敵です。未来を生きるために、これからは今まで以上にこの体で出来るトレーニングに取り組みたいと思います。

押川勝太郎医師 FACEBOOK　https://www.facebook.com/oshikawa.sho

136　ステージ4の概念と末期がんの概念（２０１８年4月26日）

ステージ4と末期がんの概念

FACEBOOK で宮崎善仁会病院の押川勝太郎医師から「ステージⅣと末期がんは別概念です。ステージⅣは遠隔転移ありの根治困難という意味で、末期がんは予後1～4ヶ月の治療無効例のことを指します（定義は色々ぶれていますが)。ステージⅣでもがん種や状況によっては治療で治ることがあります。さらに乳がんで4割、甲状腺がんで8割の5年生存率ですから、「末期がん」とは言えないでしょう」とのご指摘をいただきました。そこで、調べてみました。

「最新がんブログ」https://www.g-ms.co.jp/blog

によると…

【がんのステージ分類】

《ステージ０》

がん細胞が粘膜内に留まっており、リンパ節に転移していない。

《ステージ１》

がんの腫瘍が少し広がっているが筋肉の層までで留まっており、リンパ節に転移はしていない。

《ステージ２》

リンパ節に転移はしていないが、筋肉の層を超えて浸潤している。または、がんは広がっていないがリンパ節に少し転移している。

《ステージ３》

がんの腫瘍が浸潤しており、リンパ節への転移が見られる。

《ステージ４》がんが離れた他の臓器へ転移している。


【末期がんの定義】

治る可能性が低いがん。

末期がん以外のがんの「治療を目指す医療」から、末期がんでは穏やかな生活を送るよう援助する「援助の医療」になる。

末期がんは決して治らない病気ではない。末期がんになった人の中には無事に完治した人もいます。
○治療から見た末期がんの定義
「手術・放射線治療・化学療法いずれも不可能なもの」
○症状や予後の見方での定義
「予後の生存期間が１か月以内」

「予後３か月〜６か月以内」

「全身状態の極度に悪化したもの」になるでしょう。
○ホスピスやターミナル・ケアなどの定義
「予後２〜３か月以内」の人。

…ということは、私の場合、ステージ３とステージ４の定義はクリアしているのでステージ４。化学療法は出来ませんが、ぎりぎりとは言え手術も出来ましたし、放射線治療も出来たので末期がんではないということですね。安心していいのかよくわからない複雑な心境ですが完治を目指します！

１３７　体力再生中です！（２０１８年４月27日）

今週は、呼吸器外科、頭頸外科の診察はないため、右肩の治療とリハビリ、半年の入院中に体重も落ちたせいか歯の具合が悪くデンタルクリニック通いです。スポーツ医学科に通い始めて１か月。肩の回復が思わしくないので先週、超音波検査を受けたのですが筋の断裂とか機能不全はないようです。ステロイド注射も２日ほどしか効かないので困ったものです。やはり肩、背中、腕といった上体を支える胸鎖関節（胸骨、鎖骨、肋骨4本）がないのと、右大胸筋を骨から剥がして気管孔を作っているのが影響しているのでしょう。もうしばらく、ステロイド注射とリハビリ、マッサージを続けることになりました。加えて、元ボディビルダーの性か、どうしても出来る部位のトレーニングはやりたいと思って手を出してしまいます。気管孔での呼吸の調子を見ながら出来そうなときに、上体がこの有様で無理なら足と腹筋だけでもやろうとか、右がダメなら左だけでもとかやってみるわけです。半年に及ぶ入院が影響しているのか、左肘に痛みが出て少し水が溜まっているようです。右膝にも少し痛みが出ています。

これからは、もう少し病気や怪我をしていることを考えて、やり慣れているアイソトニックトレーニング（等張性収縮トレーニング）にこだわらず、関節に優しくリハビリにも適しているアイソメトリックトレーニング（等尺性収縮トレーニング）やスロートレーニングで進めようと考えています。悪化したら何のためにトレーニングをするのかわかりませんからね。出来ることがあるだけ幸せです。戦うための生きるための体力再生中です。

★アイソメトリックトレーニング★

押したり引いたりという動きを伴わない筋収縮運動を中心とする筋力トレーニング。例えば、胸を鍛える場合、胸の前で手を合わせ全力で体の中心線方向に押す。動きはないが筋肉は全力を出している。これを20秒程度続ける。静的トレーニングともいう。関節の動きを伴わないため関節に大きな負担をかけることなく鍛えることが可能。

★スロートレーニング★

ゆっくりとした動作で筋肉の動きに意識を集中して行う筋力トレーニングで、私自身現役時代から好んで採用していました。動きがゆっくりで反動を伴わないため関節に優しい上に、筋肉に大きな負荷をかけることが出来るトレーニングです。例えば、バーベルをプレスするときに、4秒かけてゆっくりと上げ、4秒かけてゆっくりとおろす。東京大学教授石井直方先生も推奨されています。

138　同じ癌でも治療法は様々・早期発見治療が大事（2018年4月29日）

癌治療も様々

同じ気管に出来た腺様嚢胞癌でも病院により、医師により、発症場所により、進行状況により治療法が異なります。気管に腺様嚢胞癌が出来る事例は本当に少ないのですね。手術から半年が経過しましたが、この間にインターネットを介して気管に同じ癌を患っておられる方と知り合ったのは2名だけです。『気管を原発とする癌は全悪性腫瘍の中の0・1%以下で、1年間の発症率は10万人あたり0・2人以下』というデータもあるそうです。

私の場合、癌が気管の左右の肺への分岐部から少し上で発症し、喉頭部まで浸潤、甲状腺、声帯を包むように10㎝に成長していました。気管への浸潤は気管壁、軟骨部まで進んでいるとみられ、気管内の癌だけを切除するのは無理との亀田京橋クリニックのN医師、K医師の判断で、喉頭部全摘出、気管の大部分を切除、残った部分を横にはわせて胸に穴をあけてそこにつなぎ気管孔を制作する。開けてみて気管に隣接する食道への浸潤がある場合は食道も切除、小腸を移植して食道を再建するという手術に決まりました。

残した短い気管を使い、呼吸のための気管孔を作るためには、左右の鎖骨、第一第二肋骨、胸骨上部を切除することになります。それでも患部が広範囲にわたり癌は残り取りきれないことから、断端部に放射線を照射するというものでした。この気管孔制作という手術の中でも残せる気管が短いためにつんくさんのように喉ではなく、胸の骨を切除して胸に気管孔を作るという手術はさらに稀の稀だそうです。呼吸器外科の名医として知られるN医師でさえ、生涯で私が3人目、4年ぶりの手術ということでした。手術を終えて今日まで未だに私以外で胸に気管孔を作る手術をしたという方に出会っていません。絶滅危惧種並みです。

発病以来、インターネットで巡り合った気管の中に腺様嚢胞癌が出来て治療中の2名の方のお一人は、ステント挿入手術から放射線治療、凍結療法、ラジオ波焼灼、そして、現在抗がん剤治療中。もうおひとりは、硬性気管支鏡手術から放射線治療をされているそうです。いずれにしても、珍しい場所に出来た稀少癌ゆえ、どこのドクターも患者と二人三脚での試行錯誤しながらの治療となります。予後の経過も何が起こるかわからないし、再発、転移の可能性も高い、気管が詰まれば即窒息という死と隣り合わせの治療になるのですね。

私も含めて、自覚症状というのはほとんどなく、会社の健康診断レベルではまず見つかりません。血液による腫瘍マーカーも参考にはなるがあてにはならないようです。私の場合も血液検査は健康そのものという結果でしたから。違和感を覚えて病院で診断を受けた時は、すでにステージ4という場合が多いのです。出来れば、定期的に人間ドッグでCT、MRI、PET検査を受けることでしょう。いずれにしても、進行するにつれて治療が難しくなるだけでなく、失うものが大きくなりますから少しでも変だなと思ったら専門医での検査を受けることをお勧めします。

139 「リブ・ストロング・エイエイオー！」（特別投稿）

笠島由紀さんの治療体験記

私と同じ腺様嚢胞癌を気管内に罹患した三重県の盟友がんサバイバー、笠島由紀さんが身を以て体験した、癌宣告から今日までの生のがん治療体験談を提供してくださいました。同じ、気管内に出来た腺様嚢胞癌でも、出来た部位、大きさ、進行度などによって医師から示される治療法は様々です。由紀さんの体験は、私にとっても、がんサバイバーの皆さんにとっても大いに参考になるだけでなく、戦う勇気、生きる勇気をいただけることと思います。由紀さん、本当にありがとう！　顔晴って未来に向かって進みましょう！

◆笠島由紀さんプロフィール◆

ニックネーム：か〜さ
原発部位：気管支
STAGE：Ⅳ
ブログ：楽しく生きて エイエイオー！　気管支腺様嚢胞癌治療中〜
https://ameblo.jp/kysua/
https://lineblog.me/hulamana141/
性別：女性
罹患年齢：41歳
住まい：三重県

【治療】
２０１５年 12月　気管支内ステント留置手術
２０１６年 １月　放射線治療
２０１７年 10月　左胸骨転移部分、凍結療法にて治療。
２０１７年 12月　肝臓転移部分、ラジオ波焼灼＋動脈塞栓術にて治療。

２０１８年３月　抗がん剤治療 パクリタキセル＋カルボプラチン４クール。
【病院】名古屋医療センター↓２０１７年11月 愛知がんセンター 中央病院へ転院
【現状】２０１７年６月 左胸骨転移発覚・２０１７年 11月 肝転移発覚
反回神経麻痺のため、左声帯が動かず、嗄声の症状あり。
【今までの経緯】
２０１４年５月
軽い喘息のような咳が気になり出す。近所の耳鼻科を受診すると、咳喘息と診断を受ける。吸入、咳止めを処方され、ここから、約1年半通院が続く。症状は 改善されず、時々診察時に尋ねるが同じ診断が出るだけ。娘を出産後から 年に一度、人間ドックを受けていたが、胸のレントゲンは、毎年異常なしであった。
２０１５年11月
全く改善しないため 近くの内科に相談する。「喘息だと思うが、あなたがそこまで言うならＣＴ検査をしましょう」と言われ、早速予約をする。
２０１５年11月30日
ＣＴ検査を受ける。結果、気道が何かで埋め尽くされていることが判明。翌日 近くの大きな総合病院へＣＴの結果を持って行くように言われる。
★癌告知・ステント留置手術★
２０１５年12月１日
朝一で主人と結果を持って、総合病院受診。あらゆる検査を朝から夕方まで ひたすら受ける。結果、気管支から肺に繋がる部分、逆Ｙの字の部分までの広範囲に腫瘍が見つかる。
腫瘍が気道をふさいでいて気道が狭く１㎝もない。いつ窒息死してもおかしくない危険な状態のため、そのまま入院となる。即手術が決まるが、この病院では手術ができないため、指定された名古屋の大きな病院へ主人の運転で移動。夜の７時頃到着し、気道確保の為、ステント留置手術を受ける。(腫瘍を押しつぶすようにして、気管支内に逆Ｙの字型ステントを入れ、気道を確保。）ステントを入れる際、腫瘍を少し削り取り病理検査に。術後数日間はＩＣＵに。ステント留置中は、痰が自力で出せないため、１日４回の吸入が必須となる。術後の合併症で肺炎にかかり、肺に水が溜まり、痛みと熱が続く。
２０１５年12月11日
病理検査の結果、『腺様嚢胞癌』と告知を受ける。
２０１５年12月14日
退院

★放射線治療★
２０１５年12月18日
今後の治療法の相談。腫瘍が気管支内にあり、かなり大きく場所も悪い。外科的手術については気管支を５㎝以上も切って繋ぐという事は致命的！（私の場合は、もっと切り取らなきゃならなかったからだと思います）。呼吸が出来なくなるし、人工的な気管支もないため不可能。
効果的な治療方法はないが、とりあえず放射線治療をすることが一般的と言われる。医師の指示通り、放射線治療を選択する。
２０１６年１月４日
入院
２０１６年1月5日～2月22日まで
計33回。放射線治療 66 gry。

《放射線治療の副作用》
・照射部分が日焼けのように　黒く色素沈着。（背中部分も）
・後半、多少の飲み込み辛さはあったものの　食欲も落ちず、食事は取れた。
・気管支に照射したため　咳、痰は増えた。
・入院中、咳が原因で 計10本の肋骨にヒビが入ったり、骨折していた。
完治まで 約5ヶ月かかる。コルセットと痛み止めで対処。声帯ポリープが2個出来、薬服用で 消滅。

（退院後）
しばらくの間、毎月経過を診る事になる。

放射線治療の影響で　気管支炎を引き起こしていたため、咳、痰が酷くなる。咳がとにかく酷く、体を横にすると、咳が止まらず、睡眠不足の毎日でした。気管支炎が落ち着くまでは　どうすることも出来ないと諦めていました。放射線肺炎になるかどうかは、数ヶ月様子を見ることに。結局、肺炎にはなりませんでした。

★ステント除去手術★

２０１６年６月

咳が日に日に酷くなり、全く回復に向かわない。毎月診察では　咳止めの薬が　強い薬に変更になるだけ。あまりに咳が酷くて、毎晩眠れないため、気管支鏡カメラを受ける。カメラを入れる時も　入ってからも、咳が我慢できずに出てしまい、とても時間がかかりました。結果、気管支内のステントと気管支がこすれて、気管支内に無数のタコのような物ができており、そのタコが酷い咳の原因でした。この酷い咳を 少しでも 楽にし、睡眠の確保の為、咳の原因のタコをできるだけ取り、ステントを 一度抜く手術をする事になりました。とりあえず気管支内の腫瘍は放射線で落ち着いているため、ステントを抜いても気道が狭くなって窒息する心配はないとの事。手術も早いほうがいいと勧められましたが、娘の事もあるため、家族の負担も少ない夏休みに手術の予約を入れました。

２０１６年7月20日~２０１６年7月25日

入院。

２０１６年 7月21日

ステント抜去手術。術後、合併症の肺炎にかかるが、熱があるものの軽い症状のため予定通り退院。退院後は 今までの咳が嘘のように楽になり、毎日負担だった 1日4回の吸入もしなくてよくなりました。放射線治療後、外出が億劫になり、引きこもり気味だった生活から一変、心身共に楽になり、外出するように。

★はまさんのブログとの出会い★

２０１６年11月

癌と告知を受けてから、初めて自分の病気の事をネットで調べる。この時 TEAM ACC の事、はまさんのブログと出会う。

★セカンドオピニオン・余命宣告★

２０１６年12月26日

新しい情報を求めて、東京築地の国立がんセンターにてセカンドオピニオンを受ける。（一人で受診）腺様嚢胞癌の専門医と紹介されるが、何故か 乳腺外科医だった。今の所、新たな治療法も、薬もないと言われる。比較的進行が緩やかなので、1～2年ぐらいかな？長くは難しいですね…と、余命宣告を受ける。私の場合、気管支の広範囲に渡り、腫瘍が取れずに残っている事。かなり大きな癌があるからだそうです。長くはないとは今の主治医からも言われていたのでわかってはいましたが、やはりショックでした。

★左胸骨転移

２０１７年5月

初めてＰＥＴ ＣＴ検査を受ける。左胸骨転移が発覚。

２０１７年8月

ずっと隠し続けてきたが、一人娘に 自分の病気が、〝がん〟である事を伝える。愛知がんセンター 中央病院 整形外科受診。胸骨転移について 診察を受け、様々な治療法について相談。翌週に二泊三日の入院で 骨生検をすることに決まる。局所麻酔で行う。生検の結果、腺様嚢胞癌の骨転移と判明。

★凍結療法・がん細胞が消滅

２０１７年9月

骨転移に対する治療の凍結療法についての説明を聞くため、三重大学病院受診。

２０１７年10月5日～8日

三重大学病院にて、胸骨転移部分に、凍結療法の手術を受ける。局所麻酔で行う。骨への治療は かなり激痛であった。術後、特に制限はなくすぐに退院出来た。

２０１７年11月

骨転移については名古屋医療センターでは診れないとの事で、愛知がんセンター中央病院に転院となる。転院してすぐ ＣＴ検査、凍結療法の治療効果を確認する為に ＭＲＩ検査を受ける。ＣＴの結果、肝臓、肝臓近くのリンパ節に怪しい影が見つかる。更に詳しく腹部エコー、ＰＥＴ ＣＴ検査を受ける。胸骨のＭＲＩの結果については、凍結療法の治療効果があり、がん細胞が消滅していた。

★肝臓転移・ラジオ波焼灼＋動脈塞栓術

２０１７年12月

腹部エコーの結果、肝臓に腫瘍が確認された。肝臓近くのリンパ節については 確認できず。ＰＥＴ ＣＴ検査の結果では、大きさが小さいのか？　肝臓は光らなかった。しかし、食道、気管支近くに2ヶ所光るものが見つかる。こちらについては、気管支鏡カメラ、胃カメラの検査を受ける事になる。腹部エコーで 肝臓に1つの腫瘍が確認出来たため、小さなうちに 局所治療をする事に決まり、ラジオ波焼灼＋動脈塞栓術という手術を受ける事が決定する。手術中に この腫瘍についても 生検する事になりました。

２０１７年12月25日～29日

肝臓転移にラジオ波焼灼＋動脈塞栓術の手術、同時生検を受ける。局所麻酔で行う。

①肝臓腫瘍生検

②肝臓腫瘍に繋がる血管に対して 右脚鼠径部よりカテーテルを入れ、動脈塞栓術を行う。

③肝臓腫瘍に対してラジオ波焼灼を行う。

ラジオ波焼灼は、胸骨の凍結療法とはまた別の痛みを感じました。術後は、何時間も体を動かせない状態での安静がとても辛かったです。腹部の違和感や鈍痛、発熱に対してはロキソニンで対処。翌朝 安静解除になり尿管も取れました。食事も普通に取れるようになる。微熱が 術後3日後ぐらいから出る場合があると言われており、多少の微熱はあるものの、無事退院出来ました。入院前に受けた 気管支鏡カメラの結果は、気管支内は腫瘍の大きさ等、変化なく特に問題はなかった。今回退院前日に 胃カメラを受け、結果は ポリープが見つかるが、良性のものだった。

★縦隔リンパ節転移・反回神経麻痺による嗄声★

２０１７年12月中旬ぐらいから

少し声のかすれがあったが、風邪の症状と思い 気にせずに年を越す。

２０１８年1月

声のかすれが 段々と酷くなる。声が出にくくなる。

２０１８年1月中旬

声枯れに加えて、お茶を飲んで誤嚥してむせてしまう。主人が ネットで調べて、反回神経麻痺ではないか?と心配して、翌日すぐに受診。鼻カメラを受け、左声帯が全く動いてない事が判明する。声枯れの原因は、反回神経麻痺による嗄声。ＣＴの画像には写っていないが、ぼんやりとＰＥＴに写った縦隔リンパ節に転移があり、その腫瘍が 反回神経に触っているため 麻痺が起こっているとの事。

様々な科にもかかるが、その度に 私の嗄声を聞いたドクターから、症状が出ているから今すぐ 抗がん剤治療を開始するように言われる。同時期に、国立がん研究センター 中央病院にもトップギアプロジェクトに参加するため、紹介状、プレパラートを持参して受診する。遺伝子検査も受ける。こちらの病院でもまた、私の嗄声を聞いたドクターから、抗がん剤治療を勧められる。

★抗がん剤治療

主治医より、院内カンファレンスの結果、3月より、抗がん剤治療を開始することに決定。腺様嚢胞がんには、効果があると言われる抗がん剤が まだわかっていません。そのため、一か八かの勝負です。

薬剤は、TC療法（パクリタキセル＋カルボプラチン）を3週間に1回、4クール行う。

抗がん剤の副作用について

1クール目の副作用

パクリタキセルにはアルコール成分が含まれているため、初めて投与した直後は顔が一気に真っ赤になり、正に酔っ払い状態に。投与した3、4日後ぐらいから 下半身が筋肉痛のような怠さが出てきたが数日で治る。2週間後ぐらいには、白血球数が減少。白血球数を増やす注射を受ける。髪の毛も抜けました。

2クール目終了後の副作用

酷い腹痛と下痢の症状に。数日 食事がまともに出来ず。白血球数はまた減少。同じ注射を受ける。

3クール目終了後の副作用

強烈な睡魔に襲われて 数日間 とにかく24時間眠い。ずっと寝ていられるほど眠かった。

4クール目終了後の副作用

貧血に似た症状があり、起き上がれない。座ってもいられなかった。動悸も激しく、手足が震える。手足の痺れは 段々と回数を重ねていくうちに 強くなってきて、終了後も続いています。吐き気などは上手く薬を使うことで、食欲も落ちずに食べることができました。しかし、味覚障害が起こり、辛い物、味の濃い物を基本好むようになりました。

2018年6月現在

抗がん剤治療は 一旦終了しました。CT検査の結果、治療前と変わらず 現状維持でした。抗がん剤の効果が あったかどうかの判断は難しいとは言われましたが、新たに何か写っていないため 効果はゼロではないとの事。また、嗄声については、やはり 抗がん剤治療をしても元の声には戻らないとの話でした。抗がん剤を投与するために針を刺した場所の血管が堅くなり痛みがでます。1か月以上経っても未だに腫れて痛みがあります。投与に使った血管は全て堅くな使えなくなってしまいました。血管が細く堅くなりやすいので、次回はポート設置も考えています。

今後は、抗がん剤治療を一旦お休みして、経過観察をしていく事になります。7月には国立がん研究センター中央病院にマスターキープロジェクトに関する治験について、詳しい話を聞きに行く予定です。

医療者からは教えてもらえない貴重な体験談

私は抗がん剤治療前にがん種は違いますが、様々なサバイバーさんの体験されたお話を聞きました。そのおかげで比較的副作用も軽く済み、いろいろな準備も出来パニックになる事もなくほとんど生活が変わらずに過ごせています。経験された方々のアドバイスは医療者から教えてもらえない事ばかりで本当に有り難かったです。

Team ACCとの出合い！　一人じゃない！

私は癌が見つかり、孤独と不安な毎日を過ごして、スッカリ生きることを諦めていました。勇気を出して東京へ仲間に会いに行き、「離れていても一人じゃない！」仲間がいる事は、とても心強いです！「まだまだ生きていく！」と、前向きになれました。

TEAM ACCとの出会いにより、私は「生きる希望」が持てました。始めの一歩を踏み出す事は、とても勇気がいります！しかし、その勇気を出す事で、自分の考え方や生き方まで大きくいい方向に変わる事が出来ました。その後、私は様々な場所へ自ら出かけ、たくさんの方々と繋がることが出来ました。そして、繋がる喜びを身をもって実感しています。

これからもたくさんの人との繋がりを大切にしていきます。更には「こんな私でも何か出来る事があるのでは？」と思い、腺様嚢胞がんに罹患して孤独と不安の中にいる方々のためになればという思いから、〝TEAM ACC〟の広報活動のお手伝いを。そして私も小学生の娘を持つがん患者として、子を持つがん患者さんのための〝キャンサーペアレンツ〟の広報活動のお手伝いをしています。フライヤーを片手に東海地区のがん拠点病院を中心に、抗がん剤治療中も一人で歩いて回り、病院にフライヤーを設置して頂けるようにと病院の方々にお願いに回っています。

2018年からは地元三重県のピアサポーター研修を受けて、ピアサポーターとしての活動も始めています。今、自分に出来る事を自分のペースではありますが、これからもやって行きたいです。そして、出会ったがんサバイバーの方に、〝あなたは決して一人じゃないよ！〟と、伝えて行きたいのです。また、娘にも〝がん〟である事、TEAM ACCの事を話した事で、家族の絆がより一層深くなったと感じています。TEAM ACCを立ち上げて下さったはまさんには本当に感謝しています。

家族も今まで出会ったたくさんの仲間や友達、どちらも私にとってはかけがえのない存在であり、家族、仲間、友達とたくさんの方々に支えて頂いて私は生きています。これからも家族、仲間達と共に、今、この一瞬を楽しく、精一杯生きて行きたいと思います。

「リブストロング、エイエイオー！」

140 医療費・入院費が心配（2018年4月30日）

癌による入院、治療でがん保険とともに気になるのが医療費、入院費でしょう。通常、医療費は健康保険に加入していれば、自己負担額は3割です。医療費が8万円を超えると高額療養費制度を申請すれば支払に上限があるので安心です。癌になるとCT、MRI、内視鏡、PET etc…と検査が頻繁に行われます。私の場合でも、昨年6月末に喉に違和感を感じて以来、防衛医大病院、国立がんセンター、亀田京橋クリニックと診察を受けましたが、手術しかないということでしたので9月の手術まで治療行為は全くなく検査のみでした。入院、手術後も手術代、治療費のほか術後の経過を観察するために頻繁に検査が行われます。気になるのはその金額ですが、セカンドオピニオンは保険外で4万円＋税、検査は内容にもよりますが、CTとかであれば自己負担金は1万円前後でしょうか。PET検査では3万円くらいです。入院となれば、手術となれば、治療費、手術代に加えて薬代、食事代、差額ベッド代（保険適応外）と費用は高額になってきます。

◎参考に、私の喉頭部全摘出、気管切除・気管孔制作という手術料は78万3770円、麻酔料は44万8660円。放射線治療費は62万1600円でした。

◎医療費でがんの所謂先進医療と言われる重粒子腺治療、陽子線治療では保険が適応されないため1クール約300万円が自己負担となります。

高額療養費制度

医療機関等の窓口での支払いが高額になった場合は、あとから申請することにより自己負担限度額を超えた額が払い戻される「高額療養費制度」があります。しかし、あとから払い戻されるとはいえ、一時的な支払いは大きな負担になりますから、70歳未満であれば、「限度額適用認定証」を保険証と併せて医療機関等の窓口に提示すると、1ヵ月（1日から月末まで）の窓口での支払いが自己負担限度額までとなります。差額ベッド代などの保険外負担分や、入院時の食事代等は対象外です。

◎詳細や最新の情報は全国健康保険組合ホームページで確認してください。健康保険に加入していれば、高額療養費を申請することで負担額に上限があるあるため無限に支払金額が増えるわけではないので安心です。

全国健康保険組合ホームページ　https://www.kyoukaikenpo.or.jp/

差額ベッド代

入院時に差額ベッド代について説明されますが、1人～4人部屋に入った場合にかかる費用で健康保険の適応外となります。因みに亀田総合病院の場合、4人部屋で1日7000円、個室で1日12900円でした。これは先に記したように入院給付の付いた保険に入っていなければ自己負担になります。

141　ネブライザー（2018年5月4日）

退院はしたものの手術で気管が5㎝と短くなり、手術前のように喉、口、鼻を介して呼吸しないためにどうしても乾燥した空気が直接肺に入り気管内が乾燥します。入院中だった秋から冬場、春にかけては特に空気が乾燥するために肺炎や気管支炎になったり、風邪、インフルエンザに感染といったリスクが大きくなるのです。そこで、命を守るためにネブライザーという吸入器での加湿を1日に数回しなければなりません。入院中の多い時では1日に7回、退院して自宅療養になってからは放射線治療による炎症が治まったために回数は減っています。それでも1日に4回です。つまり、単純計算して、5時間おきくらいにネブライザーを10～20分程度かけて加湿する必要があるのです。

通常は、呼吸器疾患のある患者が口にマウスピースをくわえたり、吸入マスクを口にあてるのですが、私の場合、胸に開いた気管孔という孔に吸入マスクをあてて吸入することになります。加湿することによって乾燥して気管壁にこびりついた痰が柔らかくなり、体は痰を吐きだそうとして咳き込むため気管孔から痰がでてきます。生きるためにその作業を日課として続けなければならないのです。

昨年11月の一時退院時にはO社の家庭用ネブライザーコンプレッサー式NE―C28（定価2万円）を、購

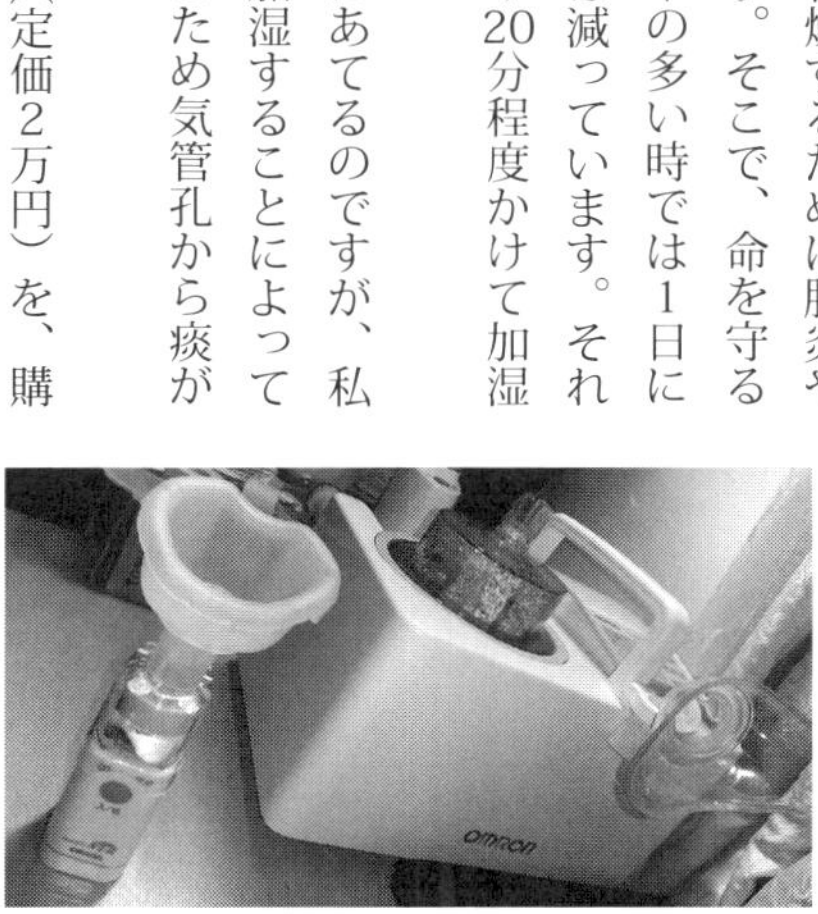

入しましたが、どうしても病院で使っていたものと比べると霧化量のパワーが足りません。そこで退院時にはやはりO社の超音波式ネブライザーNE—U780（定価10万円）を購入しました。しかし、自宅で設置して使う分にはいいのですが、長時間の外出となるとAC100V電源が必要ですし、重量が本体だけで2・5kgあり、かさも大きくて持ち運ぶのが大変です。そこで、あちこち調べた結果、やはり、O社の携帯用メッシュ式ネブライザーNE—U22（定価3万2000円）、本体97gを購入しました。

正直、NE—C28がパワー不足と感じていたので、さらに小さくなる携帯用には不安があったのですが、本体からチューブを介さずに直接吸入マスクとなるからでしょうか、実際に使ってみると小さい割に優れものということがわかりました。勿論、携帯用なのでAC電源でも使えますし、単三乾電池でも使えます。停電の時などのことを考えると必需品です。

これで今月27日に東京の国立がんセンター中央で開催されるACCカフェへの参加へのハードルがひとつ無くなりました。しかし、命と引き換えとは言え不経済でやっかいな体になったものです。こんなこと言ったら、バチが当たりますね。生きてるだけで丸儲けなのに。

後日追記　インターネット検索で海外製のAC100V電源仕様で3000円程度の超音波式ネブライザーを見つけました。日本製と比べて余りにも安いので期待はしていませんでしたが、耐久性はまだわかりませんが使えます。自己責任ですが、検討する価値はあるでしょう。

ネブライザーとは

気道内の加湿や薬液投与のため、喀痰粘液溶解剤、気管支拡張剤、抗生物質、生理食塩水などの薬液を数μgの大きさに霧化して気管支や肺胞に送り込む装置。圧縮空気で薬液を霧状にするコンプレッサー式ネブライザー、超音波振動子の振動を利用して薬液を霧状にする超音波式ネブライザー、振動などによって薬液をメッシュの穴から押し出して霧状にするメッシュ式ネブライザーがある。

142　東京オープンボディビル選手権の日（2018年5月6日）

今日は、東京オープンボディビル選手権の日。2018年のボディビルシーズンの開幕を告げる大会です。昨年の今頃は会場で月刊ボディビルディングの取材でプレス席に座っていました。その50日後にステージ4の稀少癌で手術をしなければ余命3カ月宣告を受けるとも知らずに。そして、1年後、私は二人のスーパードクターによる手術を受け、今、確かに生きています。長年ボディビルで鍛えた筋肉＝体力に支えられ、右の大胸筋と命を引き換えに生きています。マスターズのステージに立つ、今までのような取材活動の場への復帰は難しいかもしれませんが、長年お世話になった、私を育ててくれたボディビルに何か恩返しが出来るのではないかと今考えています。東京オープンに挑戦した選手の皆さん、東京ボディビル連盟の関係者の皆さん、お疲れ様でした！　また、お会いできる日を楽しみにしています。Train strong　エイエイオー！　Live strong　エイエイオー！

昨年の東京オープン 75kg超級

143　ゴールデンウイークが終わり、1か月ぶりの主治医外来（2018年5月7日）

2月12日の退院以来、時間が経つのが恐ろしく早いと感じます。1日4回実施するネブライザーを1日1回寝る前に洗浄しているのですが、さっき洗ったと思ったらまた洗う時間です。昨日見たと思ったテレビ番組がもう1週間経って今夜という感じです。ボーッと生きている時間はありませんね。ゴールデンウイークも終わり、今日は荒天の中、朝から1か月ぶりの呼吸器外科の主治医N医師による外来診察とリハビリでした。まず、体調については、幸い大きく変わるところはないので、診察の後は今後について話をうかがいました。私は、元々、関西出身なので、「今後、関西で診察治療となるとどこの病院がいいのか？」「紹介はしていただけるのか？」「今後の受診の予定はどうなるのか？」などなどです。まず、病院については、病院よりも医師が判断基準となるようなのですが、私のような特殊な手術が出来る医師がそうはいないことから、当然、そのアフターケアを引き継げる経験のある、受け入れましょうという医師がそうはいないことが現実のようでした。「紹介状は書きますけど、その医師が受けるかどうかですね」…ということは、受け入れてくれる医師がいなければ、ずっと鴨川！！？？　どうしたものか…。やっかいな体です。

6月には、再び、PET検査、MRI検査、気管支鏡検査をやるそうです。検査の目的は再発、転移がないかの確認なのですが、今回は「脳」も撮るとか。最近、知り合いで肺腺癌が脳に転移してガンマーナイフで取ったという話を聞いたところなのですが出来ることならしたくないですね。

最後に、私の場合、声を失ったことは、3級障害と認定されています。しかし、気管切除、気管孔という胸の穴での呼吸には、一生、ネブライザーでの加湿が必要であり、エアウエイチューブも抜ける時がくるのか一生入れて管理しなければならないかもわからない状態で、これらは気管が詰まれば即、死につながるにもかかわらず、今の基準では障害として認められないのですね。胸鎖関節(胸骨、鎖骨、肋骨）がないために、運動機能障害があるにもかかわらず、これも障害として認定されない現状について伺いました。しかし、やはり現状の基準では、呼吸器については人工呼吸器をつけないと認定されないそうです。胸鎖関節がないことについては整形のほうに確認してくださいとのことでした。私の胸の気管孔も胸鎖関節がないという状態も、前例、患者数が少ないために現行の障害の基準に合致しないから障害にならないようです。行政ももっと柔軟な対応が出来ないものでしょうか。将来、認められる時が来るかもしれませんが、現状ではないものねだりです。愚痴を言っていてもはじまりません。自分が出来る事を、自分がやるべき事をやり、前向きに生きたいと思います。これからは五月晴れの日々が続くでしょう！それに合わせて体調もきっと上昇気流に乗ると思います。

144　ゴールデンウイーク明けの10日間（2018年5月15日）

ゴールデンウイーク明けの10日は母の月命日、11日は父の月命日でした。好きだったおまんじゅうとビールを供えました。…と言ってもその後には私がいただくのですが（笑）。

通院は、月曜日呼吸器外科の主治医N医師、水曜日頭頸部外科のK医師、木曜日スポーツ医学のKu医師の外来、そして、木金の2日間のリハビリを受けてきました。気管孔は、月曜日に問題ないということだったのですが、翌日から周辺の痰のこびりつき、出血がおこり、今週の寒の戻りが原因でしょうか、首から喉、胸の痛みにも悩まされています。もうどこが痛いのか、何が痛いのかわからない感じですね。K医師に内視鏡で診ていただいた結果、気管支、食道ともにまだ少し炎症が見られるものの大きな問題はないということなので安心しましたが、気管孔の周囲の痰と出血による炎症について尋ねると看護師さんが出てきて、ネブライザーをかけて加湿したあと、ウエットティッシュで優しく拭く。ピンセットなどで無理に取らないなど親切に指導してくださいました。

私はプロレスが好きな割に血は苦手！　気管孔周りから出血してくると「うわあ！　血が出てきた！」とびびってしまいます。子供の頃に銀髪鬼フレッド・ブラッシー選手の噛みつき、流血を見たおばあさんがショック死するという事件がありましたが、私も血は苦手ですからショック死する部類でしょう（笑）。外科医の先生は、血はへっちゃらですよね。怖がっていたら手術はできませんが…。

ここ数日の荒天に加えての寒さは、首から胸にかけての手術痕、放射線痕が固まってツッパリ痛みます。こんな日は、気管孔にお湯が入らないように注意しながらもお風呂で半身浴をするのが一番です。肩まで浸かることが出来ればいいのでしょうが、そんなことをしたら即天国行きです。半身浴だけでもツッパリ感が緩和されて気持ちがいい！　半身浴だけでもできるだけ幸せですね。右肩の調子は相変わらずよくないので、スポーツ医科学のKu医師からヒアルロン酸の注射をしていただきました。手術で胸鎖関節が無くなっているのが原因であることは間違いないと思いますが、症例がない体なのでスポーツ医学の先生も試行錯誤のようです。

今までの人生ではボディビルのおかげか肩こり知らずだったのですが、胸鎖関節が無いのを補おうと筋肉が常時緊張しているようで首、僧帽筋、肩甲骨周辺の筋群が凝り固まっています。これだけ切ったり縫ったりしていると、回復かと思っていたら、今までなかった思わぬ症状が突然出てきたりします。腕の痺れ、今、悩ませている右肩が痛くて上げられない、回せない、夜眠れないという症状もそうです。注射もあまり効果がないとするとリハビリと自己回復力頼みなのでしょうが、機能が回復するにはまだまだ紆余曲折が予想されますね。時間をかけてじっくり治すしかないのでしょう。「あの頃は痛かったよなあ」と笑って話せる日が来ることを信じています。

そして今週、寒いと思っていたら再び暑くなってきました。ならば、胸と首の痛みは和らぐであろうという期待は見事に裏切られ暑いのにかっちかっちです。気管孔もどうやら肉芽のようなものがチューブの刺激からか出来ており不快です。昨夜は体調が悪く早く床にはいりました。まあ、しかし、これも想定内。今月末には、ACCカフェと術後初の関西遠征も計画していますから、それを目標に体調のいい時にトレーニングを進めて体力増強を計ります。一時は10㎏減った体重もこころなしか増えてきていますが、コンテスト出場はもう無理ですが、病気と戦う筋肉、筋力、体力をつけます！　一時は10㎏減った体重もこころなしか増えてきているような…。

現役時代　ナニワボディビルクラブの仲間と

145　永久気管孔についてのまとめ

私が受けたのは、腺様嚢胞癌に侵された気管切除、呼吸をするための永久気管孔制作、癌転移による喉頭部全摘出（甲状腺・声帯を含む）という手術でした。気管癌というのもあまり聞かないし、腺様嚢胞癌なんて癌は初めて聞きました。そして、その唯一の治療法が永久気管孔制作。これも初めて聞きました。しかも、喉ではなく、胸骨、鎖骨、肋骨を切除して胸のど真ん中に作るというのです。今に至るまで、手術後も含めて、そのような人に出会ったことはありません。腺様嚢胞癌についてはすでに書きましたので、永久気管孔についてまとめておきたいと思います。

永久気管孔とは

国立がん研究センターのホームページ（https://ganjoho.jp/public/index.html）によると、「永久気管孔とは、のど（咽頭、喉頭）やその近くに病気があって、治療のため喉頭をとり除かなければならない時、呼吸のためにあける穴のことです。首のつけ根の前の部分に丸い穴があき、気管の出口が縫いつけられ、ここから呼吸をするようになります」とあります。

私の場合は胸の永久気管孔

私の場合は、癌が気管の中で10㎝にも成長しており、残せる気管が短かかったので、胸骨、鎖骨、肋骨を切除して喉ではなく胸に永久気管孔を作りました。なぜ、骨を切除なのか疑問でした「戻してくれたらいいのに」と。しかし、N医師の説明を受けて納得しました。骨を戻すと胸の厚みがでるために短くなった気管では胸に気管孔が作れないのです。癌切除で残された短い気管を前のほうに出して胸の皮膚に縫いつけるために距離を稼ぐ必要があったのです。そして、気管孔を補強するベースとして右の大胸筋が使われました。ボディビルダーにとって大切な大切な大胸筋ですが、生きるため仕方のない選択でした。

気管孔でどんな体になったのか？

通常、私たち人間は、口や鼻で呼吸をしています。吸い込んだ空気は、鼻や口から体内に入り、咽頭、喉頭、気管、気管支を通って肺に運ばれます。食べ物や飲み物は口から入り、咽頭、食道を通って胃へと運ばれます。

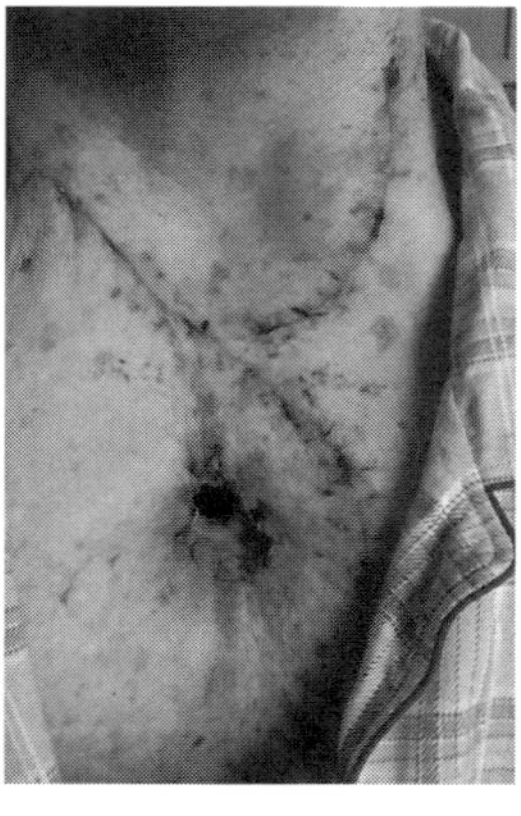

今回の手術では喉頭部を全摘出でしたから、呼吸と飲食物の通り道が完全に分離されて、飲食物は口から喉、食道を通って胃袋に入り、空気は永久気管孔という胸に開けられた孔から肺に吸い込まれ吐き出されるようになったのです。

気管孔のメンテナンス・衣類・ネブライザー・エアウエイチューブ・入浴・シャワー

気管孔のメンテナンス

通常の呼吸では空気が喉、口、鼻を通過する間に適度な湿気が加わるのですが、永久気管孔では、乾燥した空気がそのまま気管、気管支、肺に入るため痰が固くなり、痰の量が多くなります。ごみも入りやすくなります。気管支炎や肺炎になるリスクが増えます。風邪やインフルエンザに感染しやすくなります。対策としては、ガーゼのような通気性のある生地の前掛けをつけるのが一般的です(写真左中)。私の場合、Laryngofoamという薄いスポンジ生地を取り寄せて、テープで止めて使っています（写真左下）。通気性がガーゼよりも良いために呼吸が楽にできます。まめに交換して清潔を保たなければなりません。

衣類

衣類は気管孔の掃除がやりやすく、呼吸がしやすい前開きのゆったりしたものになります。以前からたくさん持っていたTシャツやスエットシャツは首のところに縦に切り込みを入れて着用しています。首に気管孔がある人では、つんくさんのようにスカーフや大きめのハンカチを襟元に巻いている方もいるようです。

ネブライザー・エアウエイチューブ

そして、気管の乾燥を防ぐために加湿してやる必要があります。私自身の今現在では、5時間おきくらいに医療用ネブライザーで加湿しなければなりません。そして、気管内にこびりついた痰を咳の要領で出してやり清潔に掃除するのです。

私の場合、5時間おきということは1日に4，5回ということになります。また、狭窄防止のためのエアウエイチューブが挿入されているのでどうしても気管孔の入口とチューブの間に痰や粘液がこびりつき固まってしま

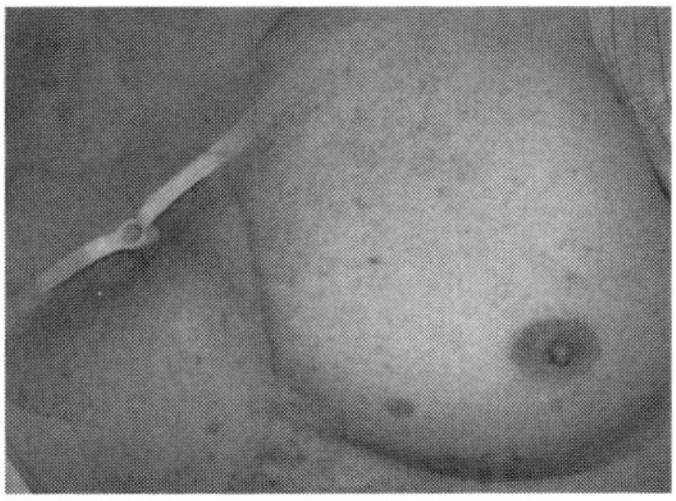

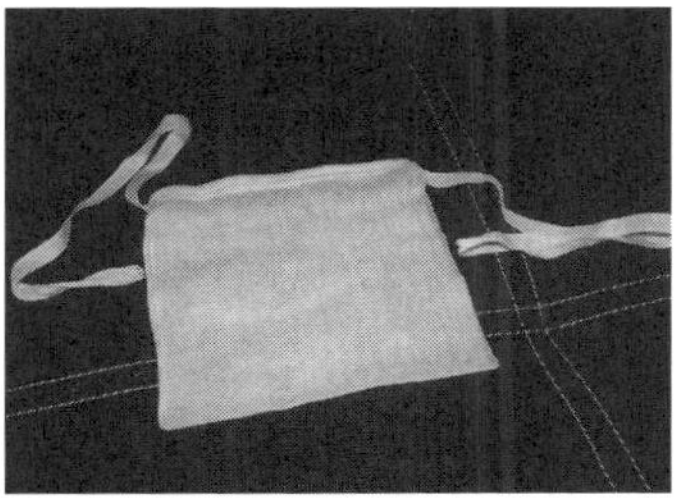

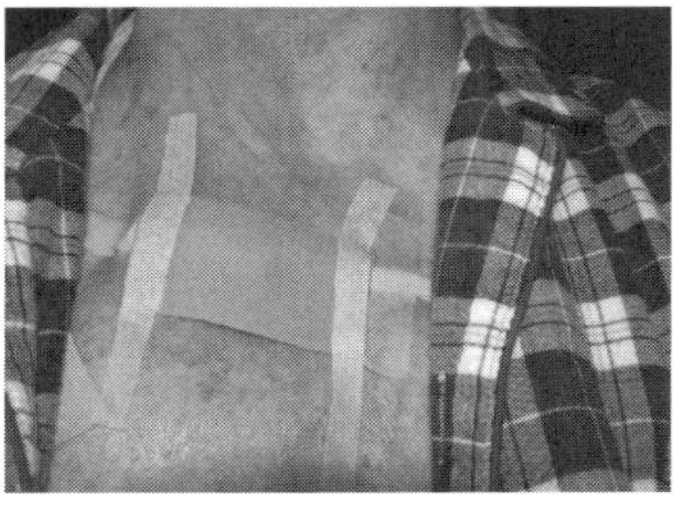

います。ネブライザーで加湿したあとウエットティッシュや濡れガーゼなどでふきとり、気管孔の周囲にこびりついたものは鏡を見ながらピンセットでとります。無理にピンセットで痰を取ろうとすると出血するのでやめます。うまく取れないとたちまち出血し痛みがでるので結構気を使います。チューブ内やチューブの奥の気管に痰が溜まると不潔になるだけでなく、痰が詰まれば窒息の恐れが出てくるので、定期的にチューブを抜いて洗浄し、再度、挿入するという作業も欠かせません。痰をやわらかくするためにクリアナール、アンブロキソールを服用しています。水分を多めに飲んだり、乾燥する季節には日常生活する部屋に加湿器を利用するのもいいようです。

入浴・シャワー

風呂やシャワーにも気を使います。永久気管孔から水が入ると肺に流れ込んでしまうため、溺れた時と同じ状態になり命にかかわるからです。よって、お風呂に浸かるときは半身浴になります。シャワーでは下半身シャワーになります。そこで私の場合、入院中に担当医のT医師に相談し、試行錯誤の末にライトタッチフェイスマスクという治具をパーミロールで張り付けて防水して入浴をしています。それでも浸水の恐れがあるのでマスクの下までしか浸かることはできません。水が入らないように細心の注意を払えば頭からのシャワーも可能です。

臭覚がなくなる・息を吹けない・鼻をかめない、すすれない

鼻や口から呼吸をすることができなくなるので嗅覚がほとんどなくなります。おならなどの臭いもわかりませんが、料理や美しい髪の香りもわかりません。ガス漏れや腐った食品にも気がつかないのは命にかかわります。熱い物に息をフーフーと吹きかけて冷ますことができません。これは、口の中に含める空気でささやかにフーフーすることは可能です。

鼻もかめないので鼻水が垂れ流しになりますからテイッシュが必需品となります。シンクロナイズドスイミングのノーズクリップも試してみましたが、鼻が痛くなり長時間はできませんからティッシュなどで鼻栓をすることになります。

《話せないことへの対策》

声帯も摘出しているので声が出ません。これはもう、ノートやメッセージボードでの筆談、人工電気喉頭、ジェスチャー、手話での対応が現実的でしょう。筆談はタイムリーな返事が出来ない、近くに居ないと出来ないというのでいらいらしてしまいます。食道発声法は日本全国にこの方法を教える発声教室があり、修得すると嗅覚も戻り、すすり込みや鼻をかんだりできるようにもなるそうですが、習得が困難なうえに維持も難しいようです。

私の場合、人工喉頭とメッセージボードを併用しています。人工喉頭は7万円くらいしますが、身体障害者に認定されると住んでいる自治体に申請すると補助金が出ます。

《気管孔の狭窄・肉芽》

永久気管孔の合併症として、動脈からの大出血、気管孔の狭窄、気管孔の肉芽（にくげ）があります。動脈からの大出血は即、死につながりますが注意の仕様がありませんし滅多に起こらないそうですから気にしないようにしています。気管孔の狭窄には、今現在悩まされています。昨年の一時退院時に狭窄が起こり、窒息寸前になりました。そのため、現時点においても狭窄防止のために常時エアウエイチューブを挿入したままです。もしかすると一生抜けないかもしれません。肉芽については、チューブのような異物が入っているとこすれる部分に刺激で出来るそうです。豆やタコのようなものですね。これも大きくなると窒息の可能性があるのでその場合は切除するようです。

《力めない！》

気管孔では口のように閉じて息をこらえることが出来ないので力むことが出来ません。私はボディビルダーなので、日常的に行う筋トレで息を止めて力むことができません。しかし、私はその道の専門家です。アイソメトリックストレーニング、スロートレーニングなどの色々なメソッドを駆使して出来ると確信しています。ただ、便秘にならないように注意することは必要ですね。

《食事》

私の場合、開胸して癌が食道にも浸潤していたら切除して小腸を移植して食道再建と聞いていたのですが、幸いにも食道には浸潤していなかったため食道を残すことが出来ました。その結果、基本、何を食べてもいい、お酒も適度なら良いということでしたが、食道を縫っているのと、気管が繋がっていないためか、手術前のようにスムースに飲み込める感じではありません。パンのような水分が少ないものでは喉につかえる感じがどうしてもあります。しっかり噛んで少しずつ飲み込むように心がけています。大好きなお酒は晩酌程度にたしなんでいます。せっかく、「命の延長切符」をいただいたのですから。

《甲状腺切除・声帯切除》

私の場合、気管癌が甲状腺、声帯にも達していたため、甲状腺、声帯ともに切除しました。そのため、一生毎日甲状腺ホルモン剤レボチロキシンＮａ錠を飲むことになります。声は一生戻ることはありません。

《身体障害者認定》

（声の喪失）

住んでいる市町村の福祉係の窓口で、手続き、申請をすれば、喉頭全摘出術では3級に認定されますが、認定まで申請後2～3ヶ月かかります。年金機構では2級に定められています。

（胸の気管孔・胸鎖関節がないこと）

胸の気管孔については、日常的に行わなければならないネブライザーによる加湿、痰除去、狭窄防止のためのエアウエイチューブの管理は命にもかかわることであり、長時間（私の場合、5時間おきくらいでネブラーザーによる加湿が必要です）の外出が出来ないにも関わらず障害としての認定がされません。胸鎖関節が無い事も現状では前例がないためか障害とは認められていません。喉頭部全摘出による声喪失で認められる3級障害でも旅客運賃の割引（JR、民営、航空機）、税の減免、障害者世帯向住宅、更生資金の貸付などで多少の優遇措置が受けられますが詳細、条件、手続きについては各窓口で確認してください。

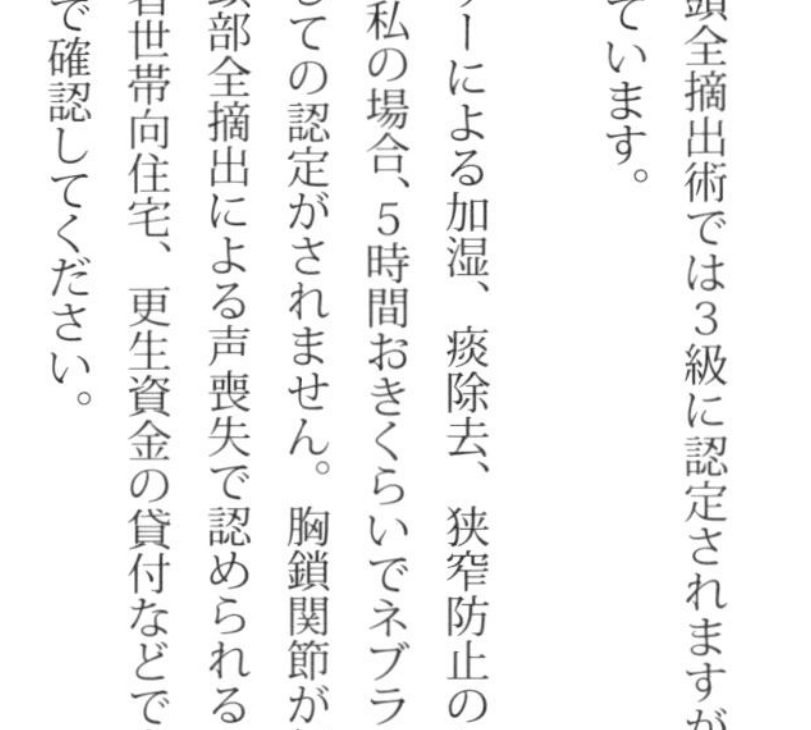

《障害年金》

国民年金や厚生年金に加入し、加入期間などの規定をクリアしており、掛け金を納めている期間に手術を受けた場合に支給されます。国民年金では市町村の自治体、厚生年金では年金事務所、社会保険事務所の窓口で支給条件、等級、手続来方法について相談することになります。5年以内に請求しないと時効になります。

《高額医療費申請★》

これについては、前項「140　医療費・入院費が心配」のところを参照してください。

《生命保険・住宅ローン》

生命保険に加入している場合は、保険証書を確認するだけでなく、念のために保険会社の窓口に電話を入れて、入院給付金、手術給付金、障害が残った場合の支払免除などについても確認しましょう。

住宅ローンを支払っている場合、団体信用生命保険に加入していると思いますので、住宅ローンの返済中に死亡した場合や高度障害が発生した場合にローンの残債を肩代わりしてくれる仕組みがあるので確認しましょう。

146　火のないところに煙はたたない！（2018年5月20日）

入院中のことについて話します。医師、看護師は、医学的根拠に基づいた検査の数値、血圧、体温、酸素濃度など数値を大きな判断材料としますが、計測された数値と感覚には個人差があります。数値基準値内であっても、患者本人でないとわからない体調の変化、異常な感覚、不快さがあります。

私の場合も入院中気分が悪くても、呼吸が苦しくて訴えても、計測した血圧が、体温が、血中酸素値が正常値だからと放置ではありませんが、「数値が正常なので先生を呼ぶことが出来ない」的に様子を見られたことが何度もあります。確かに数値が規定範囲内であれば大事に至ることはないのでしょうが、患者にすれば訴えているのに手を打ってもらえないことほど不安なことはありません。そして、多くの場合、異変が起こります。やはり、数値には表れていない段階で本人は異変の前兆を感じるのです。言い方を変えれば、ドクターや看護師さんが数値で確認できるのは異変が起こった後ということになります。私が気管孔に痰が詰まり呼吸が出来なかった時のほとんどはその前兆を感じています。

一番最近に窒息しそうになったときも前兆を感じ、リハビリをキャンセルした直後に窒息状態になりましたが、血中酸素濃度が90％を割り規定値外になったのは完全に息が出来なくなったときでした。火のないところに煙は立たないと言いますが、まさにその通り。これは患者本人にしか感じることが出来ないのですよね。

残念～！

147　もっと柔軟にできないものか身体障害者認定（2018年5月23日）

私は、喉頭部全摘出で声を失いました。当時、住んでいた市の福祉係の窓口で、手続き、申請をし、現行の認定基準に合致しているため喉頭全摘出で3級に認定されました。胸の気管孔については、日常的に行わなければならないネブライザーによる加湿、痰除去、狭窄防止のためのエアウエイチューブの管理は命にもかかわることであり、長時間（私の場合、5時間くらいでネブラーザーによる加湿と痰取りが必要です）の外出が出来ないにも関わらず障害としての認定がされません。現行の認定基準では、人工透析、心臓ペース

メーカーなどは症例、患者数が多いために1級障害と認められていますが、永久気管孔、私のように胸骨を切除して胸に作った気管孔では症例、患者数が少ないために障害として認められていないのです。

主治医N医師に聞いてみましたが、現行の基準では、呼吸器では人工呼吸器をつけていなければ1級にはならない、2級はないということです。私は、胸に気管孔を作るために胸骨、鎖骨、肋骨4本を切除しており、上半身を支える胸鎖関節がないために、肩痛で腕が上がらない、回せない、肩、背中、腕の慢性的な凝りなどで、自分で上着を着られない障害がありますが、これについても現行の制度では、腕、足の欠損については障害が認められていますが、胸鎖関節がないという症例は含まれていないので障害と認められないのです。

三重苦のうちの1つしか認定されないわけです。この障害のため私は生活の糧である勤務先を退社する決意をせざるを得ませんでした。日本の行政には、症例は少なくても、患者数は少なくても、事例別に総合的に判断するというようにもっと柔軟な対応をしてもらいたいものです。何とかならないか日本の行政！

148　初めてのACCカフェと10か月ぶりの関西二人旅（2018年6月2日）

5月27日、昨年11月12日の一時退院以来半年ぶりに鴨川を出ました。そして、東京築地の国立がんセンター中央で開催されたACCカフェに。ACCカフェは同じACC（腺様嚢胞癌）を罹患した患者同士が集まり、情報を交換したり、新睦を深め共に生きることを目的にHAMAさんという方が立ち上げられたTEAM ACCの集まりです。ACCは主に頭頸部に発症する稀少癌で治療法も確立されていないやっかいものなのですが、皆さんの前向きで明るい生き様に大きな勇気をいただきました。

そして、会場ではリーダーのHAMAさんをはじめインターネットを通じて知り合った三重県のか～さん、岐阜県の猫舌さんとの初対面も果たすことが出来ました。

そして、これまた昨年8月以来10か月ぶりに新幹線に乗っての関西遠征です。初めて障害者が利用できる多目的ルームを利用させていただきネブライザーを行いました。私はもともと関西出身ですから関西にも多くの友人がいますし、病気が落ち着いたらいずれ関西にという考えもあります。しかし、亀田総合病

院の主治医N医師の「吉賀さんが受けた手術は誰でもできる手術ではないので、関西に行くことを考えるなら、引きついで診てもらえる病院、医師を決めておいたほうがいい」ということでしたので、今回の関西遠出旅になったわけです。あらかじめ紹介状を書いていただいた3つの病院、それぞれ、頭頸部外科（耳鼻咽喉科）、呼吸器外科のドクターを訪問して外来診察を受けたのですが、私のような胸に気管孔を作る手術をしたというドクターはおらず、一様に「大変な手術をされたのですね。見せていただけますか」という反応。宝塚の呼吸器外科のA部長も「この手術はしたことがありません。N先生の紹介ですか？　慶応大学におられた有名な先生ですね。この手術が出来るのはN先生くらいでしょう」とのこと。あらためて、大変な医師による大変な手術を受けたのだなと再認識させられました。

私の手術は、亀田総合病院のスーパードクター頭頸部外科のK医師、呼吸器外科のN医師によって行われたのですが、K医師の後輩で懇意にされているS医師、T医師に引きついで診ていただけることになりました。一安心です。

目的達成のあとは、滞在先のホテルまで来てくれた友人たちと会ったり、6月で退職する勤務先を訪問したり、娘、息子、姉たちと会ったりと充実した時間を過ごすことが出来ました。術後初めての気管孔で呼吸するという体で、重いネブライザーをキャリーバッグに入れての家内との関西二人旅。夫婦ともに何が起こるかわからない不安でいっぱいでしたが、無事、鴨川に帰ってくることが出来ました。まずは家内に感謝！　気も体も使い疲れはてたと思います。会いに来てくれた娘、息子、親戚、友人たちに感謝です。

149　関西遠征疲れに追い打ちをかける検査疲れ（2018年6月5日）

半年ぶりの鴨川脱出、10か月ぶりの新幹線での関西遠征。しかも、手術前と違って、ネブラーザーをキャリーバッグに詰めて（もっぱら運搬役は家内で私には持たせてくれませんが）、行った先、行った先で場所を見つけてのネブライザー。流石に疲れたのか3日間ほど、原因不明のしんどさに見舞われていました。そして、今日は朝から、採血、時間の長いPET（検査費は3万円近く、時間も3時間近くかかります）。やはり検査に30分近くうるさくて狭いトンネルの中でじっとしていなければならない脳のMRI、最後の締め主治医N医師による気管支鏡検査&細胞検査でした。苦手な注射もPET、MRI、採血で3回針を刺されぐったりです。

どうかPETで転移がありませんように！　脳転移がありませんように！　細胞が陰性でありますように！　関西遠征疲れに追い

打ちをかける検査疲れ。今夜はネブライザーをしてもう寝ます。おやすみなさい！

150　父の三回忌に思う（2018年6月11日）

今日は父の三回忌。母を追うような予期せぬ父の突然の死からもう2年の時間が流れたのですね。そして、その半分は私自身が癌との戦いの時間でした。

台風5号が接近する風雨の中、朝一番から予定されていた先週の検査結果を聞くためのN主治医の外来検診に行ってきました。結果は、PET異状なし、MRIによる脳転移も異常なし、気管支の細胞検査も異常なしとのことで一安心！　きっと天国の両親が「まだ、会いに来るのは早いぞ！」と守ってくれたのでしょう。帰宅後は予定通り、父の三回忌法要です。家内と共に父の遺影に手を合わせて、現状報告と感謝の気持ちを伝えました。

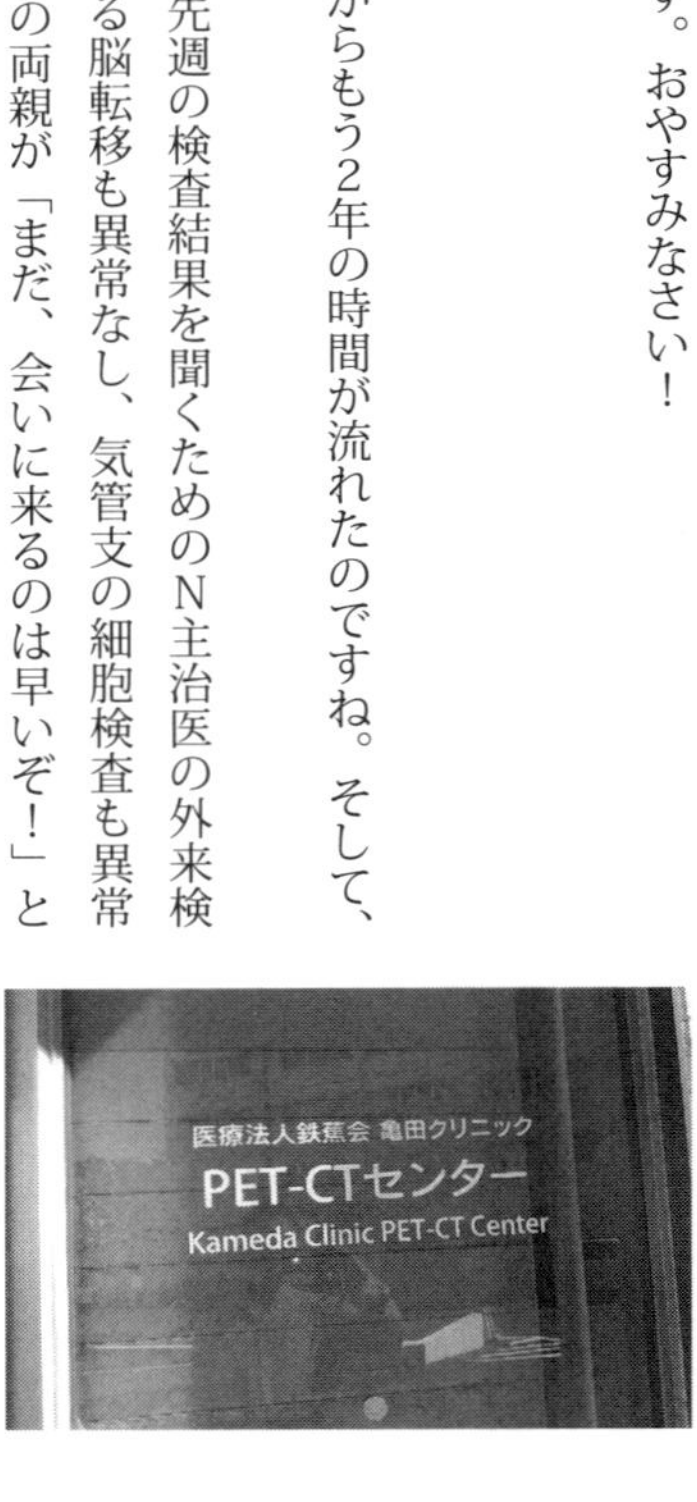

9日には来ないかもしれないと思っていた誕生日を迎えおまけの歳をひとつ重ねることが出来ました。これもドクター、看護師さんたちはもちろんのこと、家内のおかげ、家族のおかげ、親戚のおかげ、応援してくれる友人たちのおかげです。本当に人のつながりはハートtoハートですね。

これからも検査、治療と平行して出来る筋トレで体力を再建しておまけの歳を重ねたいと思います。明日が来るという保証はありません。1日1日を大切に生きたいと思います。みんなの恩に報いるために！！

151　御縁（2018年6月15日）

今週は父の三回忌供養と家族と友人たちの健康と幸せ、癌と戦っている友人たちの回復祈願のために鴨川市にある日蓮宗大本山清澄寺を参拝してきました。もちろん家内付き添い、ネブライザー持参です（笑）。

清澄寺は、日蓮大聖人が出家得度および立教開宗した寺とされ、久遠寺、池上本門寺、誕生寺とともに日蓮宗四霊場のひとつとして知られています。

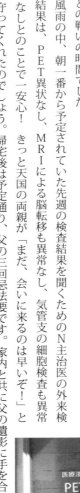

実はここを訪れるのは昨年4月に続いて二度目なのですが、その後、埼玉防衛医大病院で癌宣告を受け、東京銀座の亀田京橋クリニックで手術をしなければ3カ月で窒息と診断され手術を受けることを決意。そして、手術を実際に受けるのは銀座の亀田クリニックではなく、千葉県鴨川の亀田総合病院と知ったわけなのですが、きっとこれも何かの御縁なのでしょう。癌にならなければ、再び鴨川に来ることも住むこともなかったのですから。

初めて清澄寺を訪れた時、本人は気が付いていなかったもののすでに癌にステージ4まで蝕まれていたことになります。そして、今、こうして生きています！ 何故か同じ鴨川の亀田総合病院に入院、手術。そして、今、こうして生きています！ やはり、何かの縁を感じられずにはいられません。人間というのは、こうした目に見えないご縁で結ばれていきているのでしょう。

これからもご縁を大切に1日1日を大切に生きたいと思います。

国の天然記念物　千年杉。高さが約 47m、幹周り約 15m、樹齢 800 年

152　5年後の免許更新（2018年6月20日）

今日は運転免許証更新の日ですが、全国的に雨模様。ここ鴨川も朝から激しい雨が地面に叩きつけるように降っています。そんな中、タクシーで免許更新の講習を受けてきました。今まで住んでいた自治体での免許更新は持参した写真は書類に貼るもので、免許証の写真はその場で撮影する一発勝負のカラー写真という認識だったので白黒の写真を提出しました。そして、講習が終わって、その直後に免許証を受け取って帰ってくださいとのこと。「おい待てよ。写真撮影してないやん」と思っていると手渡された免許証にその白黒写真が！ そうとわかっていたらカラーのもっと男前の写真を提出したのに。後の祭りでした。まあ、済んだことは仕方がない。どうせ、今日を以て会社は退職だし、乗るかどうかわからないからね。しかし、せめて5年後の次の更新の日はもっと元気な状態で迎えたいものです。今回、こうして免許更新出来たことを幸せだと思おう！

あっ、そうです。今までは休職中ということでしたが、今日をもって勤務先を正式に退職することになりました。思い起こせば1

年前の今日、娘に尻を叩かれて近所の耳鼻咽喉科を訪れたのが、気管に出来た腺様嚢胞癌との戦いの始まりでした。効く抗がん剤がない、放射線も効果が期待できない、重粒子線も使えない、効果が期待できる遺伝子治療、免疫療法を模索している時間の猶予もない。そして、親友から紹介されたふたりのスーパードクターK医師、N医師でさえ、手術をするにしても範囲が広くぎりぎりの段階でこのまま放置すれば3カ月くらいで癌で気管が詰り窒息する。そんな現実を突きつけられて、絶対に体にメスは入れないというそれまでの考えを180度変えて生きることを選びました。そして早や1年が経過したことになります。手術後、半年におよぶ入院生活を終え退院して、只今、第2ラウンド真っ只中です。最初に宣告を受けた防衛医大病院の医師は5年後の生存率は40%に満たないと言っていた記憶がありますから、5年後の免許更新は是が非でも実現したいものです！

今は、気管孔の狭窄と再発、転移の経過観察中で、治療の中心は手術によって硬化した胸、首のリハビリ、上がらなくなった肩の機能回復が主になっています。時間がかかることはわかっていますが、注射、マッサージなどのリハビリでは今のところ大きな効果が得られない状況です。昨日は、スポーツ医学のH医師の診察でしたが、「しばらくの間、自身でのストレッチ、運動を試みてみたい」との旨を伝えました。関西に戻るまでにせめて日常生活が人並みに出来るように機能回復したいものです。そして、筋トレも…。往生際悪く、まだ、言うてます（笑）。

153　共に生きる

★癌と共に戦うコミュニティ

パスカルの「人間は生まれながらの死刑囚である」という言葉のとおり、この世に生きとし生けるものすべてに終わりがあります。どんなに地位、権力のある人でも、お金持ちでも永遠の命を持つことは出来ないし、明日が来ると保障されているわけではありません。永遠の命を持てたとしても平和な平穏な心で暮らせる時代ばかりではないでしょう。どんな文明にも人間にも栄枯盛衰が必ずあります。そうであれば、自分が生きている今を縁あって奇跡的に巡り合った家族、友人との時間をいかに笑顔で充実したものにするかが幸せな人生だったと言える生き方ではないでしょうか。

地位がないから、お金持ちでないから、美男、美女でないから、病気だから不幸なのではありません。地位があっても、お金があっても、美男美女でも、健康でも、現実から目を背け不満ばかり言っている人はどこまで行っても不幸です。逆に地位もお金もなく、美男美女でなくても、病気でも幸せな充実した人生をおくることが出来るのです。

癌という病気は、「私は死ぬんだ」と思わせる怖い病気です。人は自分自身が癌に罹患して初めて、健康な時には考えもしなかった「死」を「明日が来るという保証はないという事実」を身近に感じ、同時に「これからいつまであるかわからない人生をどう生きるべきか、何をなすべきか、何がしたいか」を真剣に考えるようになります。同時に「縁あって巡り合った人たちと笑顔で過ごし、1日1日を大切にしなければ！無駄に過ごせる日は1日もない！」と思うようになります。

今、私は思っています。癌という病気は自覚症状がないままに進行していき、癌と分かった時には進行している場合が多く、人を絶望の淵に落とし込みます。しかし、多くの場合、「これからいつまであるかわからない人生をどう生きるべきか、何をなすべきか、何がしたいか」と真剣に人生に向き合う時間があるのです。

健康な人、健康と思っている人はそういった切迫感がないから何となく人生は無限に続くくらいに思っていますが、実はそうではないのです。この世に生を受けたものすべてに早晩、平等に終焉の時は訪れるのですから。自分は一人で生きていけるんだと思っている方がいるかもしれませんが、それは身勝手な幻想にすぎません。実はいろいろな人に支えられて生きているのです。死を意識する病気になると家族の友人の自分の人生に関わってくれている人々の有難さ暖かさが身に染みてわかります。人生における幸せは、人生が長ければ幸せではありません。長くてもつまらない、苦しい人生もあります。短くても充実した素晴らしい人生もあります。そういう意味で癌という病気を罹患し、残された人生をいかに生きるべきかを考える機会を与えられたことは不幸ばかりではないと思うこの頃です。

癌には、再発、転移が付いて回りますから、残された限りある人生を癌と共存共生することになります。その中で医師との信頼関係の中で治療方法を選択し、希望を持ちつつ、同時に日々を、悔いを残さないように生き切ることができるのです。そういった同じ病気に罹患した仲間が集うグループや団体が世界にはたくさん存在します。情報や体験を共有することでより良い治療を受け、癌と共生する人生を明るく前向きなものにしていこうと活動しているのです。

◎がん哲学外来メディカル・カフェ

順天堂大学医学部病理・腫瘍学講座教授で医学博士であり、一般社団法人がん哲学外来理事長でもある樋

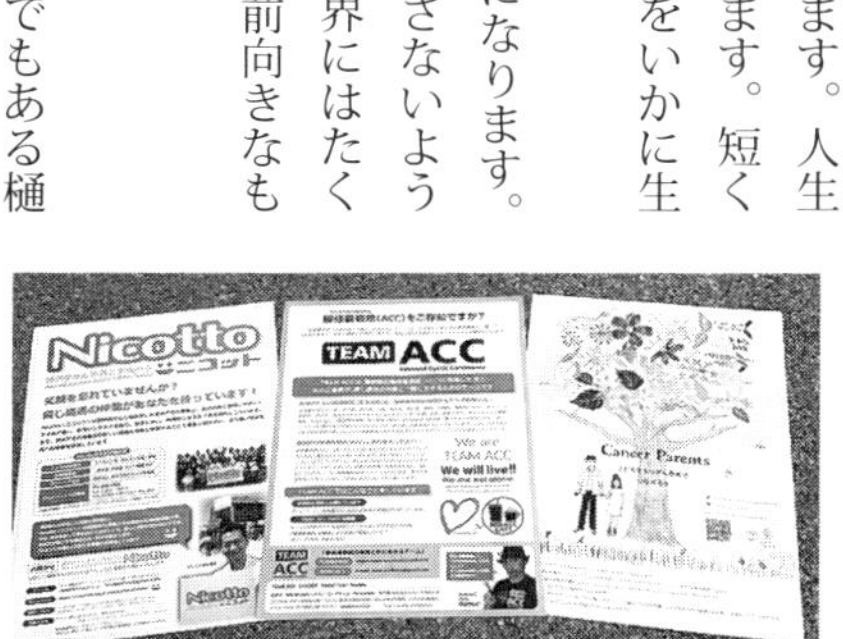

野興夫（ひのおきお）先生の「がん哲学外来」開設をきっかけに始まる。がん哲学外来メディカル・カフェは、患者だけでなく、家族、遺族、友人、医療関係者、一般市民等が集い、病気の不安や悩みを共有し、その思いが少しでも解消できる道を探す対話の場です。「癌であっても尊厳を持って人生を生き切ることのできる社会」の実現を目的とします。

一般社団法人　がん哲学外来ホームページ

http://www.gantetsugaku.org/index.php

◎Team ACC

希少癌である腺様嚢胞癌ＡＣＣ（Adenoid Cystic Carcinoma）に罹患した方と家族のために体験者がチームとなり情報を交換し共に生きるためのコミュニティ。

Hama さんが立ち上げた腺様嚢胞癌の仲間と共に生きる Team ACC のサイト　https://team-acc.amebaownd.com/

◎Cancer Parents

西口洋平さんが立ち上げたこどもをもつ癌患者の方が、同じ境遇の方を探すことができ、仲間になることができるピアサポート（仲間同士の支えあい）サービス　https://peraichi.com/landing_pages/view/cancerparents

◎RareS

患者、家族に限らず、介護者、研究者など希少疾患に関わる全ての人が情報を持ち寄り、問題を解決して行くために繋がるオンラインコミュニティ

https://community.raresnet.com/

◎CCRF（Adenoid Cystic Carcinoma Research Foundation）

アメリカの腺様嚢胞癌研究財団　https://www.accrf.org/

◎CANCER FITNESS

治療前から体力をつけるために、治療中も副作用を軽減し気持ちを前向きにするために、治療後は身体機能を回復させ元気に社会復帰をするためにＱＯＬを向上して自分らしい人生を歩んでいくために、がんサバイバーを応援！　http://cancerfitness.jp/

◎がん情報サイト「オンコロ」

株式会社クリニカル・トライアルが運営するWebサイトです。治験・臨床試験を中心とする、がん医療情報を患者さん・ご家族・

またがん医療に関わる方々に対し発信をしています。掲載している治験広告についてはお電話・メールでお問合せ頂ける「治験お問合せ窓口」を設けております。 https://oncolo.jp/

◎NPO法人 キャンサーネットジャパン
https://www.cancernet.jp/mission

私たちのミッション（使命）は、がん患者が本人の意思に基づき、治療に臨むことができるよう、患者擁護の立場から、科学的根拠に基づくあらゆる情報発信を行うことです。

私たちのヴィジョン（夢）は、がん体験者・家族・遺族、その支援者、医療者と共に、日本のがん医療を変え、がんになっても生きがいのある社会を実現することです。

154 癌と戦うための体力を作る！

健康を維持、増進するために普段から暴飲暴食を慎み、バランスのとれた食生活、規則正しい生活を心がけ、積極的にトレーニングを生活習慣として取り入れることは大切です。しかし、いくら健康に注意していても人間生身ですからウイルスに感染して病気になったり、癌になることもあります。生きているものの宿命と言ってもいいかもしれません。私自身、若いころからトレーニングをライフワークとし、人一倍健康な生活をしてきましたし、お酒も晩酌程度、煙草は今まで2本しか吸ったことはありません（体を大きくするために暴食は否定しませんが）。環境汚染、受動喫煙、他人から受けるストレスは避けられない部分もあるでしょう。そして、現実に癌になりました。煙草を吸わないのに気管癌です。日本人の二人に一人が癌になる、石を投げれば癌患者にあたるご時世ですから、だれにとっても癌になる可能性は限りなく高いと言えるでしょう。

私の場合、トレーニングが生活習慣になっていましたし、入院直前まで強度は落としながらも体力をつけるためにトレーニングを続けていました。そして、入院、手術。生まれて初めての経験が喉頭部全摘出、胸の骨、気管の大部分を切除して胸に気管孔を制作するという手術中に死に至る可能性も大きい大手術でした。それを乗り越えることが出来たのは、トレーニングで築き上げた体力が、筋肉があったからでしょう。それでも体重は10kg近く減りましたし、骨、筋肉を切除した上半身の衰退は目を覆いたくなるものでした。それでも生きていますし、衣服を着ていれば大きな手術を受けた人間には見えないと言われます。これも長年蓄えた「筋肉貯金」、「体力貯金」があったからではないでしょうか。そして、癌との戦いはこれからも続きます。退院後、その戦いに勝つために、日常の体力増進のために今までの経験を生かして体調と相談しながらトレーニングを再開しています。上半身は骨がないし、筋肉も切っており痛みと機能障害がまだ残っているので、今は体調と相談しながら全身の筋肉の60～70％を占める下半身を中心にやっています。癌になると正常な細胞が蝕まれ体力が落ちて行きます。そうなると気力も失われ鬱になる人も多いのです。私のように大きな手術を受けると体へのダメージ、後遺症の大きさは計り知れません。癌の治療は手術だけではありません。放射線治療、抗がん剤治療も大きな副作用、後遺症が伴うのです。それに打ち勝つためにも健康な方は普段から、治療中の方も医師と体調に相談しながら体力をつける筋力トレーニング、有酸素運動、ストレッチをお勧めします。私自身、トレーニングで蓄えた体力があったから今日があると思うからです。ただし、治療中のあなたの場合、目的は病気に打ち勝つための体力作りですから決して無理をしてはいけません。トップアスリート、トップビルダーを目指すわけではないのです。今のあなたの体力より1ランク上を目指せばいいのです。無理は無駄です。私の実際に行っているトレーニング例を紹介しましょう。

（目的）

①手術、半年近くに及ぶ入院で失った体力、筋肉貯金を取り戻す。
②体の柔軟性の回復、向上・筋肉の緊張を解く。
③呼吸機能、持久力の回復、向上。
④今後の戦いに備える。

（下半身のトレーニング）

①散歩（歩く）…体調、呼吸、心臓と会話しながらゆっくりと散歩を楽しむ
②階段の上り下り…歩くことの進化系。大腿部、臀部、ハム、カーフなど下半身の筋肉全般・心肺機能の向上
③ヒンズースクワット…階段という環境がない場合、自宅のどこでもテレビを見ながらでもできる下半身と心肺機能向上のトレーニングの王道。太ももが床と平行になるくらいまで下げて、立ち上がる動作をきつくなるまで繰り返します。1セット行います。
◎しゃがむのに5秒、立ち上がるのに5秒とゆっくり時間をかけて行うスロートレーニング

階段の上り下り

も有効です。
◎体力が弱い人は、椅子に腰かけた状態から尻を少し浮かせて静止します。時間は体力に応じて決めます。1セット行います。
④ワンレッグカーフレイズ…窓枠に手を添えて、景色を見ながら片足ずつ踵を上げたり下げたりしてふくらはぎを鍛えます。1日1セットだけ行っています。

（腹筋のトレーニング）
腹筋を中心とした体幹部のトレーニングは内臓も強化します。
①クランチ
ベッドでも畳の上でもできます。膝を90度にまげて、息を吐きながら自分の臍を覗き込むように上体を起こします。このまま体力に応じて数秒静止します。続けることが大切なので1日1回数十秒1セットから始めます。
②レッグレイズ
仰向けに寝て膝は軽く曲げお腹に力を入れて足を浮かせます。写真のように上げ下げを繰り返してもいいし、上の状態で数秒間、静止させて我慢しても構いません。私の場合、ベッドの上で1分間足を少し受かせた状態で静止させています。

（筋肉の緊張を解く）
私の場合、上体を支える胸鎖関節が無いのでどうしても首、肩、背中（特に肩甲骨周り）の筋肉がそれを補おうと緊張します。常時、緊張した状態であるためにかちかちになります。これは肩がこるだけでなく、血行不良をも招き頭痛の原因にもなります。そこで私がが実際に1日に朝、昼、晩とテレビを見ながら、外来診察の待ち時間の合間に実施している種目を2種類紹介します。

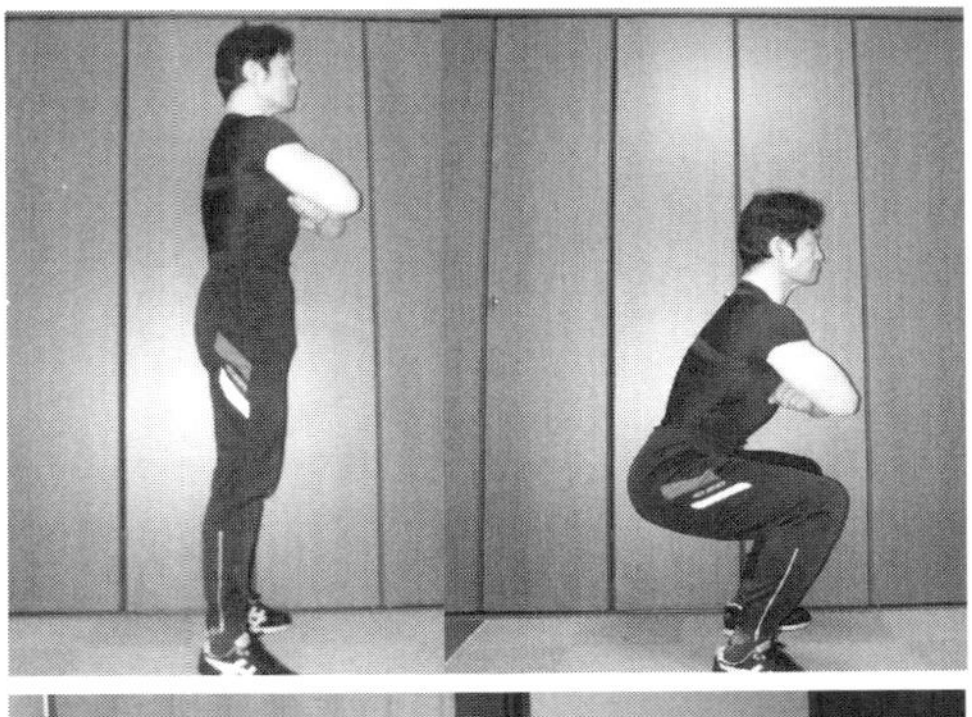

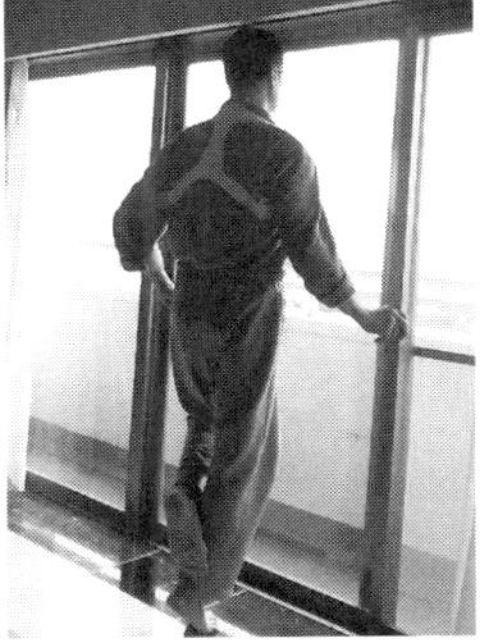

ワンレッグカーフレイズ

左の写真のように尻の下に椅子を置けば体力のない人でも安全です。右の写真のように壁に背中をつけてもたれて数十秒、余裕があれば数分静止し我慢するのもいいでしょう。膝に痛みがある方にお勧めです

①シュラッグ（首をすくめるの意味・僧帽筋の緊張を解く）

背筋を伸ばした状態で、両腕をだらりと下げます。僧帽筋（首の付け根の肩コリでこる筋肉です）上部を収縮させて両肩を上方向に引き上げます。僧帽筋を収縮させたら、今度は力を抜いてストンと肩を落とします。これを30回行います。これは、肩凝りの改善にも有効です。

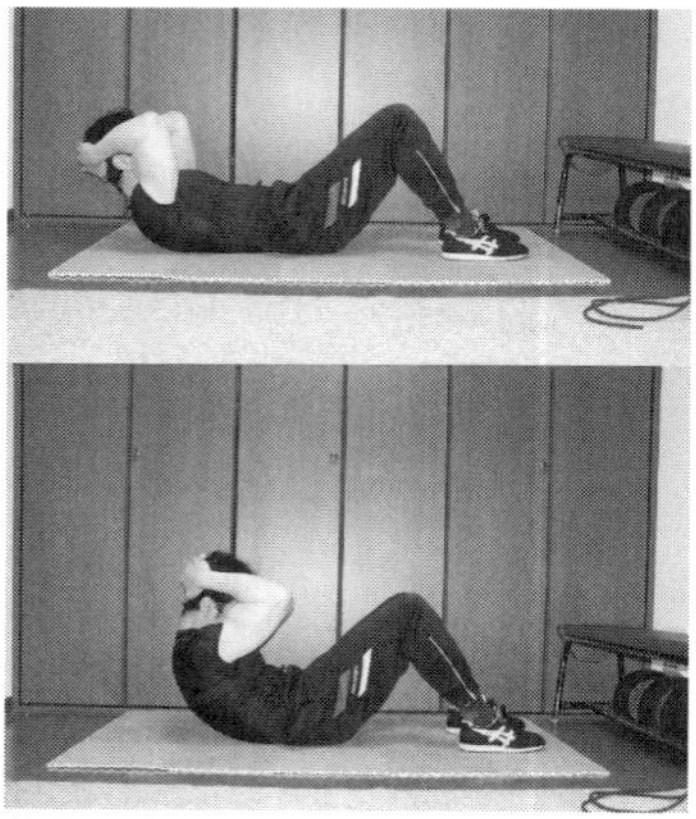
クランチ

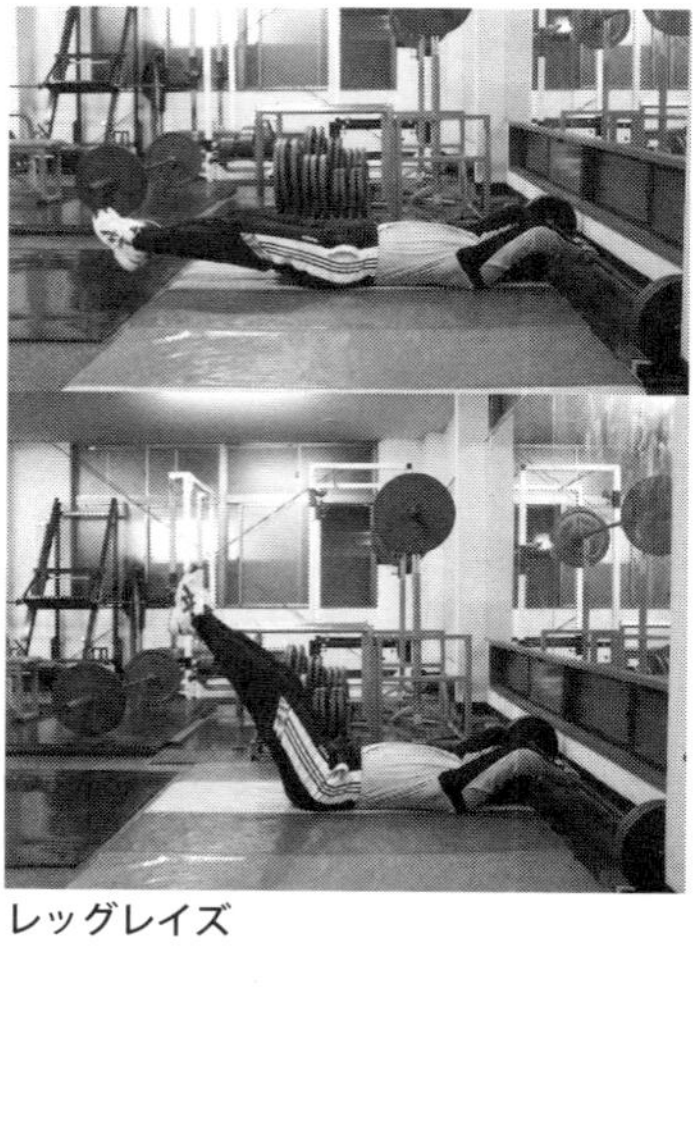
レッグレイズ

②肩甲骨周囲の筋肉の緊張を解くエクササイズ

背筋を伸ばした状態で肩甲骨を背中の中央にくっつけるように肩甲骨内側の僧帽筋下部を収縮させます。この時、肩を上方向にあげてはいけません。しっかり収縮させたらストンと力を抜きます。

155　幸せな人生

人生というのはその人が自分の人生の落とし所がどこかを知ることで幸せにも不幸せにもなると思います。幸せというのは、身近にあるものです。どこまで行っても満足できない人は、一生満足できず不幸な人生を終えることになります。

人生における幸せとは、長いか短いか、裕福か貧乏か、地位や名誉を得るか得ないか、健康か病気かではありません。幸せはその人の心の中にあります。幸せは家族であり友であり、すぐ近くにあるのです。心が豊かであればどんな状況にあっても幸せを感じることができるのだと思います。お金も家も土地も貴金属もあの世に持っていけません。持っていけるのはその人が人生でご縁があって共に歩んだ家族、親戚、友人たちとの楽しい思い出と愛だけです。

癌になり余命宣告をされたことで、健康が当たり前と思っていた頃には気が付かなかったことが、自分の人生に終焉があることが、それがそう遠くないことに気付き、人生の幸せって何かを感じることが出来るようになりました。

妻の献身的な介助と愛。優しい娘、息子の愛。自分のことのように感じて接してくれる友人たちの愛にふれ、今まで自身が歩んできた道が間違いではなかったと再確認できました。友人を通して亀田総合病院の呼吸器外科N医師、T医師、頭頸部外科のK医師、スポーツ医学のKu医師、放射線科のH医師という素晴らしいドクターたち、看護師さんたち、リハビリの先生方、薬剤師の先生方、緩和ケアの先生方に出会うことが出来ました。お世話になった方々すべてに感謝です。今、僕は幸せです。

死ぬかもしれないという手術を「ボディビルで鍛えた体に絶対にメスを入れない」と言っていたにもかかわらず、「手術しなければ3カ月くらいで気管が癌で詰まって死ぬ」と言われ決意したわけなので、へたをすれば昨年9月の手術中に死んでいたかもしれない、手術をしなければ年末には窒息していたかもしれないのです。まあ、いろいろ後悔してみたり、悩んだこともありましたが、痛くても、苦しくても、不安を抱えていても、今生きているのは事実なのです。

腺様嚢胞癌と言うのは、再発しやすい、転移しやすいしつこい癌です。遠隔転移率は40％と主治医から聞いています。癌との戦いはこれからも続きます。癌になる前のようにマニアックに体を鍛えたり、歌ったり、海水浴に行ったりは出来ませんが、希望を持って、これからの自分が出来る事を見つけ、これからの生かされた人生を家族や仲間と共に悔いを残さないように筋トレで体を鍛えつつ前向きに生きたいと心底思うこの頃です。大事なのは希望を持って前を向いて1日1日を大切に生きることです。

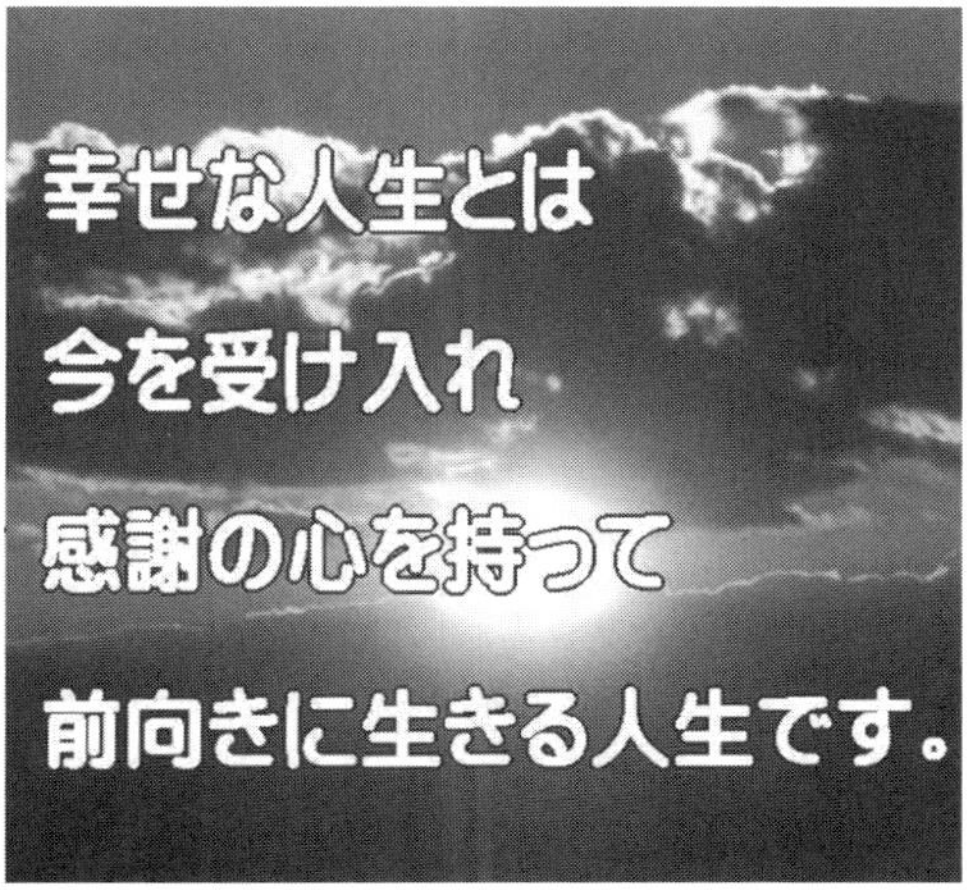
幸せな人生とは
今を受け入れ
感謝の心を持って
前向きに生きる人生です。

あとがき

健康を自負していたボディビルダーに突然降って沸いた「ステージ4」の癌宣告。それも効く抗がん剤がない、放射線も効かない稀少癌。しかも、気管内と言う悪条件で生き残る可能性は成功しても大きな後遺症が避けられない命を賭けた大手術のみ。そんな現実に直面してボディビルダーにとって命ともいえる筋肉をあるときは武器に、ある時は犠牲にして生きる道を選んだ元ボディビルチャンピオンの癌との戦いの記録です。この体験が癌と戦うあなたとご家族の生きるパワーになること、参考になることを願ってやみません。

本書を出版するにあたり、私の治療にあたってくださった亀田総合病院の野守裕明先生、岸本誠司先生、叢岳先生、蔵本理枝子先生をはじめとする先生方、お世話になった看護師さん、薬剤師さん、リハビリの先生方、緩和ケアの先生方、お掃除の方々等すべての方々、見舞い、励ましをいただいたすべての方々、そして、特別寄稿をいただいた同じ気管に腺様嚢胞癌を罹患しながら、私とは違った治療を受けて顔晴れ人生を送っているがんサバイバー笠島由紀さんに心より感謝申し上げます。

また、私の思いに賛同し御力添えをいただいた体育とスポーツ出版社の橋本雄一社長、鎌田勉編集長をはじめとする出版社の方々に心より御礼申し上げます。

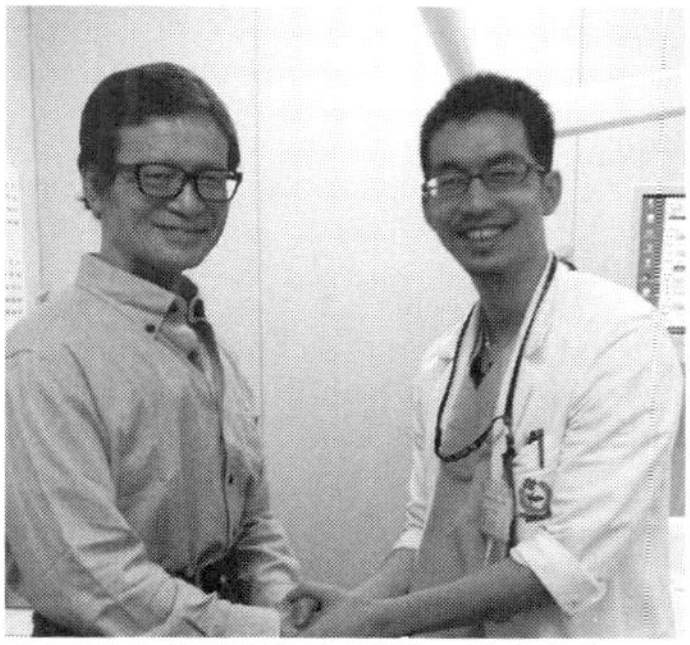

亀田総合病院呼吸器外科　叢岳先生

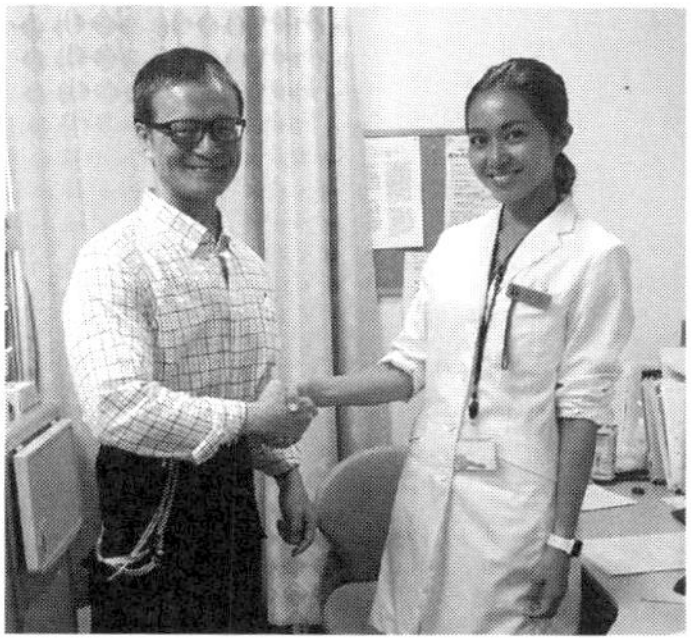

亀田総合病院スポーツ医学　蔵本理枝子先生

お世話になったサーファーショップ GLASSEA の看護師サーファーさんたちと

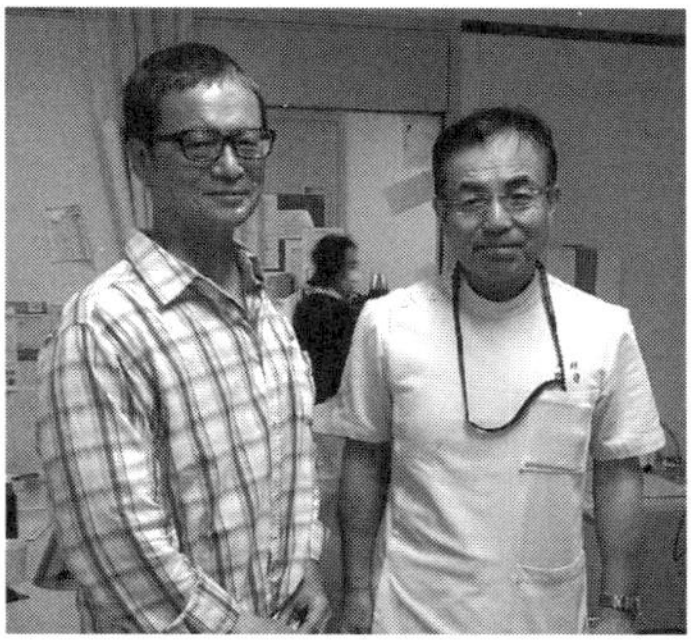

亀田総合病院呼吸器外科主治医　野守裕明先生

亀田総合病院頭頸部外科　岸本誠司先生

著者紹介◎吉賀賢人（BIG TOE）

1955年神戸生まれ

大阪経済大学卒業、米国ユタ州留学、筋トレの本場でファーストミスターオリンピア、ラリー・スコット氏の指導を受ける。帰国後、会社勤務のかたわらジムでの指導、月刊ボディビルディング誌、連載、投稿、取材、イベント開催、メディア出演などで筋力トレーニングの普及に務める。ミスター関西、ミスター大阪、ミスター岡山優勝。2017年6月、健康を売りにしていたその肉体を突然襲った「気管に出来た腺様嚢胞癌」という聞きなれない名前の稀少癌でステージ4の宣告を受ける。頭頸部外科のスーパードクター岸本誠司医師、呼吸器外科のスーパードクター野守裕明医師と出会い手術を決意。2018年10月現在、ステージ4の稀少癌からの完全回復を目指し奮闘中!!

BIG TOEの筋肉物語

筋トレが救った癌との命がけの戦い

～腺様嚢胞癌ステージ4からの生還～

2019年1月20日　第1刷発行

著者／吉賀賢人
発行者／橋本雄一
発行所／体育とスポーツ出版社
〒101-0054　東京都千代田区神田錦町1-13　宝栄錦町ビル3F
電話：03-3291-0911　Mail:eigyobu@taiiku-sports.co.jp
レイアウト／株式会社M.B.B.
〒351-0005　東京都練馬区旭町3-24-16-102
電話03-5904-5583　Mail: bb-h@mbbmag.co.jp
印刷所／音羽印刷

USBN 978-4-88458-289-0 c3075　￥1800E